霞保育園で待っています

麻海 晶
Akira Asami

八月書館

霞保育園で待っています　目次

主な登場人物

・霞保育園の職員

冴木《さえき》舞衣子《まいこ》　五歳そら組担任
朝海《あさみ》涼子《りょうこ》　園長
真矢《まや》圭子《けいこ》　副園長
虎田《とらだ》則夫《のりお》　保育主任
吉《きち》＝杜吉子《もりよしこ》　四歳つき組担任・舞衣子の親友
有馬《ありま》美樹《みき》　三歳ほし組担任・舞衣子の後輩
正岡《まさおか》隆彦《たかひこ》　五歳そら組担任・舞衣子の相方
白羽《しらはね》沙織《さおり》　二歳はな組担任・舞衣子の先輩
江藤《えとう》さん　委託の用務職員の男性
大鳥《おおとり》美津代《みつよ》　ベテラン非常勤保育士

・霞保育園の子どもと保護者

相沢《あいざわ》空太《そらた》　父は建築家、弟は三歳ほし組の海太《うみた》
矢吹《やぶき》翼《つばさ》　父は商店街防犯部長・パパスミ会リーダー
生稲《いくいな》タリー　母は地元局のアナウンサー

雪野《ゆきの》彩花《あやか》　母は弁護士で父母会役員
林原《はやしばら》光《ひかる》　帰国子女の新入園児、母は実業家
津川《つがわ》壮仁《そうじ》　児童養護施設から養子縁組してきた新入園児
夏樹《なつき》航《わたる》　父のDVから逃れてきた新入園児
ジロー　父はフレンチ「ル・ドゥーブル」シェフ
赤塚《あかつか》会長　父母会長

・霞商店街と地域の人々

雨宮《あまみや》春人《はると》　霞保育園に迷い込んだ青年
パパさん　朝海園長の夫
近江屋《おうみや》さん　たい焼き屋の社長
志村《しむら》さん　シティの広報担当
山崎《やまざき》さん　交番の警察官
着物「永瀬《ながせ》」のお祖母ちゃん　夫は商店会長
小泉《こいずみ》さん　「保育園で遊ぼう」の利用者
綾瀬《あやせ》若葉《わかば》　児童福祉司
平井《ひらい》和子《かずこ》　民生委員児童委員
東《あずま》保育課長　区役所の保育課長

プロローグ

頭上を覆う大きな桜の木の枝から花びらが舞うこの坂道を上って、霞保育園に向かうのは久しぶりのことです。

あなたは、あれからどうしているのでしょうか。

きっと、今も保育園の仕事を手伝っているのですね。

あの時、私の心には人には言えない大きな穴が開いていました。その深さも知らず、私はどれだけ努力すればよいのか分からないままに、毎日一生懸命にその穴を埋めようとしていたのです。

生涯忘れることができなくなった、あの時まで。

今でも、魂の片割れという言葉を思い出します。私をひとりの人間にしてくれた魂の片割れのことを。

四月　迷い込んだ青年

　森の中のように鬱蒼《うっそう》とした木々の隙間から朝の光が差す公園沿いの坂路を上っていくと、頭上を覆う大きな桜の木の枝から花びらが散って心地よい風に舞っています。花びらが髪と肩の上に落ちてきますが、気持ちが良いのでそのまま払わずに歩き続けました。今日から四月、私にとっても新しい一年が始まります。

　坂を上りきって公園が切れると、小高い丘の上の住宅街に差し掛かります。今朝の私は準早番、早番の次の出勤のために普段よりもかなり早い時間にこの路を通っています。

　その時突然、前の路地から飛び出してきたのは、細身にショートカットの鮮やかなブルーのスーツ姿の女性、朝海涼子《あさみりょうこ》園長です。この路地を入った所が自宅なので、そこから現れることは不思議ではないのですが、こんなに早い時間に飛び出してきたことに驚きました。

　朝海園長は舗道から、すっとつま先立ちして手を高く挙げ、タクシーを止めようとしながら私を見つけました。

「舞衣子《まいこ》先生！　急いで！　行くわよ」

　訳を聞く暇もなくタクシーに飛び乗ると、私たちは霞《かすみ》保育園に向かいました。

「驚きました！　園長先生、こんなに早くどうしたんですか？」

「早番の沙織《さおり》先生から電話で、園内に誰かいるらしいのよ。入らずに警察に電話するように言ったけれど。とにかく急ぎましょう」

「えっ！　不審者ですか？　沙織先生、大丈夫でしょうか」そうだ、もう一人の早番は確か……。

タクシーは住宅街から坂を下り、未だシャッターの降りている霞商店街の石畳を敷き詰めた路を走り抜けて、私立の女子校のクラシカルな校舎の前の急な坂道を上っていきます。後ろからパトカーがサイレンを鳴らしながら近づいて来てタクシーを追い抜いていきました。

煉瓦造りの塀沿いにある門の前に着くと、赤色のライトを上に伸ばしたパトカーが止まっています。

「あっ！　園長先生！」白羽沙織《しらはねさおり》先生が駆け寄って来て朝海園長に抱き着きました。

「もう大丈夫よ！　落ち着いて」

長い髪をポニーテールに束ねた沙織先生は、普段は笑顔が素敵な優しい人ですが、さすがに今は強張っています。

もう一人の早番、杜吉子《もりよしこ》先生のほうは、落ち着き払って格子戸の隙間から園内の様子を覗《のぞ》き込んでいます。いつもの飛行帽を被ったジーンズ姿で、少年の様な出で立ちです。

キッ、と音を立てて白い自転車が止まり、交番の山崎《やまざき》さんも駆けつけて来ました。

「園長先生！　大丈夫ですか？」

「私も今来たところなの。まだ子どもたちの登園前で良かったわ」

すぐに二人の警察官に挟まれながら背の高い男の人が連れられて出てきました。

「建物には入っていないようです。玄関先の軒下で寝ていたようですが、これから不法侵入の容疑で取り調べます。何か壊された所や、無くなった物がありましたら署のほうに御連絡お願いします」

警察官に挟まれた男の人の年齢はよく分かりませんが、何故か青年という言葉が浮かびました。髪の毛はやや伸びていますが、雰囲気は小ざっぱりしていて、服装も路上で生活している様ではありません。子どもが戸惑ったような表情も、何か悪いことをする人のようには見えませんでした。

青年は腰を折ろうとしましたが、警察官に両方の手を取られたままで上手くできません。

「あの、済みませんでした！　ご迷惑をかけて」

顔を上げた青年と、唐突に目が合いました。青年は私を見つめて目を少し見開いています。驚いている様に見えますが何故でしょうか、勿論初めて会った人なのに。

青年はすぐにパトカーに乗せられて行きました。朝海園長も暫く考えていましたが、不思議そうな表情のままで山崎さんに言ったのです。

「山崎さん、こちらが通報しておいてこう言うのも変かもしれないけれど、どう見ても悪い人には見えないわ。これから確かめるけれど何も被害がなければ穏便にお願いしますね」

「了解です。本官からも署のほうに伝えます。まあ不法侵入ですけれど、被害が無ければですが、初犯なら大きな罪にはならないでしょう」

七時一〇分になりました。もうすぐ子どもたちの登園が始まる時間です。

私たちは急いでロッカールーム兼休憩室に入り着替えました。

今朝早番だった白羽沙織先生は私の二期先輩で、昨年度は五歳の担任でしたが、今年度は二歳はな組の担任リーダーです。三年前に結婚してから自分のお子さんを別の保育園に預けてこの仕事を続けています。

「沙織先生、朝一番から大変でしたね。昨日も遅くまでお疲れ様でした」

「舞衣子先生こそお疲れ様でした。今日から五歳そら組担任リーダー、責任重大よ。頑張ってね。でも『はじめてのお当番作戦』の前に人数確認よろしくね」

「はい、うちのクラスの正岡《まさおか》先生に頼みましたから」


もう一人の早番の杜吉子先生と私は、三歳ほし組と四歳つき組、五歳そら組をほかの職員が出勤する八時半まで見ています。

吉子先生は四歳つき組の担任リーダーで、私とは同期でとても仲が良いのですがタイプは全く違います。ショートカットの髪に化粧もせず、「俺はさぁ」と男言葉で喋り、立ち居振る舞いも男のようですが、実はなかなかの美人です。でも吉子先生と一緒に女子トイレに入ると、知らない女性に驚かれて二度見されるのが難点なのですが。保育園の同僚には、名前の吉子を縮めて「吉《きち》」と呼ばせています。

「吉、今朝は驚いたわね」

「大丈夫だよ。あれくらい俺に任せておけば。警察まで呼ばなくても起こして帰すだけで済んだけどな」

「また俺に任せろって、吉らしい。でも、昨日遅くて今朝の早番は大変だったわね」

「おうっ、舞衣子こそお疲れさま。しかし慌《あわ》ただしかったな」

「本当に。それと『はじめてのお当番作戦』宜しくね」

「了解ッス！」

今日四月一日から全クラスが一年上に進級するので、昨夜は子どもが帰ってから全ての保育室の引越しを一晩でしなければなりません。下駄箱やロッカーなどの名札の張り替え、新しい出席簿の用意、入園式の会場作りなどやるべきことは幾らでもあります。勿論できる準備は事前にしてありましたが、それでも毎年三月三一日の夜はてんてこ舞いです。昨夜は全職員が遅くに帰りましたが、今日はまた大事な日なのです。


私は冴木舞衣子《さえきまいこ》、地元の区立保育園で保育士になって八年目です。まだ中堅とはいきませんが若手とも言っていられません。私の職場、霞保育園は北に大きな繁華街、西に再開発された「シティ」と呼ばれる複合施設、南に都心ながらも下町の風情を色濃く残す霞商店街に囲まれています。商店街は九年前に地下鉄が通ってから人通りも随分と増えましたが、昔ながらのお店が多く残っていて人情味が溢《あふ》れる街です。

廃校になった小学校の跡地に建っている霞保育園の、都心では珍しく広い園庭からは、シティの円筒形の高層ビルがニョッキリとそびえ立っているのがよく見えます。

朝の打ち合わせに事務室に向かうと、玄関ホールでは朝海園長がいつも通り登園してくる子どもと保護者に挨拶しています。まだ保育着に着替えずにスーツ姿でいるのは、「入園お祝い会」があるからでしょう。

「舞衣子先生、今朝はお疲れ様でした。さあ今日から年長児クラスそら組の担任ね、よろしくお願いします」

「勉強していきます！　よろしくお願いします」

朝海園長と話していた翼《つばさ》君のお母さん、矢吹《やぶき》さんが声を掛けてきます。

「冴木先生、この前のお話、考えてくれました？」

「まさか！　とんでもありません」

「専属は難しくても、読者モデルならできるでしょう？」

矢吹さんは元モデルです。熱愛の末に翼君のお父さんと結ばれてこの商店街に来たそうですが、今でもスラリとした八頭身で髪を靡《なび》かせて歩く姿は商店街の女将さんの中でも飛び切り目を惹《ひ》く存在です。彼女が、私に知り合いの雑誌に出ないかと言うのです。勿論兼業は禁止されていますし、第一今の私には、この仕事より大切なものは無いのですから。「絶対無理ですから」と言って逃げるように事務室に急ぎました。

八時三〇分、朝の打ち合わせが始まりました。園長・副園長・保育主任・看護師と各クラス担任リーダーとが集まり、園長の司会で副園長と保育主任から今日の予定や注意事項などが確認され、区役所からの連絡事項なども伝えられます。

「皆さん、昨日は遅くまでお疲れ様でした。無事に各クラスの移行と今日を迎える準備も終わりました。本日の『入園お祝い会』と新入園児の受け入れをよろしくお願いしますね。

　新入園児の親子面接は終わっていますが、それでもお子さんも保護者も不安なものです。今日は特にリラックスしたムードを作って、保護者には何かあったら担任にでも私にでも遠慮なく相談するように言って下さい。

　それから今朝は不審者の侵入がありました。北の繁華街で起きていた反社会的勢力のトラブルが最近この地域でもありましたから、常に子どもの命と安全を最優先に注意していきましょう」

　園長の挨拶の後、副園長から「入園お祝い会」の段取りの最終確認がありました。それに今日四月一日は人事異動の日、三人の転入者が紹介され、普段は一五分ほどで終わる打ち合わせも今日は二〇分ほどかかりました。その間にも在園児の親子はどんどん登園してきます。

　クラスに戻ると、五歳から三歳の三クラスの在園児と一緒に「入園お祝い会」会場の二階ホールに大移動しました。新入園の親子さんたちは、もう入場しています。

「お早うございます。それでは、平成二一年度、霞保育園入園お祝い会を始めます」

　司会は真矢《まや》圭子《けいこ》副園長です。まず零《ぜろ》歳から順番に新入園児の紹介が始まりました。担任が新入園児の名前を呼ぶと、零歳と一歳のお子さんは保護者が抱き上げて顔を見せますが、それだけで泣く子もいるのです。二歳からは、名前を呼ばれると自分で椅子から立ち上がるのですが、恥ずかしがったり緊張したりで立ち上がれない子もいます。

そら組の番が来ました、私の担任としての初仕事です。五歳そら組の三〇人の子どもは二七人が四歳からの持ち上がりですが、三人の新入園児の名前を呼ぶために私が進み出ると新入園児の保護者達が驚いたように少し騒《ざわ》めいたのが分かりました。ああ、またですか。よくあることなのですが、この反応はいつも苦手なのです。

「津川壮仁《つがわそうじ》さん」「はい」

「夏樹《なつき》 航《わたる》さん」「はい」

「林原《はやしばら》 光《ひかる》さん」「はい」

やはり緊張しているのでしょう、返事が固いようです。でもそれは子どもだけではありません。私も名前を呼びながら自分が緊張しているのが分かりました。

続けて零歳から順に各クラス担任の紹介です。五歳そら組の担任として私と相方の正岡隆彦《まさおかたかひこ》先生が紹介されました。

正岡先生は昨年保育士になり今年度は二年目ですが、保育学院時代の同窓生ともう結婚している既婚者なのです。若いお兄さんとして子どもたちには人気があるのですが、保護者からはまだ軽く見られていて、弄《いじ》られキャラなところもあります。これからそら組を担任するには超えていかなければならないハードルがかなりあることでしょう。

最後に園長、副園長、保育主任、看護師の紹介があり、朝海園長が挨拶しました。

「御入園おめでとうございます。霞保育園職員一同、心を込めて歓迎させていただきます。在園児の子どもたちも、新しいお友だちができることを楽しみにしていました。

当園では『支え合い、分かち合い、喜びいっぱい夢いっぱい』の理念に向かって、子どもが主役、子どもの成長を最優先に、子どもの力を信じて寄り添う保育をしてまいりたいと思っております。それには保育園と、御家庭とが協力し合っていくことが必要です。子育ての子を、孤立の弧にしませんように、霞保育園全体が子どもを中心とした一つの家族の様に、地域の皆様とも繋がり合い助け合える、帰ってこられる家にしていきたいと思っております。

零歳のパパはパパとしては零歳、一歳のママはママとしては一歳です。これから、子どもたちと一緒に成長してまいりましょう。まず何でもご相談いただきたいと思います。御意見、御批判も御遠慮無くお寄せ下さい。私たちも成長していきたいのですから。どうぞ、よろしくお願いいたします」

朝海園長が深々と頭を下げて「入園お祝い会」は三〇分程で終わりました。この後は零歳から二歳の新入園児は給食の試食や慣れ保育の相談などもあるので、敢えて簡潔な会にしているのです。

クラスに戻ると、私はそら組の子どもたちに改めて新入園した三人を紹介しました。「今日から新しいクラスの仲間です。一緒に仲良く遊んでね」

「はーい！」全員が元気に返事をすると、すぐに空太《そらた》君と翼《つばさ》君が進んで名乗り出て自己紹介が始まりました。

空太君は四月生まれでクラスの中で一番背も高く運動も良くできますが、それでいて威張ることがない、とても優しい子です。ですから自然といつでもクラスのまとめ役になっています。女の子にはファンが多いのですが、本人は興味がないようです。今日から「そら組の空太君」になることをとても楽しみにしてきました。

翼君はいつもクラスのムードメーカーで、まとめるよりも引っ張るタイプです。運動神経には相当な自信があって結構やんちゃなことも大好きです。こちらも、チョイ悪な感じが好きな女の子に人気があります。

暫くは新入園の三人を囲んで子どもたちは互いに名前を教え合い、「どこからきたの?」「どこにすんでいるの?」と質問をし合っていましたが、やがて手を取り合って遊びの輪の中へ入って行きました。

そら組に新入園してきた三人の子どもたちにはそれぞれに理由があります。

津川《つがわ》壮仁《そうじ》君はこれまで児童養護施設で生活していました。児童養護施設は、家庭で育てることができないお子さんを保護者に代わって育てる施設です。最近では児童虐待を受けた子どもを、児童相談所が家庭に帰すことができないと判断した場合に入所することも多いのです。壮仁君は、里親になった津川さんの家で夏休みなどに暫く生活して、今年から養子縁組をして親子になりました。新しい家族になってから初めての保育園生活です。

夏樹《なつき》 航《わたる》君は戸籍上の本名ではありません。お母さんが夫のDVから逃れて来たので、区役所による保護のための配慮で苗字はお母さんの母方の旧姓です。住民票も前の住所から移さずに、この近くに移り住んできました。

林《はやし》原《ばら》 光《ひかる》君は海外からの帰国子女で、お母さんは女性の実業家として有名な人です。元々、シティを経営する林原氏の一族らしいのですが、御自分で起こしたIT事業に成功して海外でも事業展開するために二年程アメリカで過ごし、今年帰国してシティの居住棟に帰ってきたのだそうです。

三人とも新しい生活と共に始まった保育園での生活です。必要な支援をしていけるように私たち担任も見守っていかなければならないでしょう。

憧れのそら組になった子どもたちにとって、今日はとても晴れがましい日です。三人の新しいお友だちと知り合って仲良くなって、部屋の中の遊具の場所や遊び方を教え、霞保育園の中を案内することも楽しいのですが、それだけではありません。

最年長児となって、新しい四歳つき組と三歳ほし組をお兄さん、お姉さんとして面倒を見てあげるという重要な役割も感じているのです。とりわけ三歳ほし組の子どもたちは、昨日までは二階のホールに面したクラスにいましたが、今日から一階に下りてきました。大喜びで興奮もしていますが、新しい環境への戸惑いもあります。初めてクラスのテラスから、外履きを履いてすぐに園庭に出ることができるようになりました。そら組には、園庭での遊びを見せてあげたり一緒に遊んであげたりする楽しみがあるのです。

園庭では芝生の横にチューリップが咲いています。去年のそら組が秋に植え変えたものが今花開きました。隣には紫色のすみれの花が小さく咲いています。ビオトープではカエルの卵が渦を巻いていて、そら組の子どもたちがつき組とほし組の子どもたちに教えています。「このタマゴが、オタマジャクシになるんだよ」「へぇーっ」と小さい子どもたちはおっかなびっくり卵に触れてみて感触を確かめています。

今日初めてそら組になった子どもたちにとって、とても素敵で楽しくて、貴重な時間はどんどん過ぎていきました。一一時三〇分、給食の時間です。給食を調理室に取りに行く当番は、つき組だった時からの順番で決まっています。

「きゅうしょくは、ちょうりしつにいって、もらってくるんだよ」「きょうはカレーライスだから、おかわりするぞ」「こっちだよ」

翼君たち四人が、新しく来た三人の子どもたちを案内しながら、意気揚々と調理室に向かっていきました。ですが、それからすぐです、子どもたちが調理室から走って戻ってきたのは。

「たいへんだ！」中には半分泣きそうな子もいます。

「きゅうしょく、もらえなかったんだ」

「えっ！」「どうして？」……。

「きゅうしょくの、にんずう、いってなかったんだ」

「あっ！　そうか！　おとうばんが」「そらぐみが、しゅっせきとうばん、やるんだった」「わすれてた」「どうしよう」

「じゃあ、つきぐみさんも、ほしぐみさんも、たべられないかも……」

そうなのです。「出席当番」は、そら組が各クラスを回って、登園している子どもの人数を聞いてから調理室に届けるのです。それは子どもたちもつき組だった時からよく見ていて知っていたのですが、初めてそら組になった今日は楽しくて楽しくて、すっかり忘れていたのです。

　暫く考えていた空太君が言いました。

「いそいで、にんずうを、きいてこよう！」

「じゃあ、わたし、つきぐみ」「ぼくは、2かいの、はなぐみ」「あたし、ゆめぐみ、いってみたい」「じゃあ、タリーちゃんは、ほしぐみ、いって」「あとは、ゆきぐみ、ツバサくんがいってよ」

　あっと言う間に子どもたちは相談をすると、各クラスに人数を聞きに飛んで走って行きました。

「これだ。これにかいて、ちょうりしつに、もっていっていた」すぐに分かるように出しておいた用紙を見つけると、各クラスから聞き取ってきた人数を書き込もうとしましたが、まだ数字が書けない子もいます。子どもたちは、それを教え合って書き込むと、調理室に走っていきました。

今日は数の大切さも身をもって体験しましたね。

　勿論《もちろん》、調理室には事前に正岡先生が各クラスの人数を確認して届けてあるのですが、そら組の給食は子どもたちが人数を報告してから出してもらうように頼んであります。

「はいはい、ご苦労様。給食の人数分かりました、教えてくれてありがとう。明日からもよろしくお願いしますね。そら組さん」と言ってくれる筈《はず》です。

　給食を貰ってきた子どもたちの嬉しそうな顔といったらありません。いつも大好きな給食が今日は一五分遅れて始まりましたが、きっといつもの何倍も美味しいことでしょう。特に今日は一番人気のメニュー、カレーライスです。サラダとヨーグルトが付いています。普段はあまり食べない子でも競争するようにお替りをしています。

それだけではありません。子どもたちは一生懸命に食べながらも、先程の興奮が冷めやりません。もう食べながら相談が始まっています。

「しゅっせきとうばん、わすれてたね」

「うん、まえのそらぐみさんは、しょうがっこうに、いくまでやってた」

「これから、わたしたちがやらなきゃ」

「せんせい、サークルタイムやろう」

サークルタイムとは子どもたちによる話し合いのことです。普段は給食を食べ終えて片付けが終わると午睡の準備に入りますが、今日はテーブルを片付けて椅子を回るく並べました。子どもたちは四歳クラスの時から話し合いが必要になる度にサークルタイムを何回も経験してきていますが、そら組になると話し合わなければならないことも格段に増えてくるでしょう。

サークルタイムでは話の切り出しは職員がすることもありますが、できる限り子ども同士で話し合うことができるように、私たちは前に出ないようにしています。私は最初の一言だけを質問しました。

「今日、初めての出席当番をやってみてどうだった?」

「とうばんってこと、わすれてたよ」

「きゅうしょく、たべられないかとおもった」

「あぶないところだった」

「あしたもよろしくって、いわれたよ」

「まえのそらぐみさんは、ふたりで、にんずうを、きいてた」

「そうだ、きょうのにんずう、なんにんですか？　って」

子どもたちの話し合いはすぐにまとまり、毎日二人ずつの出席当番の子どもの名前をカレンダーに書き入れていきました。

「せんせい、これ、げんかんの、みえるところにはって」

そうです。前のそら組さんでも今日は誰が出席当番で各クラスを回るのか玄関の掲示板に貼っていました。でも私にはもう一つのアイデアがあったのです。

「じゃあ、名前だけじゃなくて、写真付きのカードで貼ってみようか。他のクラスの子にも、今日来るお当番のそら組のお兄さんとお姉さんは誰かなって分かるように」

えっ！　子どもたちは一瞬驚いたようでしたが、すぐにそれを想像して嬉しそうに顔を見合わせました。玄関に顔写真入りで発表されるお当番のお兄さん、お姉さんは、小さな子どもたちから見れば憧れです。ちょっとしたスターの様で晴れがましい気分でしょう。

「うん！」「よし、それやろう」

みんなが盛り上がっている時に、次を考えていたのは空太君でした。

「まえのそらさんは、ほかにも、とうばんをやっていたよね」

「そうだ、ウサギのシロとミルクのとうばん」

「おハナにも、おみずをあげてた」

「ヤサイにも、いっぱいあげてた」

「そうよね。他にも色々なお当番があるわよね。じゃあ明日もサークルタイムやろうか？」

「うん！」「ほかにも、かんがえてくる」

そうなのです。最年長児であるそら組には様々な当番があります。それは何のためにあるのか、割り当てられた仕事としてではなく、自分たちの必要や目的のためにあることを、体験で実感して欲しかったのが「はじめてのお当番作戦」だったのです。今日子どもたちは出席当番の必要性について身をもって感じましたが、明日からは小さな子どもたちに尊敬される晴れがましい役目になることでしょう。

子どもたちは満足して午睡の準備に入りました。


子どもたちが午睡に入ってから二時四五分のおやつまでの約一時間半、私たちは交替で午睡に付き添う午睡当番をしながら、休憩と記録整理などの仕事をします。行事の準備など職員同士の打ち合わせと、園内研修もこの時間に急いで行います。

私は各クラスと調理室を回って「はじめてのお当番作戦」への協力のお礼を言ってから、事務室に報告に行きました。事務室には、朝海園長と真矢副園長が居て、私が入るとすぐに虎田則夫《とらだのりお》保育主任もクラスから戻ってきました。

真矢副園長は、朝海園長とは以前に別の保育園で副園長と保育主任を務めた間柄で息がピッタリです。保育園の司令塔は朝海園長ですが、実務の多くは真矢副園長が取り仕切っています。園の様々な管理や会計だけではなく、地域のための「保育園で遊ぼう」事業や「子育て相談」など、仕事は園内に限りません。朝海園長からの信頼も厚くて「真矢副園長の言うことは私の言うことだから」といつも言われています。肝っ玉母さん風の押し出しがあって、第一印象ではむしろ細身の朝海園長よりも保育園長タイプに見えます。そう言えば朝海園長が副園長だった頃に保護者から付けられたあだ名が「大奥総取締《そうとりしまり》」だったそうですが、副園長とは正にそういう役回りなのです。

背が高い虎田保育主任は、何でも相談できる私たちの頼れるお兄さん的存在です。クラスには属さずに主に午前中は人手の足りないクラスに入って、午後からは事務室で保育計画や行事の段取りなどの仕事をしています。虎田保育主任は五歳クラスの担任を何度も経験しているので、今回初めてそら組を担任する私に「霞保育園をそら組が運営する気でやれ。五歳クラスには最後に卒園というハッピーエンドが待っている、仕事をした分だけ自分の実になって還ってくるんだ」とアドバイスしてくれました。

事務室には黒木弘江《くろきひろえ》看護師のデスクもありますが、怪我や病気の子どもの対応、園全体の健診と衛生管理の仕事以外の時は、零歳ゆき組のクラスに入っています。

「各クラスと調理室の御協力も頂いて『はじめてのお当番作戦』上手くいきました。子どもたちは当番の大切さも感じましたし、明日からは遣《や》り甲斐も持ってできそうです。他の当番のことも自分たちで言いだして、期待した狙い通りでした」

「ふふっ、そうでしょう。子どもたちの力を信じてみて良かったわね。この一年はそら組の子どもにとって、保育園の中心を担って大きく成長できる大事な年よ。舞衣子先生、これは貴女にもチャンスよ、一緒に成長できる」

　朝海園長は何でも前向きにとらえる人で、職員のアイデアや取り組みも、相談すると何か問題がない限り「やってみれば」と背中を押してくれます。

「ああ、『はじめてのお当番作戦』、私もクラス担任の頃にやってみれば良かったなぁ」真矢副園長が少し残念そうに言いました。

「それで、明日の出席当番の子から顔写真入りで玄関ホールのドキュメンテーションコーナーの隣に掲示したいのですが」

「いいわね、それ。子どもも喜ぶでしょうし、お迎えの保護者にも見ていただいて。当番の子の保護者には声をかけてね。お家で話題になるように」

　朝海園長は快諾してくれました。さらに展開させたいようです。


休憩室に入ると正岡先生が吉に弄られていました。

「さっきはさぁ、人数聞いて歩きながらドギマギしていただろう。ビビり過ぎなんだよ」

「いえ、あの、初めての五歳でしたし、いきなりこの作戦からかー、っていう感じで」

「あのさぁ、二年目で五歳担任やらせてもらえるなんてチャンスなんだよ。舞衣子の足手まといにならないように、キチンと付いて行ってフォローしろよ」

　正岡先生はバツが悪そうに私にも言いました。

「済みません。五歳担任で責任重大なのに何もかにも初めてで」

「大丈夫よ。貴方は保育士として最初からとてもいい保育園に来たわ。良かったのよ」

そうです。正岡先生も、私も、霞保育園に来て良かったのです。それまでの私はずっと悩み続けていたのですから……。


二時四五分、おやつの時間です。午睡を終えた子どもたちは、寝起きの目を擦りながらおやつを食べると、さあ、すっかりチャージが終わったように元気にしっかりとまた遊びます。

四時を過ぎると地元の商店の方などが、お店が忙しくなる前にお迎えに来始めます。五時から六時半の間がお迎えのピークで、延長保育の終わりは夜七時一五分です。

住宅地にある区立保育園は七時一五分で閉園しますが、駅前にある大きな区立保育園は夜八時一五分まで二園、夜一〇時一五分まで一園が開いています。


今日早番だった吉が、帰りがけに私の前を通りながら日本手拭いをマフラーの様に首に巻いて、端に染められた屋号をひらひらと見せました。了解、と私は黙って目で返しました。

私も五時には遅番の保育士に残っているクラスの子どもを任せて、玄関ホールでお迎えの保護者や帰っていく子どもたちに、明日の「出席当番」の顔写真入りカードの横に立って宣伝しました。小さいクラスの子どもには「明日はそら組のこの二人が『出席当番』でクラスに行くからよろしくね」と言うと、「あ、このおねえさん、しってる」などと喜んでくれます。

明日の出席当番はタリーちゃんと新入園の航君です。タリーちゃんは、お母さんが日本人でシティの中にある地元テレビ局のアナウンサー、お父さんがインドの人で、手足が長くて褐色の肌に大きな眼をしたエキゾチックな顔立ちの女の子です。ダンスも上手くて何かにつけてもちょっと目立つ霞保育園のアイドル的な存在です。

タリーちゃんのお母さん、生稲《いくいな》さんがお迎えに来ると、タリーちゃんの指さすほうを見て微笑みました。

「生稲さん、明日はタリーちゃんが『出席当番』で全クラスを回るというお知らせなのです」

私が説明すると、タリーちゃんは誇らしげな顔でお母さんを見上げています。

「まぁ、何だかスターみたいですね。こちらのお子さんは？」

「御存じないですよね。今日入園した航君です」

その時、一人のお母さんが生稲さんにお辞儀をしてきました。

「航の母の夏樹でございます。よろしくお願いします」

「あらそうですか、こちらこそよろしくお願いいたします」

「今、航から聞いたのですが初日から色々と楽しかったみたいで、仲良くして頂いてありがとうございます。明日の『当番』もタリーちゃんと一緒にやるんだと楽しみにしているみたいで」

航君は恥ずかしそうに下を向きましたが、夏樹さんは私に向かって再び頭を下げました。

「先生、ありがとうございます。今朝はかなり緊張しておりましたが、迎えに来ましたら航のこんなに嬉しそうな顔を見るのも本当に久しぶりで」

言いながら夏樹さんの眼が潤み始めたことに気が付きました。

「夏樹さん、宜しければ少し事務室にお寄りになりませんか？」

玄関ホールでは立ち入った話もできませんので、私は夏樹さんと航君を事務室に案内しました。

「園長先生、ありがとうございました。航も楽しかったみたいで喜んでいます」

「それは良かったですね。冴木先生たちも初日から子どもたちが活躍できるように色々と工夫していましたから」

「でも実は心配でした。区役所にも色々と御配慮して頂いているのですけれど、誰かが航を迎えに来るのではないかと想像してしまって……、あの人たちは……本当に怖い人たちなのです……」

夏樹さんの言うあの人とは、家庭内のＤＶだけでは無く、もっと怖い暴力組織、区役所や警察が言う「反社会的勢力」を率いる有名な人なのです。

「夏樹さん」朝海園長は、俯《うつむ》いていた夏樹さんが顔を上げると、瞳の中を覗き込むように見つめてから、満面の笑みを浮かべました。

「大丈夫ですよ。心配しないで。お母さま以外の、たとえどんな人が迎えに来ようとも、航君は霞保育園が守ります。私たちも責任をもってこのお仕事をさせていただいていますから。お母さんも安心して航君と新しい生活を楽しんで下さい。航君が伸び伸びと成長できるように霞保育園はできる限りの応援をいたしますので」

「園長先生……、冴木先生も……ありがとうございます」

夏樹さんの眼から、涙が一筋流れました。

朝海園長は、そっと夏樹さんの肩を抱きました。私は航君の手を握りました。航君は握り返して、顔を上げ私を見つめました。

私は、航君を守ることが私自身のこれまでの人生との決着だと思ったのです……。


仕事からの帰り道、霞保育園を出て急な坂を下り商店街に向かいました。石畳の舗道が続く商店街に入ると、江戸時代から続くお蕎麦屋さんの総本家「堀田」と、その向かいには「霞温泉」の大きなビルが見えます。

建物の一階は銭湯の「霞湯」で、実はここも二階の「霞温泉」と同じ源泉なのですが、私は階段を上りました。入り口で靴を下駄箱に入れて入場料を払い、吉が待っている大広間の横の廊下を通って、一番奥にある女湯に向かいます。

女湯は、おそらく男湯も同じなのでしょうが、建物全体の大きさに比べると広くありません。黒いお湯に満たされた湯船は大小二つあります。小さい湯船は二人も入ればいっぱいですが、お湯がかなり熱いので地元でも気合の入ったお年寄りしか入っていません。

私は体を洗ってから大きい湯船に入りました。それでも源泉の流れ出る口に近いほど熱いので、一番遠くに息を吐きながらゆっくりと入ってから、またゆっくりと手足を伸ばしました。

思わず、ふーっ、と声が出ます。普段は長湯しないのですが、さすがに昨日から今日の緊張が解けて疲れが滲み出るような気がします。

「若い人はいいわねぇ、肌が締まっていて綺麗でねぇ」

お隣で湯船に浸かっていた七〇代か八〇代の女性に話しかけられました。この街ではよくあることなのです、地元の世話好きのお年寄りに話しかけられるのは。

「ありがとうございます。あの、よく来られるのですね」

「ええ、家にもお風呂はあるけれど温泉は楽しみでね。お友だちにも会えるし、お互い年はとったけどね。もう今年で八四なのよ」

「ええっ、いえ、もっとお若く見えますよ」

「あらぁ、お世辞でも嬉しいわね。まあ、温泉のお陰も有るかしらね。うちは着物の『永瀬《ながせ》』だけど、貴女も商店街で働いていらっしゃるの？」

「はい、坂の上の霞保育園で働いています」

「霞保育園、ああ、工務店の涼子ちゃんのところよね」

涼子ちゃんですか。そうなのです、朝海園長の実家は地元で工務店を営んでいて、大分前にお父様が亡くなってから家業は朝海園長の弟さんが継いでいます。

「あの子は小さい頃から別嬪《べっぴん》さんだったから。年頃になると、嫁に来て欲しいって、あのお父さんのところにね、街の旦那衆から随分お話があったのよ。お父さんが仕事で出入りしていたお屋敷からもあったらしいわ」お祖母ちゃんは少し溜息を吐きました。「うちの息子の嫁にとも思ったのよ。うちは着物屋だからね、涼子ちゃんが来てくれたらさぞかし着物の似合う看板娘になって、行く行くは女将にとね。でも大学まで行ったと思ったら、すぐに同級生だった普通の人と結婚してしまってね。あれには大層がっかりした人も大勢いたわ」

着物屋の女将になった朝海園長の姿を想像してみました。それはそれで粋でしょうけれども。

「そうだったのですね。でも、結婚した普通の人も結構素敵な方ですよ」

「まあ、そうよね。よく一緒に歩いているのを見るからね。仲が良いのが一番よね」お祖母ちゃんは自分を納得させるように頷きました。

「ただ、器量が良かったし大学まで行ったのだから、何かもっと派手なお仕事をしそうな気がしたのよね。ずっと保育園でね、地味に勤めるとはねぇ」

「園長先生は十分に派手ですけれど」

「まあ、でもね、子どもは街の宝だからねぇ。大切なお仕事よ、貴女も頑張ってちょうだいね。でも、貴女も随分と別嬪さんよねぇ。涼子ちゃんの若い頃に似ているわよ」

「ありがとうございます」お礼を言って湯船を出ましたが、もう少し話していたら限界だったと思いました。それほどに熱いお湯でのぼせきっていたのです。


畳敷きの大広間では幾つものテーブルを囲んで大勢の人たちが入浴後の休憩を思い思いに楽しんでいました。上座にある舞台の上では地元のお年寄りによるカラオケ大会が始まっています。この舞台では地元の方々が常に色々な出し物を上演していて、舞台袖には常連の出演者の衣装を仕舞うロッカーまであるのです。

私が見つけた時には、吉は畳の上で横になって寝ていました。テーブルには空になったラーメン丼ぶりとビールが二本空いています。テーブルの向かいでは、き有馬美樹《ありまみき》先生がおでん皿を突きながらビールを飲んでいます。お風呂にも入らずに、いきなり飲み始めたのでしょう。美樹先生は三歳ほし組担任で私たちの二期後輩ですが仲が良い仲間です。努力家で、研修などで勉強したことを実践しようとするチャレンジ精神が溢れる熱血漢です。

私は美樹先生に頷いてから入り口にある売店に向かい、ビールとおでんを持ってテーブルに戻りました。

「お待たせ」

「吉先輩、起きて下さい。舞衣子先輩が来ましたよ」

吉は目を擦りながら、もぞもぞと上半身だけ起き上がりました。

「おう舞衣子、お疲れ様」

「吉こそ、早番からお疲れ様。美樹先生も、ほし組は初めての一階で大変だったわよね」

「そうなんですよね！　ほし組みんな大興奮でした！　憧れのお兄さんお姉さんと一緒ですから」

美樹先生は子どもと一緒になって自分が興奮しているようです。

「そら組は今日いい経験ができたわ。『はじめてのお当番』ずっと忘れないでしょうね。協力ありがとう」

「上手くいったよなぁ、子どもたちが一生懸命でさぁ、走り回って。そこからがいいよ、自分たちでサークルタイムって言いだすなんてさ。一番ビビってたのは正岡だな」

「吉はもう、正岡君を弄ったら可哀そうよ。本人は一生懸命なのだから」

「まあね、今年そら組で舞衣子とやるのが正岡にとって勉強のチャンスだな。朝海園長もそう考えて、思い切ったクラス編成したのだろうけどな。俺、言っといたからさ、ちゃんと舞衣子に付いて行けって。まあ、今年は舞衣子が主役だからさ、思いっ切りできるように俺らもフォローするさ」

「何言っているのよ。主役はそら組の子どもたちよ、私も一緒に成長したいだけ。でも、ありがとう。今年は色々なことがあると思うけれど宜しくね」

「いいなぁ。私も早くそら組を担任して色々とチャレンジしたいです」

「美樹先生、もう始まっているわよ、貴女のチャレンジは。ほし組はもうそら組に向かって歩き出しているわ」

「そうだよな、今日のサークルタイムだってさ、急にできたわけじゃない。つき組だったころからずっとやっていたからだよ。今日のそら組も、前のそら組を見ていたからできた。つき組もサークルタイム始めるよ、最初のネタはもう考えてあるんだ。それと今年はたて割りも増やしていこうよ」

たて割りは年齢別ではなく、たとえば三、四、五歳が一緒に異年齢の集団で保育することです。サークルタイムという輪になっての話し合いは、フランスの保育園で実践された記録ＤＶＤを参考にしているのですが、そこでは三歳から哲学のテーマ、と言っても学問ではなく、生きる力とか考え方、感じ方について子ども同士が話し合っています。

その時、後ろからあの独特の節回しが聞こえたのです。

「何処《どこ》の、誰かと、問われればぁー」

私は一瞬固まりましたが、首だけ振り返りました。

「泣く子も笑う、霞保育園長だ！」

「園長先生、驚きました。どうして此処だと？」

「何言っているのよ。吉がこれ見よがしに霞温泉の手拭いを首に巻いて帰っていったから、温泉に入る気満々だったでしょ。お見通しと言うよりも、見え見えよ」

「ふっふっふっ、御明察です」

吉が嬉しそうに笑いました。吉は周りの保育士仲間からは少し変わり者だと思われていますが、朝海園長は吉を良く分かっていて保育も評価しています。だから吉も朝海園長が大好きなのです。

「お疲れ様でした！」私たちは改めて乾杯しました。

「昨日から今日まで本当にお疲れ様。でも、今朝の事件には本当に驚いたわね。それでも何とか無事に新年度がスタートしたけれど、これから一年間、特に三歳、四歳、五歳の担任同士で声を掛け合って、助け合って、いつも感謝し合えるようにね」

朝海園長が目指している職場は、いつも愛と感謝がキーワードなのです。

「そら組も今日一日でそら組になれた訳では無い、保育も成長もずうっと続いているの。今年はそら組も行事やイベントなどの取り組みも増えると思うけれども、行事のための行事では無くて、全てが日常の保育の延長、子どもたちの成長の延長線にあることが重要よ」

私は深く頷いてから聞きました。

「ところで園長先生、さっきクシャミが出ませんでしたか？」

「えっ、何のこと？」

「さっき、湯船であちらのテーブルの『永瀬』のお祖母様が、園長先生がずっと保育園で地味に勤めたことを意外そうに仰っていましたよ」

「ああ、『永瀬』のお祖母ちゃんね。私の子どもの頃のこと、有ること無いこと言わなかったかしら。でも保育園が地味だなんて違うわよね。こんなに楽しいお仕事は滅多に無いわ」

相変わらず前向きな朝海園長でしたが、「永瀬」のお祖母さんから手招きをされて挨拶に行きました。途中、あちらこちらのテーブルから声を掛けられています。

舞台の上では地元の踊りのグループが揃いの浴衣で登壇です。センターは商店街の中心にある「靴のＹＡＢＵＫＩ」のお祖母ちゃん、翼君のお祖母ちゃんです。舞台袖、下手前のテーブルに座って進行を仕切っているのは、これまた翼君のお祖父ちゃん、二人とも商店街の有名人です。

私は、ゆっくりとビールを飲みながら舞台の上で粋に浴衣を着こなして踊る人たちを眺めていました。歌と踊りと笑いに包まれながら霞温泉の夜が更けていきます。


さあ、そら組の新しい、忙しい日々が始まりました。

朝は皆が登園した九時一五分から「出席当番」の重要なお仕事があります。今日はタリーちゃんと航君が各クラスを飛んで回って調理室に人数を報告に行きました。二人が戻ると散歩です。霞保育園の近くには幸い公園が多くて緑には恵まれていますが、今日出かけるのは商店街から近いクジラ公園です。

今日の散歩は五歳そら組と四歳つき組が二グループになって出かけました。子どもたちは皆揃いの首まで隠れる帽子を被って、二人ずつ手を繋いで列になって進みます。今日はそら組の子どもが一人ずつつき組の子どもの手を引いて、横断歩道を渡る時には手を挙げるなど気を配りながらのお出掛けです。私たち職員は二列になった子どもたちの前後に付いて気を配ります。

クジラ公園に、マンションに囲まれた一つしかない入り口から入ると、旗竿型をした敷地の真ん中には名前の通りコンクリートの大きなクジラが置かれています。

子どもたちはこのクジラが大好きで、口から入ってはまた口から出てきたり、今度はお尻から出て来たりと大勢で走り回っています。クジラがクシャミをしてピノキオが出てくるお話の真似や、クジラがおならをしてお尻から吹き飛ばされる真似を繰り返して遊んでいます。子どもはただ身体を動かすだけではなく、お話を作りながら遊ぶほうがずっと面白いことを良く知っています。

散歩から帰ると、昨日の続きのサークルタイムです。話し合われたのは、どんな当番が必要かと言うことでした。まずは、ウサギのシロとミルクの当番です。前のそら組さんは餌をあげたり掃除をしたりしていたという当番のお仕事や、当番は毎日交代するのか、一週間で交代するのかなど話し合うことは沢山あります。話し合って決まったことは空太君が紙に書いていきます。

もう一つ大きな仕事がありました。去年のそら組さんは園庭で野菜を沢山育てていたのです。

「トマトとか、ナスとか、ぼくたちも、もらってたべたよね」「おいしかった」

「うん、それを、わたしたちもやろう」

野菜は何を育てるのか。子どもたちから出てきたのはトマト、ナス、ピーマンとスイカまでは想定内でしたが、メロンが食べたいとか、枝豆など渋いチョイスもありました。

「こんなに、つくれるかなー」「たいへんかも」「ぜんぶつくる、ばしょある？」

「大丈夫よ。保育園のお庭は広いから」

幸い霞保育園は園庭が広いですし、勿論事務室には相談して、「子どもたちがやりたいと言うのなら、どんどんやりなさい」との快諾も頂いておきました。野菜作りと土いじりで敢えて泥んこになる経験を大切にしたかったのです。


仕事を終えて事務室に入ると、ぷぅーんと仄《ほの》かに甘くて香ばしい匂いが漂っていました。打ち合わせ用のテーブルの上に大きな四角い紙箱にたい焼きがびっしりと入っています。近江屋《おうみや》の社長さんが差し入れを持って見えていたのです。もう七〇歳を超えているでしょうか。丸眼鏡に鼻の下に髭《ひげ》を蓄えた社長さんは、霞商店街のトレードマークです。

社長さんは朝海園長と話をしていましたが、私を見るとたい焼きを勧めてくれました。

「先生、焼き立てだから。早く食べてよ」

「ありがとうございます。丁度、仕事が終わったので良かったです。わぁ、凄い数ですね」

「先生方、皆に食べてもらいたくてね。何と言ってもうちのは天然だから」

一口頂くと、パリッとした皮と詰まった餡子《あんこ》の香ばしさが口に広がります。近江屋さんのたい焼きは、一匹ずつ金型で焼くので外側の皮はパリパリで、尻尾までぎっしりと詰まった餡子は香ばしいのです。近江屋さんでは、この焼き方を「天然」と呼んでいて、型板に流し込んで何匹も大量に焼くことを「養殖」と呼んでいます。

でも、職人さんが一匹分ずつの金型を、一人で何個も引っ切り無しに焼き台の上で回転させ続けるのは大変な作業です。店先では常時三人から四人の職人さんがずっと焼き続けていますが、大人気なのに大量生産できないので、いつもお客さんが並んでいます。たい焼きを頬張りながら霞商店街を散策するのがこの街で人気のスタイルなのです。

打ち合わせテーブルでたい焼きを頂いていると、玄関ホール越しに外からインターフォンを押している警察官の姿が見えました。

「派出所の山崎です」

インターフォンに応えて事務室から玄関のロックを解除すると、山崎さんと後ろから背の高い男の人が続いて入ってきました。

「失礼します。昨日の事件のご報告に上がりました」

朝海園長に敬礼する山崎さんの後ろに立ったのは昨日の朝のあの青年です。背が高いのに、廊下に立たされている小学生のように頭を下げて、緊張して気を付けの姿勢をしています。

「まあ、敷地に入ったことは不法侵入ではあるのですが、建物にも入っていないし、被害も無かったので、当署といたしましては事件性が無かったと判断して送検はせずに、先程厳重注意の上で釈放したところです」

山崎さんは間を置いて青年を振り返ってから続けました。

「それでなんですが、本人が謝りたいと申しますもので、本官が同行した次第です」

山崎さんに目配せされて、青年は直立の姿勢から腰を大きく折りました。

「どうも済みませんでした！　大変な御迷惑をおかけしました」

朝海園長は椅子から立ち上がって青年と向き合いました。背が高い青年を見上げる貌には、帰ってきた息子を迎える母の様な優しさが漂っています。

「私もあの場合はね、通報するしかなかったの。最近は落ち着いているけれども、前には北の繁華街で暴力団の発砲事件があったりしたのよ。見知らぬ人が入り込んでいたら、子どもたちを守るためにああするしかなかった、それは分かるわよね」

「分かります！　済みませんでした！」青年は再び大きく腰を折りました。

「貴方のお名前は？」

「はい、雨宮春人《あめみやはると》です」

「春人君、何か事情があったのね」

「二月末まで愛知の工場に住み込みで働いていたんですけれど、工場が海外に出るので仕事が無くなって……それから東京に出たんですが、仕事が決まらなくて……最初はカプセルホテルでしたけど、だんだんお金が無くなって、今はインターネットカフェに泊まっています」青年は自分で記憶を辿《たど》るよう話しました。「あの夜は繁華街のコンビニでお酒を買って呑みながら、この坂を下りてみたら、上とは全然違う雰囲気で……歩いているうちに格子戸の隙間から、玄関の庇《ひさし》の下にベンチが見えたもので、なんだか懐かしい気がして。公園より安全かなとも思って、つい眠ってしまいました、少しだけのつもりで」

青年は再び腰を折って謝りました。

「ご迷惑をおかけしました！」

朝海園長の隣で話を聴いていた近江屋の社長さんが尋ねました。

「東京で仕事はいっぱい有るだろうが、決まらなかったのかい？」

「あの……、アパートが借りられなくて、住所が無いと難しくて……」

「敷金とかが足りないのかい。探せば今は、敷金無しのアパートも有るそうだよ」

「それが……保証人がいないもので」

「親御さんか、親せきは近くに居ないのかい？」

「僕は……、学園に居たので」

「そう、学園の卒園生だったのね」朝海園長が、やっと合点がいったように頷きました。

「園長先生、学園って何だい？」

「児童養護施設といって、両親がいないお子さんや、いても家庭で育てることができない場合に、家庭に代わってお子さんをお預かりする施設ですけれど。春人君はどちらの学園に居たのかしら」

「はい、野川学園です」

「あそこね。広い大きな学園よね。入り口に銀杏並木があったわね」

「あっ、そうです、知っていますか」

話を聴いていた近江屋の社長さんは、うーんと腕を組んで考えていましたが、立ち上がるともう一度青年を上から下まで眺め直しました。

「春人君といったね。これも何かの縁だな。どうだ、うちに住み込んで働いてみないか」

社長さんはテーブルの上のたい焼きを指しました。

「うちは古くからこの商店街のたい焼き屋だ。うちのたい焼きは天下一だよ。職人が大勢で一匹ずつ金型で焼き上げているんだ。養殖とは違う、何と言っても天然だからね」

たい焼きを見ようとした青年と、打ち合わせテーブルに座っていた私は、再び視線が会いました。私は、片手にたい焼きを半分持ったままの何とも中途半端な姿で固まっていました。青年はたい焼きを見ようとした筈ですが、私と見合った目線は暫く動きません。

近江屋の社長さんに向き直った青年は、大きく腰を折って頭を下げました。

「本当に！　あの、ありがとうございます！　よろしくお願いします」

「そうか、やってみるか。だが修業は辛いぞ。暑い時も寒い時も焼き続けるんだから」

「はい！　頑張ります」

「あー良かったです。近江屋さんに面倒を見ていただけるなら本官も安心であります。本人を同行した甲斐がありました」山崎さんも嬉しそうに顔を崩します。

「じゃあ早速だ。これから案内するが店は商店街の真ん中だ。住み込みは店の上だから、まずお前さんの荷物を取りに行こう」

「本当に良かったわ。これにて一件落着ね。春人君、頑張ってね。近江屋さんで働くなんて最高に名誉なことよ。修行して今に春人君が焼いたたい焼きを食べさせて」

「はい！」山崎さんと近江屋の社長さんに付いていく青年、雨宮春人君はもう一度振り返りました。また目が合うと今度は確かに私を見つめました。

彼は出口でもう一度頭を下げると大きな声で言いました。

「昨日は本当に申し訳ありませんでした！　それなのに、ありがとうございました！　また、必ずお礼に来ます」

何なのでしょうか、この気持ちは。また来ますって、何だか図々《ずうずう》しいのでは、とも思いましたが……。私にはこの青年、雨宮春人君と出会ったことが、私にとってどういう意味があるのか想像することもできませんでした。


「ぼくは学園に居たので……」仕事帰りに商店街の舗道を歩きながら、霞保育園に現れた雨宮春人君の言葉を思い出していました。一体どういう境遇で彼は児童養護施設に入所することになったのでしょうか。

それだけではありません。彼の言葉で私は自身の生い立ちを思い起こしていたのです。私は働き始めてからずうっと、保育士として成長していけるのかと悩み続けてきました。いえ、保育士としてというよりも、それ以前に人間として欠けていることがあると言うべきなのでしょうか……。

五月　白いポストの秘密

霞保育園の園庭には、大きな鯉のぼりが泳いでいます。黒い真鯉と赤い緋鯉、緑、藤、青色の子どもたちが並んでいます。

そら組やつき組、ほし組の子どもたちは、園庭にたなびく大きなこいのぼりに触ってみたくて毎日ジャンプしています。届かなくて「あーあ」と諦めても、また次の日には工夫して挑戦します。それを見ている小さい子どもたちも「いつかやってみたい」と思っているのでしょう。

そら組は毎日新しくやりたいことがいっぱいあって、相談しなければならないこともいっぱいあるので、このところ毎朝がサークルタイムで始まります。

四月には野菜は何を植えるか相談して、畑を耕して畝《うね》を作ってきました。勿論、かなりのエネルギーは泥んこ遊びと虫探しに費やしたのですが。それでも畑は出来上がり、いよいよ作付けの時が来たのです。

五月になってからは図鑑を広げて、茄子、枝豆、胡瓜、メロンなどは、苗を植えようとか、トウモロコシは種を撒くとか計画してきました。今日は散歩でホームセンターに行って苗と種を買いに行く相談です。それでも相談するネタは尽きません。

「トリが、くるかもしれない」「ヤサイが、たべられちゃう！」

「ビニールで、おうちをつくればいいよ」

「それは、さむいときだよ」「ふゆ、じゃない？」

「ぼくの、おじいちゃんのイエでは、アミをかけていたよ」「アミかあ、うっているかな？」

「ハタケにはね、カカシもあったよ」「しってる！　カオがかいてあるんだよ」

「どうやって、つくるのかなあ」「うーん……」

「せんせい、ヌノはある？」

「勿論有るわよ。白い布が良いかしら」

「あとは……」「そうだ！　エトウさんに、もらおう」

江藤《えとう》さんは用務の委託業者の方で、園内の清掃や洗濯をして下さっています。白髪で細身の男性で、物静かな方なのですが子どもたちからは人気があります。子どもたちは江藤さんから箒《ほうき》を貰って、布を巻いて案山子《かかし》の顔を作ることになりました。他に決まったのは、ネットを張る、野菜の水やり当番は六人が一週間交替でやることなどです。

結局この日は散歩と買い物、案山子作りなどをしながらの慌ただしい一日でしたが、それでも子どもたちは時間を見つけては元気に走り回りました。

園庭のビオトープでオタマジャクシに足が出たことを見つけた子は、大興奮で走ってきました。

「マイコせんせい！　オタマジャクシに、あしがはえた！」

「まあ、凄い！　びっくりね。次は何が生えてくるかな？」

「せんせい、オタマジャクシ、おへやでかいたい」

「いいわよ。お世話もあるから、明日の朝サークルタイムで相談してね」

「うん！」大きく頷くと、またビオトープに向かって走っていきました。

オタマジャクシの成長を観察するのは子どもたちの楽しみになることでしょう。オタマジャクシの手が出た時に子どもたちが興奮する賑やかなクラスが頭に浮かびます。

このひと月、毎日が新しい挑戦と冒険の日々の中で、そら組の結束は急速に強まっていくのが感じられました。私は三人の新入園の子どもたちが馴染めるようにと見守っていましたが、子どもたちは想像よりも早くに打ち解けて仲間になっているように見えました。

そんな中で動きがあったのは、子どもではなくお母さんからでした。それは月に一度の「ほっとコーナー」の日です。


玄関ホールにお茶とコーヒーを飲めるようにテーブルと椅子を置いて、お迎えの保護者が少しホッとできるスペースが「ほっとコーナー」です。保護者にホッとしていただくためなので、お子さんのお迎えの前にお寄りください、多くの皆様にお立ち寄りいただくために一五分程でお迎えに行ってください、とお願いしています。

ここでは、お茶を飲みながら子育て談義に花が咲いて、小さいお子さんの保護者から年長の保護者への質問などが飛び交っています。それに答える年長の保護者も、お子さんがまだ小さくて子育てが大変だった頃を、また懐かしく思われているようです。

子育てを楽しむために、子育ての大変さを共有して、また子育ての面白さも知る。実はホッとして頂くことよりも、この御家族同士の情報交換と交流こそが「ほっとコーナー」の狙いです。特にそら組のお父さんたちは、この場での交流の中で「パパスミ会」という集まりを作って、何かと保育園の行事などに協力して下さるのです。勿論、集まって飲むことも目的だとは思いますが。

保育園への質問や御意見にも応えるように職員も交替で参加します。今日は虎田保育主任と私がお茶を入れながら皆さんのお話を聴いていると、パパスミ会の中心メンバーで商店街の防犯部長、翼君のお父さんの矢吹さんからまた飲み会へのお誘いです。

「冴木先生も今度はパパスミ会の飲み会に来てよ。パパスミ会のまたの名は『朝海&冴木ファンクラブ』なんだからさ」

「何を言っているのですか。保護者の方との飲食はいけないって、知っていますよね」

「また固いことを言う。最近、言うことが園長に似てきたよ。ほんと朝海園長と冴木先生は親子みたいなんだから」

「姉妹でしょ！」突然後ろから、いつの間にか事務室を出て来た朝海園長の声がしました。

「やべっ！」頭を掻きながら矢吹さんは翼君のお迎えに向かいます。

「園長先生、先日は有難うございました」

頭を深々と下げたのは、彩花《あやか》ちゃんのお母さんの雪野《ゆきの》さんです。

「いえいえ、私の練習にお付き合いいただいたのですから」

先日と言うのは、あの事だとすぐ分かりました。雪野さんは弁護士でお迎えの時間が不定期なのですが、それはお迎えがかなり遅くなった時でした。

雪野さんが周りの保護者に説明します。

「実は先日、仕事でどうしてもお迎えの時間に間に合わなくて、先生に叱られると思いながらタクシーで急いで迎えに来たのです。そうしたら冴木先生と一緒に園長先生がピアノを弾いて、彩花と歌いながら待っていて。私が謝りましたら『いいのですよ。彩花ちゃんには私のピアノの練習に付き合ってもらっていたのですから』と仰って。私もう、涙が出てしまって」

あの時、朝海園長は七時半を過ぎて一人残っていた彩花ちゃんとピアノを弾きながら歌を歌っていました。普段の行事では園長がピアノを弾くことはありませんが、実は朝海園長は若い頃にはピアノの名手と言われていたそうです。

「分かります。その気持ち」周りのお母さんたちも頷きます。

「そうですよねー。ピンチの時に助けていただけると、本当、涙が出そうです」

「逆に先生に叱られると落ち込みますよね。うちが二歳まで預けていた前の保育園では先生が親に注意するときに『子どもが可哀そうだから』って言うの。子どものために、と言われるのが一番辛い。それは親が一番分かっていて、これでも頑張っているのに、って思うと悲しくて」

「ほんと、それも分かる」

「親も、みんな一生懸命やっているのですものね」

皆さんの体験談で話が弾んだ時です。

「冴木先生、園長先生にも願いがあるのですけれど」

声を掛けてきたのは、新入園の光君のお母さん、実業家の林原さんでした。お願いと言いながらも有無《うむ》を言わせない響きを感じるのですが……。

林原さんが成功した女性実業家としてインタビューされた記事は雑誌で読んだことがありました。事務室に場所を移して改めて話し始めた林原さんの言葉には、記事と同じように自信と言うよりも気迫が満ちています。

「まず、光も先月からこちらの保育園で過ごして、本人も楽しそうにしていることは承知をしております。ですが、私からはこの保育園には欠けているものが有るように見えるのです。それはオプションサービスです。私立の幼稚園では、料金を出せば色々なオプションサービスを受けられるように選択肢が用意されている園もあると伺っておりますし」

林原さんは、眼に更に力を込めて言いきりました。

「私も、こちらの区役所にはそれなりに多額の納税をさせていただいております。光にとって最善のサービスを受ける権利があると思うのですが、オプションサービスの追加について御検討を頂けますか」

お願いと言うよりも、これは要求に近い感触でした。この押し出しで実業家として成功してきたのでしょうけれども、ここはビジネスの場ではありません。

朝海園長は、ゆっくりと深く頷いてから微笑みました。

「林原さん、ありがとうございます。多額の納税を頂いていることにお礼申し上げます」

朝海園長は深く頭を下げました。再び貌を上げた時には優しい笑みを浮かべています。

「でも、それは貴女の納税の義務です」

えっ！　と一瞬、林原さんが身を固くしたのが分かりました。意外な答えに、何を言うのだと思ったのでしょう。

「保育園のサービスは、必要な方には、たとえ御事情で税金を納めることができなくても平等にさせていただいております」

ここで朝海園長は更に口角を上げて満面の笑顔を作りました。

「光君にとって最善のサービスですね、分かりました。保育園はお子さんをお預かりしているだけのサービスではありません。私共は霞保育園の全てのお子さんが最大限の可能性を持って成長していけるように保育をしてまいりたいと思っております。

ただそれは、よく早期教育と言いますが、英語塾とかそういうことではなく、人間として一番重要な、生きていくために必要な力を得ていくことだと思っております。保育園で子どもたちはただ遊んでいる訳ではありません。遊びが学びなのです。子どもたちは毎日遊びながら人間関係と失敗や成功、それを乗り越えていく自信や自尊心、忍耐や自制心、信頼や協調性を学んでいます」

朝海園長は笑顔を緩めて声のトーンを落としました。

「林原さん、貴女程の方でしたら光君専用にシッターさんを雇うこともできたはずです。ですが、そうせずに公立保育園を選んだのは、子ども同士の人間関係を大事だと思われたのではないのですか。どうか私たち、霞保育園を信じてください」

林原さんは目を見開いていましたが、一度目を閉じるとふぅーっと息をつき暫く考えてから口を開きました。

「園長先生、私にそういう話をした方は初めてです」

「私はいつでも、どなたにでも同じ話をさせていただいておりますが」

「お話の意味は分かりました。一晩考えてから、また伺います」

林原さんは、深くお辞儀をしてから光君のお迎えに向かいました。緊張が解けた私は思わず朝海園長と顔を見合わせました。

「園長先生、いつもの持論ではありますけれど、あんなに有名な方を相手にさすがでした」

「私は誰が相手でも同じよ。でも気を使って丁寧に説明はしたわよ」

「林原さんも、納税の義務です、と言い切られた時には驚いていましたよ」

「あれは朝海からの受け売りよ」朝海園長は、小さく舌を出しました。

朝海園長の御連れ合いは、私たちは「パパさん」と呼んでいるのですが、元は公務員でしたが今は研究機関で働いていて、税とサービスなどについては一家言ある方なのです。

「林原さん、こういうことを言われたのは初めてなのですね」

「ストレートに直球でお話ししたけれども、きっと頭の良い人でしょうから分かってくれるわよ」言って朝海園長は自分で頷きました。

翌朝、林原さんは光君と一緒に晴れ晴れとした表情でそら組に見えました。

「冴木先生、昨日はありがとうございました。今、玄関で園長先生にお会いしたのでお話してきました。今まで、私にああいうことを言ってくれる人はいませんでしたから。まあ私もビジネスの世界だけで、いつも交渉ばかりしておりましたので。あれから考えて、とても良い保育園に巡り合えたと分かりました。改めて宜しくお願いいたします。光ともども、私もお世話になります」

光君は走って友だちの中に飛び込んでいきました。ああ良かった、また霞ファミリーが増えたのですね。

四歳つき組の詩織《しおり》ちゃんが怪我をしたのは、おやつの後に園庭で遊んでいた時です。園庭の築山から駆け下りた詩織ちゃんは、勢いが余って転んだ時に着いた手を捻挫《ねんざ》してしまいました。すぐに黒木看護師が手当をし、病院を受診して湿布と固定をしてきました。医師の診断では一週間程の通院が必要ということです。

夕方、お迎えのお父さん、谷口《たにぐち》さんに怪我をした時の様子を見ていた正岡先生が説明をしたのですが、谷口さんは全く聞いては下さいませんでした。

「どう責任取るんだ！　大事な娘に怪我をさせて！」

大きな声で怒鳴るお父さんに正岡先生は深く頭を下げました。

「申し訳ありません。気を付けてはいるのですが」

「気を付けたから済むってものじゃないよ！　結果が全てだろう！　大体、公務員は守られているから甘いんだよ！」

お迎えの場で怒鳴る谷口さんの大声に周りのお母さんたちは引いていましたが、進み出てきっぱりと言ったのは光君のお母さん、林原さんです。

「子どもたちの前で怒鳴らないで下さい！　それに、子どもは怪我をするものです」

ムッとして振り返った谷口さんでしたが、林原さんの顔を見ると一瞬驚いたようでした。林原さんは有名な女性実業家として雑誌などに顔が出ていますから、もしかしたら知っていたのかもしれません。林原さんは、もうすっかり霞保育園の応援団になってくれています。

そうは言っても谷口さんには、もっときちんとお話をする必要があります。谷口さんはシングルファーザーですので、通院は保育園で行うことなども説明しないとお仕事も心配でしょうし。

私は舌打ちをしている谷口さんに声を掛けました。

「本当に申し訳ありませんでした。病院へ行った看護師からも説明させますので事務室のほうへどうぞ」

私はクラスを吉に頼んで、お父さんと詩織ちゃんを事務室に案内しました。勿論、怒鳴られて這《ほ》う這《ほ》うの体《てい》の正岡先生も、怪我した時の状況の説明が必要なので付いてきます。

事務室では改めて怪我をした時の状況を正岡先生から説明して、看護師から病院で医師に言われた怪我の治療などの説明をし、朝海園長も深々と頭を下げました。

「詩織ちゃんの怪我は本当に申し訳ありませんでした。費用は勿論、治療は一週間程掛かるということですが、通院など保育園で全て責任を持ってやらせていただきます。今後益々、注意を払ってまいります」

「責任は勿論取ってもらうけれどもね！　そもそも、仕事の仕方が緩いんじゃないの？　民間だったら結果が全て！　ミスは許されないんだよ！　あんたたちは公務員だから分からないんだよ！」

「本当に大変申し訳ありません。詩織ちゃんのお怪我は心配ですよね。お気持ちは良くわかります。私共も誠意を持って、できるだけのことをさせて頂きます」

朝海園長はもう一度深々と頭を下げました。でも再び貌を上げると微笑みながら意外なことを言ったのです。

「もし、それだけでは無く私共の仕事に、あるいは公務員ということに疑問をお持ちなのでしたら、詩織ちゃんのお怪我が治った後、宜しければ一度『保育士体験』をなさってみませんか？」

保護者が保育に参加するのが「保育士体験」です。保育園のことも分かりますし、お子さんの保育園での様子も見ることが出来るので、とっても良い体験になりますよとお勧めしています。参加された方は皆さん喜んでくださっていますが、このタイミングで朝海園長が言い出すのは意外でした。

これには谷口さんも驚いて一瞬の間少し引きましたが、気を取り直して怒鳴りました。

「冗談だろ！　今、怪我のことをこっちが言っているのに、何でそんなことを言われなきゃならないんだ！」

「一度、保育園での詩織ちゃんの様子を見ていただくことが、お父様の安心になるかと思っているからです」

「俺は忙しいの！　そんな暇あったら苦労していないよ！」

「では保育士体験は原則として平日の一日なのですが、土曜日の半日でも結構ですよ」

「あのね！」

「パパ、きてよ……」それまで黙っていた詩織ちゃんがつぶやいたのです。

「えっ！」

「このあいだね、ツバサくんのパパがきたの。とってもおもしろかったんだよ」

「……」その時は、うーんと唸って腕を組んでいた谷口さんでした。

ところが、翌週の土曜日です。詩織ちゃんに頼まれて渋々ながらも半日の保育士体験を終えた谷口さんは、すぐにまた平日の一日体験を申し込んだのです。


「冴木先生、ありがとう！　あと、園長先生にも挨拶したいんだけど」

平日の一日保育士体験を終えた谷口さんが、晴れ晴れとした顔で言ったのです。

事務室に場所を移すと、谷口さんは堰《せき》を切ったように話し始めました。

「園長先生、ありがとうございました！　先日の詩織の怪我も全て面倒を見ていただいて完治しましたし。それに、保育士体験を勧められた時には何故だと思ったけれども、本当にやって良かったです。いやあー、こんなに頭が真っ白になったことは無かったです。子どもたちに教わりました」

谷口さんは朝海園長に頭を下げました。顔を上げると、嬉しそうな表情から保育士体験をしたことの満足感が伝わってきます。

「子どもたちを見ていると、こちらの手の届かない、子ども自身の力がある。子どもたちがこんなに考えたり、話し合ったり、しっかりしているとは全く知らなかったです。先生たちが手を抜いているんじゃないかと思ってましたけど、子どもの力を信じているんだと分かりました。

俺、これから仕事のやり方変えます。今まで、自分のチームのメンバーを叱咤激励しながら、先ず俺が頑張らなければと思って必死でやってきたんです。でも、これからは皆で考えて楽しんでやろうと思ったんです。いやぁー、子どもたちに負けるわけにいかない、俺こそ成長しなきゃと」

「またぁ、負けるとか言わないで。子どもたちと一緒に成長していきましょうよ」

朝海園長は笑って言うと、谷口さんに頭を下げました。

「今回の詩織ちゃんの怪我は本当に申し訳ありませんでした。こんな時に保育士体験をお勧めしたのは、保育園と職員に対する不信感が残ってはいけないので、ありのままの保育園を知って頂きたかったからです。でもそれ以上に前向きに捉えていただけて、本当にありがとうございました」

「いえ、こちらこそいい体験をさせていただきました。本当に子どもに勉強させられました。ところで、給食の配膳の手順について改善の余地があると思うのでチャートにしてきたいんですけれど、いいですか？」

「あらまぁ、それは有難うございます」

朝海園長は、笑って再び頭を下げました。早番の勤務を終えて事務室に居合わせた正岡先生も頭を下げます。

「先日は、本当に申し訳ありませんでした！」

「いやぁ、この間は俺もびっくりしたしさ、仕事もイッパイイッパイだったから。思い切り怒鳴っちゃって。ごめんね」

先日とは打って変わって優しく言われた正岡先生は驚いて恐縮しています。谷口さんが意気揚々と更衣室に向かうと、正岡先生は朝海園長に頭を下げました。

「園長先生、今回は申し訳ありませんでした。それなのに谷口さんとの関係、こんなに改善できて。園長先生の保護者対応のスキル、凄いです。教えて欲しいです」

朝海園長は微笑んでから一言ずつゆっくりと話しました。

「正岡先生、これはスキルではないの。それ以前の、保護者の方が言うことに対する、こちらの受け止め方の姿勢なのよ。今回の怪我はこちらの責任ですけれども、公務員だから甘いと言われたのは、きっとお仕事で御苦労されているからだと思ったの。他の場合でも保護者から予想もしないことを言われる時もあります。でも、それはクレームではない。何か困っていることがあって、それを訴えたい保護者への支援が必要なのだと受け止めるの」

「クレームでは無くて、要支援ですか？」

「まず、霞保育園を大きな家族だと思うのよ。保育士と親の関係では無くて、いつも子どもを真ん中にして考えて大きな家族だと思うの。家族の中で何かに困って、それを訴えたり人に当たったりしている人がいる。家族ならクレームだとは思わないでしょう。助けようと思うでしょう。必要な支援は、私たちだけでは解決できないこと、関係機関を巻き込まなければできないこともあります。大切なのは最初の受け止め方、それによって私たちのするべきことも変わるのよ」

「確かに家族なら……」

「谷口さんはシングルファーザーで子育てをしながらお仕事も一生懸命に頑張っていらっしゃる。大変な御苦労もあるのだと思うわ。それを理解して、分かち合いながら、子育てを楽しめるように、霞ファミリーの家族になって一緒に成長していきましょうよ、ということです」

朝海園長は間を置いてから笑って付け加えました。

「勿論、正岡先生も一緒に成長していくのよ」

「はい、ありがとうございました！」

お辞儀をして事務室を出る正岡先生の顔は憑《つ》き物が取れたようでした。そうなのです、保護者から思わぬことを言われた時に、クレームだと捉《とら》えて攻撃されたと思うと、保育士の心が折れてしまう場合もあるのです。朝海園長の言うように、何かに困っていて、何か訴えたいのだと受け止めることができれば、私たちのするべきことを考えることが出来ますし、展開は全く逆の方向になります。

私も、そう受け止めるようになってからは重しが取れたように気持ちが軽くなって、保育園の仕事を心から楽しめるようになったのです。正岡先生も今日は大切なことを勉強することができました。正岡先生にとっても、私にとっても霞保育園に来たことは良いことだったのです。

霞保育園に来るまでの私は、保育士として成長していけるのかと悩み続けてきました。いえ、保育士としてと言うよりも、それ以前に人間として欠けていることがあると言うべきなのでしょうか……。


私の母は美しい人でした。でも、それが災いを呼んでしまったのでしょう。

母を見初《みそ》めて激しく求婚したという父は、猛烈な仕事振りを人からも評価もされて、組織の出世の階段を駆け上ろうとする官僚でした。でも、実は恐ろしい人だったのです。

家族は暴力で支配されていました。気に食わないことがあると母はいつも殴られていましたが、一番の犠牲者は私より四つ上の兄でした。父は仕事のせいどうかは分かりませんが凄く学歴に拘《こだわ》る人でした。兄は父が出した問題が解けないと、殴られて鼻血を流していたことが強烈に私の心に焼き付いています。何故か私は殴られることはありませんでしたが、いつも同じ恐怖を感じていたのです。

母は夫に従い同調するだけではなく、自身にも学歴に対するコンプレックスがあったのだと思います。「女も大学に行かなければ一人前じゃない」と言うのが口癖で、父と一緒になって兄と私に勉強を強いました。私たちには逃げ場が無く、子どもらしい楽しみとは離れて勉強が全てに優先する生活を送りました。

兄は中高一貫の男子の進学校に進み、私も四年後に中学から私立の女子校に進みました。それからすぐのことです、父が突然に亡くなったのは。真昼に車に撥《は》ねられて、相手はそのまま逃げたのですが現場にはブレーキ痕も無かったそうです。父は利害の絡む許認可に関する仕事もしていので、事故ではなく故意の可能性も含めて捜査はされたようですが、結局犯人は捕まらず真相は分かりませんでした。

あまりにも呆気ない最後でしたが、幼いころからいつか私の家族は別れると想像していたので、驚きよりも恐怖と圧力から逃れて安堵したのが私の本音だったのです。

母には間もなく再婚の話がありました。義父となる人は父とは全く正反対の優しい人でしたが、思春期の私にとっては居心地が良いものではなく、兄と共に母方の叔母の家から通学しました。

子どものいなかった叔母は私たちには優しくしてくれましたが、高校生と中学生の思春期の兄妹を受け止めることは難しかったと思います。何の衝突もありませんでしたが、自分の居場所とも思えませんでした。特に私立の女子校では、私の苗字が叔母とは違うので複雑な家庭だと思われていたことでしょう。少ない友だちも変わり者で、周りの子の様に男の子やアイドルの話をすることもなく、読書と少し難しい映画が話題の中心でした。そんなある日、兄は叔母の家を出たまま帰らず、現在も行方は分かっていません。

私が保育士になろうと思ったのは、専業主婦にならずに女性が一生働ける仕事だと思ったからです。夫次第だった母の様にはなりたくなかったのです。でも、愛を感じられない家庭に育った私が、一人前の良い保育士になれるのだろうかとはずっと悩んできました。そもそも良い保育士とは何なのでしょうか。心構えや姿勢については学校でも色々と教わりましたが、私には目指す姿が線を結んで実像になりませんでした。

変わったのは三年前のことです。霞保育園に転勤してから、すぐに感じた雰囲気は職員同士の仲が良いことです。他の職員の悪口を陰で言うことなどが無く、自由に話し合って、助け合っていました。職員同士で感謝の言葉が行き交っていたのです。職員と子どもとの間は勿論、保護者とも信頼関係が強いことも感じました。

その大元が分かった時、目指す保育士像が実線を結びました。私は実在のモデルを見つけました。保育園を満たしていた愛と感謝の発信源が朝海園長だったのです。

最初の印象は、保育園長よりも舞台の女優のほうが似合うような人だと思いましたが、保育園長としての信念も並々ならぬものだと知りました。朝海園長は霞保育園が一つの家族だと思っていて、子どもと家族と私たち職員が一緒に成長していくために、支え合って喜び合う「霞ファミリー」なのだといつでも言っています。

その中で楽しそうに働く朝海園長の姿を見ていると、次第に私の中でも、保育士として働くことの喜びと仕事への信念が育ってくるのを感じました。きっと私にとっては、保育士として自分が成長していくことが、私の欠けているものを取り戻していくことなのだと思うようになったのです。

私はそら組の子どもたちを、三歳ほし組だった時から担任して一緒に成長しながら三年目を迎えました。この子どもたちが最後の年を迎えた今、新たに旅立てるまで共に成長を続けることが、私が越えていかなければならない道程《みちのり》なのだろうと思うのです。

家族の愛を感じられないままに育った私でも、「霞ファミリー」の中で子どもと家族の愛を信じて仕事をできるようになったことは一番大きな成長でした。でも実はもう一つ、私には他人には言えない悩みがあるのです……。


子どもたちが、お昼寝の後におやつを食べてから、三歳から五歳までの部屋の仕切りを取り払って遊んでいる中で、その喧嘩《けんか》は起こりました。

子どもたちの喧嘩はよくあることなのですが、保育士が決着を付けることは基本的にはしません。喧嘩は子どもにとって必要な経験ですし、話し合うこと自体が大切だからです。勿論、怪我をするような喧嘩にならないように気を配りますし、両方の気持ちをそれぞれ聞いてクールダウンすることもあります。

ただ、今日の喧嘩は少し変わっていたのです。喧嘩というよりも、一人の子どもが周りの大勢の子と言い争っていたので私と吉が間に入りました。

「どうしたの？」騒ぎの真ん中にしゃがんで、一人の子どもに尋ねました。

「だって、ヒカルくん、ウソつきなんだもん」

「ウソじゃないもん！」

一人で言い合っていたのは先月入園した林原光君でした。私は光君に聞きました。

「嘘じゃないって、何を話していたの？」

するといりから他の子たちが囃《はや》します。

「ヒカルくんは、ポストが、しろいっていうんだよ」「ポストは、あかだよ」「しろいポストなんて、ないよ」

「ちがうよ！　ほんとうだよ！　しろいポスト、あるもんね！」光君は大きな声で言いました。

周りの子がまた囃し始めると、聞いていた吉が突然言ったのです。

「じゃあ！　確かめに行けばいいじゃん」

ええっ！　と子どもたちが驚いていると、吉は続けました。

「明日の散歩は、白いポストを探しに行こう！」

ワーッ、と子どもたちは良く訳の分からぬままに歓声を上げて喜びました。子どもたちは、宝探しとか冒険とかが大好きなのです。でも今回は喧嘩のネタを探すとなると、果たしてそれで良いのでしょうか。見つからなければ却《かえ》って光君の立場は悪くなるでしょう。吉はどうするつもりで言ったのでしょうか。

「吉、散歩で白いポストを探すって、どういうことよ。見つからなかったらどうするの」

「大丈夫、大丈夫。俺に任せろって」

出たっ！　吉の得意技「俺に任せろ」作戦。でも今回は不安です、私も白いポストなんて見たこともない。本当にあるのでしょうか。

「吉、あなた知っているのね。白いポストのある所を」

「そう、俺も偶然、最近気が付いたんだけどさ。目立たないんだよな。でも確かにシティのあれはポストだったな」

シティの中……、私は少し考えてから朝海園長に相談に行きました。

さあ、今日の散歩は子どもたちが朝から楽しみにしています。子どもたちはテーマがある散歩が大好きです。特に冒険の匂いがすると大興奮します。

吉を先頭に私が一番後ろに付いて出発です。散歩の行き先と人数は必ず事前に事務室に提出します。今日の行き先はシティのテレビ局の隣にある庭園です。

霞保育園から坂を下ってシティ入口の大きな書店に着きました。書店にはコーヒーショップが併設されていて、外のベンチでは大勢の人がコーヒーを飲んでいます。

私たちはシティの中心を抜ける緩やかな坂道を登っていきました。坂道の右側にはテレビ局、左側には和菓子屋さん、パン屋さん、レストラン、私には縁の無いブランドショップまで沢山のお店があり、挟まれたこの道は二車線の道路と幅の広い舗道です。舗道の上には大きな欅《けやき》の並木が生い茂って、暑い日でも木陰の下で涼しく歩ける気持ちの良い通りです。坂の先にはシティのタワーが見えています。

歩いていくと、坂の上にはグレーのスーツを着た男の人が大きなパネルを持って、こちらを見ながら立っています。私たちを待っている、あの人です。

私たちが坂の上に着くと、男の人は言いました。

「霞保育園の皆さん！　ようこそ！　シティに遊びに来ていただいて、ありがとうございます」

えっ、ぼくたちをまっていたの？　子どもたちは驚きましたが男の人は続けました。

「私は志村《しむら》と申します。シティの広報、分かりますか。案内や宣伝をする人です。今日は皆さんの探し物のお手伝いをしたいと思います」

志村さんは子どもたちに聞きました。

「皆さんが探しているものは何ですか？」

「しろいポスト」

一人が言うと志村さんは皆に聞き返します。

「えっ！　何ですか？　もう一度！　皆さんが探しているものは何ですかー」

「しろいポスト！」今度は全員が声を揃えました。

「では、皆さんが探している白いポストをお見せします。ジャーン！　ここです」

志村さんが大きなパネルを退けると、白い四角い箱が低い支柱の上に載っていました。本当に白いポストがあったのです。これには子どもたちも大興奮です。

「あっ！　しろいポストだ」「ほんとうに、あったんだ」

暫く大騒ぎが続きましたが、落ち着いたところで志村さんが説明しました。

「皆さん、郵便ポストは赤だと思っていましたよね。大抵のポストは赤ですが、それはポストを見つけやすいように赤くしているのです。赤でなければいけない訳ではないのですよ。街並みに合った色合いにすることもできます。シティでは街の色に合うように白くしているのです」

「ほら、だから、いったじゃん！」光君は大得意です。

志村さんが先程のパネルを裏返すと、そこには何枚ものカラー写真が貼られています。

「全国には色々なポストがあるのですよ。これはシティの郵便局にお借りした写真を拡大してきました。ほら、水族館ではイルカの形をしたポストや、品川駅には電車の形をしたポストもあるのですよ」

志村さんは丸太の様な木の写真を指さしました。

「郵便ポストが最初にできた頃は、丸太の木をくりぬいたものでした。それからコンクリートのポストができて、分かり易いように赤く塗ったのですね。これは昔のポストです。今の様な箱ではなくて丸かったのです」

子どもたちは目を丸くして聞いています。

「せんせい！　このしろいポストと、いろいろなポストの、しゃしんとって」翼君が言いました、昨日は光君を嘘つきと言っていたのですが。

私は、散歩の時に持ち歩く園のカメラで白いポストと色々なポスト、勿論白いポストを中心に子どもたちと志村さんの写真も撮りました。光君は胸を張ってVサインを突き出しています。

シティのテレビ局の隣にある庭園でひとしきり遊んだ後、保育園に帰ると子どもたちは大興奮が冷めやらぬままで相談を始めました。色々と話し合っていましたが、何やら決まったようで今度は役割分担を相談しています。さあ、行動開始です。

「せんせい、さっきのしゃしん、いんさつして」

どうやら、彩花ちゃんは写真係の様です。私は事務室でプリントアウトした写真をクラスに持ち帰ると、顔を寄せ合う子どもたちの上から覗き込みました。何の準備をしているのかが分かりました。何と「新聞」です。紙面のレイアウトの割り付けを相談しているのです。「しんぶんの、ぶって、どうかくんだっけ？」「ぶたの、ぶだよ」などと、子どもたちは字を教え合って記事を書いています。これから、文字への興味も広がってくることでしょう。

新聞作りは順調に進んだようで、おやつを食べると今度は「印刷係」のジロー君が事務室にカラーコピーを頼みに行きました。

暫くして出来上がった「新聞」を持ち帰ったジロー君が皆に見せると、子どもたちは出来栄えに大喜びです。

タイトルには「かすみしんぶん」「ごうがい」（号外）の文字が踊っています。見出しは「しろいポストのひみつ」、小見出しには「まだある、いろいろなポスト」、中央は私が撮った白いポストと笑っている子どもたち、志村さんの写真です。これだけでも子どもたちの行動力、企画力に驚きましたが、まだこれで終わりではありませんでした。

夕方、お迎えの時間です。何と「配布係」の子どもたちが保護者に「新聞」を配り始めたのです。

「しんぶんです！」「ごうがいです！」「しろいポストの、ひみつがわかりました！」

口々に言う子どもたちから「新聞」を受け取った保護者は、最初は貰って驚き、読んで驚き、職員から経緯《いきさつ》を聞くと喜んで、連鎖をするように後から迎えに来た保護者に伝えていました。

配っている子どもに質問をするパパ、ベンチに腰を掛けてじっくり読むママ、子どもに今日の冒険の話を聴くママ、玄関ホールはもうごった返しています。そら組の保護者は、わが子の行動力と成長に驚き、それを噛み締めて喜んでいます。そら組より小さいお子さんの保護者は、今にこんなことができるようになるのかと、やはり驚き、楽しんでいます。


光君のお母さん、林原さんがお迎えに来ました。「ママ！」光君は胸を張って「新聞」を渡しました。渡された「新聞」を読む林原さんの眼には、見る見る涙が溢れてきます。

「冴木先生、昨日のことは光から聞きました。大丈夫だとは思っていましたけれど、まさかここまでやって下さるとは思いませんでした。先生、ありがとう！」

「いえ、それがこの新聞、みんな子どもたちが話し合って作ったのです」

「えっ！　そうなのですか！」

「実は、私も白いポストがあるとは知らなくて、吉子先生が知っていたので散歩で探しに行くことになったのです。それで昨日、朝海園長からシティの広報の志村さんにお願いして、今日は志村さんから説明していただきました。大人がしたのはそこまでで、後は全部、新聞を作ろうとか、係りの分担とか、みんな子どもだけで相談して決めたのです。ここで配ることも、私たちは知りませんでした」

「そうですか、広報の志村さんにねぇ、お世話になったのね。それにしても、子どもだけでここまでやるとはねぇ」

「ええ、本当に子どもの力って凄いですよね」

他の保護者と話をしていた朝海園長が、林原さんを見つけてこちらに来ます。

「園長先生、ありがとうございました！　勿論信じていましたけれども。それにしても、広報の志村さんまで使うのはさすがです」

「ありがとうございます。散歩で白いポストを探しに行くというので、冴木先生から子どもの興味をもっと広げたいと相談されまして。広報の志村さんにお願いしてみましたら、かえって喜んで頂いて。張り切って仕込んで下さいました」

そうなのです。昨日あれから私が相談すると、朝海園長はこの際もっと周りの地域も巻き込んで話を広げることを快諾《かいだく》して、シティの広報の志村さんに頼んで下さいました。

シティは周辺住民を巻き込んでの再開発だっただけに、地元の住民との交流を大切にしています。広報の志村さんは、よく霞保育園にも顔を出してはイベントなどの案内と園児への招待の話をしに来るのです。

「でも何と言っても今回の主役は子どもたちの興味と行動力ですね。私もここまで話が広がるとは思いませんでした。子どもに置いて行かれないように私たちも頑張ります」

朝海園長は満面の笑顔で微笑みました。

仕事の帰り、吉と広場沿いの立ち飲みスペインバル「ラ・プランチャ」に入って、マスターのヒロさんに店の名物「あわ」と呼ばれているスパークリングワインをグラスで注文しました。ヒロさんはスキンヘッドに顎鬚《あごひげ》を蓄え、シャツを腕まくりして少し開けた胸元からは濃い胸毛を覗《のぞ》かせています。優しい人なのですが見た目は悪役プロレスラーのようです。

ヒロさんはボトルの底を片手で持って、グラスになみなみと表面張力で淵より少し盛り上がって溢《あふ》れる寸前まで注いでくれました。スパークリングワインの泡がグラスの底から立ち昇っています。

先に口を持っていって一口飲んでから、グラスを合わせて乾杯します。一杯飲むと、何とも言えない爽やかさと少しの渋みが喉を通ります。ふぅーと思わず溜息が出ました。

「全く昨日は驚いたわよ。急に探しに行こうなんて言い出すから」

「大丈夫だって。俺に任せておけって言っただろう」

「まあね、それにしても良く知っていたわね。私もあの路はよく通るけど全然気付かなかったわ」

「そうなんだよなあ、俺も偶然だよ。白いからさ、まさかポストと思わないよな」

「大人には見えないものが、光君にも、子どもには見えるんでしょうね」

「そうだろうな。でも今日の新聞は想定外だったなぁ」

「本当に。『号外』なんて言葉、よく知っていたわよね」

その時、後ろからあの独特の節回し聞こえたのです。

「何処の、誰かと、問われればぁー、泣く子も笑う、霞保育園長だ！」

「園長先生！　びっくりしました」

　私は、朝海園長が指差す店の奥を見てさらに驚きました。こちらに手を振っている白髪で背の高い痩身の男性は朝海園長の御連れ合いのパパさん、一緒にいるのは何とあのシティの広報の志村さんだったのです。

「志村さん、今日は本当にありがとうございました！」

　私たちはグラスを持って合流すると、まず志村さんにお礼を言いました。

「いやぁ、こういうことでお役に立てたら何よりです。弊社としても地元の保育園のお子さんに来ていただいて、楽しんで頂いて、それでお役に立てたら嬉しいですね」

「でも驚きました。どうして志村さんとパパさんが一緒に？」

「実は私、朝海先輩の中学高校の後輩なのです。と言っても朝海先輩は大先輩でして、私は大分年下なので、当時御一緒したわけでは無いのですけど。同窓会が定期的に開催している講演会で、朝海先輩の研究テーマの講演を聴いた時に名刺交換させて頂いて」

「それで、お互いに御近所だと分かってね。以来、たまにバルで飲むのだけれど、今日は霞保育園がお世話になったと聞いたからね」

　パパさんは笑うと朝海園長をチラッと見ました。そういうことですか、朝海園長がパパさんに連絡して志村さんと一席、と言っても立ち飲みですが、設けたのですね。

「そうだったのですか。それにしても今日はお世話になりました。まさか、あそこまで御準備してくださるとは思いませんでした」

「舞衣子先生、あれ、お見せして」

朝海園長に促されて私はバッグから「新聞」を出して志村さんとパパさんに見せました。志村さんの眼が、どんどん見開いて表情が変わっていきます。

「これ！　凄いじゃないですか。こんなの作って下さったのですか」

「これ全部、子どもだけで相談して作ったのです。印刷はカラーコピーで職員がしましたけれど」

「ええっ！　先生が考えたわけじゃないのですか？」

「それで先程お迎えの時に、保護者の皆さんに子どもたちが配ったのです。『新聞です、号外です』って。そうしたら保護者の皆さんも凄く喜んで下さって」

「これを！　保護者の皆さんに……むふぅ……、これは広報室としては成果ですねぇ、広報冥利に尽きるなぁ」

志村さんは目を輝かして悦に入っています。

パパさんが、「あわ」のボトルから私たちのグラスに注ぎました。

「取り敢えず乾杯しよう。子どもたちの力と成長に！　今日は志村さんありがとう！」私たちはグラスを合わせました。

ひと口呑んで、朝海園長も志村さんにお礼を言います。

「志村さん、今日は本当にありがとうございました。急なお願いでしたのに、ここまで御準備頂いて。これからも霞保育園は地域の皆様と一緒に子どもの成長を見守ってまいりますので、またよろしくお願いしますね」

「いえ、こちらこそよろしくお願いします。またイベントの御案内もさせていただきますので」

「ありがとうございます。ああ、今日は良かったわ。でも、今日の子どもたちの新聞は突然にできたわけではないと思うの。普段から舞衣子先生や吉子先生が、子どもたちの力を信じて、子どもが自ら考えて行動する、そういう保育でずっと遊び込むようにしてきた一つの結果よ。それにしても、子どもたちの成長を御家族と、地域の方々と一緒に見守っていける私たちの仕事って素晴らしく楽しいわ」

　またしても朝海園長の前向きなまとめです。ああ、この人の凛とした立ち姿は実に立ち飲みが似合います。

　吉が一口飲んでからニヤリと笑って志村さんに尋ねました。

「志村さんもパパさんの後輩ということは中高の男子校ですよね。すると、やっぱり悲惨な青春だったのですか？」

「え、悲惨な青春って？」

「いや、私がいつも言っているから。男子校の剣道部で、学園祭でも女子が来ないような悲惨な青春だったって。でも志村さんはサッカー部だから違うのじゃないかな。サッカー部とか野球部は女子校が応援とか来ていたよね」パパさんが解説します。

「そうですねえ。こう言っては何ですが、確かに剣道部よりは」

「そうだよね。何と言っても剣道部は臭かったからね。面とか防具は洗濯できないし、今なら消臭剤とか有るけど、当時は無かったからねー」

「でも、朝海先輩はそれで良かったじゃないですか。中高で何もなかったから大学で、こんな素敵な奥様に出会えたわけで」

「そうなんだよ。大学一年で出会って初デートの時にね、絶対この人と結婚するだろうと思ったよ」

「えっ、初デートで、ですか。それは奥様……園長先生も、そう思ったのですか？」

「ふふふっ、それは秘密かしら」

「そう、それは聞かないことにしているんだ。なにせ、この人はマドンナでモテたからなあ。クラスで一番の美人だったし」

「だった、って何！　でも、結婚できて良かったでしょう」

「はい、勿論」

全く、この二人は人前も憚《はばか》らず惚気《のろけ》て。とても二人の娘さんが結婚して、もうすぐお孫さんが生まれるようには見えません。当てられている志村さんのほうが照れています。

「志村さんは、御結婚なされているのですか？」吉が照れ臭げな志村さんに被《かぶ》せます。

「いえ、それが未だ、……仕事のせいにする気は無いのですが……独身でして」

「そうですか。この冴木先生も独身ですよ」

「吉！　何を余計なこと」

志村さんを横目で見ると、顔を真っ赤にしています。全く吉は、自分だって独身なのに、「俺は関係ないよ、男だから」とでも言いたげに面白がってニヤついています。

私たちはパパさんが注文した生ハムとスペインオムレツをおつまみに頂きながら、志村さんとパパさんの男子校話も交えてひとしきり話が盛り上がりました。

「今日は私としても嬉しかったですし、弊社としても広報の意義を再認識させていただきました。この会計は弊社で持たせていただけませんか」

「何を仰います。私たちは公務員ですからご馳走になることはできません。それに今日は志村さんへのお礼ですから」

朝海園長は言うとチラッとパパさんを見ました。はいはい、とパパさんはヒロさんのほうに会計に向かいました。

広場に出ると辺りはすっかりと暗くなっていました。頭上の欅《けやき》の木の葉がざわついて、五月の風が心地良く吹き渡っています。

その時私は、広場の端から黒いスーツを着た背の高い男の人がこちらを見ていることに気付きました。オールバックに纏《まと》めた長めの髪の下から細い目つきで、何故だか私達がお店の中にいる時からずっと見ていたのではないかという気がしたのです……。

六月　新しい家族は零歳《ぜろさい》

園庭に咲く紫陽花《あじさい》の花が美しい季節になりました。大人には鬱陶《うっとう》しい季節ですが、子どもたちは梅雨でも楽しみを見つけます。傘をさして園庭を散歩しながら雨の中の植物や虫を見るのが大好きです。

雨の日に、私と正岡先生がビニールシートの両端を上に持って、大勢入れる電車の様にして遊んだ時には子どもたちはみんな大喜びでした。

そら組の子どもたちは、園庭でカタツムリを見つけると、クラスの部屋にある飼育ケースに加えました。飼育ケースではミミズとダンゴ虫も飼っていますが、世話をしながら毎日飽きずに観察しています。

先月、園庭のビオトープから移したオタマジャクシには手も生えて尻尾が無くなってきました。四月にはビオトープで卵の感触を確かめていたのに、今月中にはカエルになるかもしれません。子どもたちは毎日それを観ながら、成長の早さに驚いています。

「オタマジャクシって、すぐにおおきくなるんだね」

「わたしたちより、はやく、おおきくなるね」

そうですよね。人間の成長は他の動物よりもずっと時間がかかります。昔は弱い人間が知恵を使って大自然の中で生きていくために、今は複雑な社会で生きていく準備のために、時間をかけて成長していくことが必要なのでしょう。この子どもたちにとって、今が大切な時期なのです。

雨が止んだら止んだで、子どもたちは雨上がりの水たまりで泥んこになって遊ぶのが大好きです。泥でお団子やケーキを作って、すぐにお店屋さんなどの、ごっこ遊びが始まります。

泥んこ遊びは五感で遊ぶ体験として恰好なことなのですが、大変なのは衣類の洗濯です。午前中に汚れた子どもの衣類は、洗濯ごっこと称して自分達が盥《たらい》で洗っています。それを、用務の江藤さんが洗濯機にかけてくれます。でも午睡後にお迎えまでの間に泥んこになった時には、間に合わないので私たちがざっと手洗いで泥を落とすだけの時もあります。

「服、泥んこのままで済みません」

「あら、いいですよ。家ではできないから、色んな体験させていただいてありがたいです」

私たちが謝ると保護者の方は、むしろ子どもの泥んこ遊び体験を喜ばれています。

園庭に恵まれた霞保育園でこその泥んこ遊びですが、雨の日の屋内遊びも充実させています。子どもたちに人気があるのはスタンプラリーです。それも、ただスタンプを貰って集めるのではありません。台紙には四つの課題が書いてあります。たとえば、1．ゆめ組さんの赤ちゃんの前で歌う、2．園長先生を一発芸で笑わせる、3．調理室で明日の給食のメニューを聞いてくる、4．江藤さんのお手伝いをする、と言った具合です。

この場合、一番難しいのが江藤さんのお手伝いでしょう。何しろ江藤さんは一か所に止まってはいません。園内を隈《くま》なく掃除していたり、洗濯をしていたり、壊れた物の修理をしていたりと、とにかく色々な場所にいるのですから。

江藤さんは何処にいるのか、子どもたちは園内を走り回って探し、霞保育園には保育士だけではなく色々な仕事があることを、それによって自分たちの保育園が成り立っていることを知ります。江藤さんは子どもたちにとって、保育園の隅々まで何でも知っていて何でもできるヒーローなのです。

雨の日に、もう一つ人気があるのが運動遊びです。子どもたちは裸足になってマット遊びを楽しみます。特に、もう側転ができるようになった空太君や翼君、タリーちゃんは、つき組、ほし組の子どもたちの憧れの的です。

霞保育園では、「柳澤プログラム」という脳の発達のための運動プログラムを取り入れています。側転や縄跳び、鉄棒などを通じて「小さいうちに脳から末端に沢山の指令を出し、手足の各部を沢山動かすことから脳を刺激し、脳の回路を沢山作る」ことが目的です。

柳澤先生の指導は三歳ほし組から始まり、卒園するまでにはほとんどの子が側転もできるようになっています。本当に子どもの成長を実感することが出来ることでしょう。

「ただいまー」子どもたちと散歩から帰ると、クラスに虎田保育主任がやって来ました。

「舞衣子先生、見学の親子さんお見えになったよ。事務室で待っているから宜しく頼むね」

今日、私は一歳児の親子さんを案内します。霞保育園では予約の無い見学の方は園長か副園長が案内しますが、予約で日時が決まっている場合にはクラス担任が順番に案内し、保育主任が替わってクラスに入ります。それは、職員が園の理念や目標、方針を語れるようにするためです。

「今日は。霞保育園にようこそ。私は保育士の冴木舞衣子です。五歳そら組を担任しております。どうぞ宜しくお願い致します」

「こちらこそよろしくお願いします。小泉《こいずみ》と申します、この子は聡《さとし》、三丁目の霞コートに住んでいます」

小泉さんは、住宅街に新しくできた大きなマンションの名前を上げました。だとすると最近越してこられたのでしょうか。今お仕事をされてないようには見えません、とてもキチンとしたスーツ姿が印象的です。きっと緊張もされているのでしょうけれども。

まず、二階の零歳ゆめ組と一歳ゆき組、二歳はな組の各クラスを案内しました。小泉さんは勿論、一歳と二歳クラスに興味があって、じっくりと子どもたちの様子やクラスの内装などを見回していました。

四月には大泣きしていた新入園児たちもすっかりクラスに馴染んで、ブロックに電車、追いかけっこなど好きな遊びに夢中になっています。小泉さん親子に興味を持って集まってくる子どももいます。

「この時間は散歩から帰ってきて、給食まで自由に遊んでいます。子どもたちができるだけ自由に好きなことを選んで遊べる環境を用意するようにしています。色々な体験ができるようにとも工夫しています。一階の年長児のクラスに遊びに行くことも、園庭で一緒に遊ぶこともありますよ」

一日の日課を説明すると、小泉さんはしきりに頷いています。聡君は大勢の子どもを見て少し硬くなっているようです。

一階に降りて、三歳ほし組のクラスを案内すると、小泉さんは最初のうちは、子どもたちの活発な動きに驚いたようでしたが、聡君の成長と重ね合わせて想像したのでしょう。感慨を込めて言いました。「聡も、こんなに大きくなるのですよねぇ」

小泉さんがもっと驚いたのは四歳つき組に入った時です。丁度《ちょうど》、椅子を丸く並べてサークルタイムの真最中でした。テーマは運動会の演目です。一〇月の運動会まで、まだ早いようにも思われるかもしれません。でも、霞保育園では運動会のために練習をするのではなく、テーマを決めて日常の保育の延長として運動会などの行事に取り組むことを大切にしています。

子どもたちの話し合いで、つき組のテーマは「忍者」に決まりました。大好きな「子ども忍者」の絵本をテーマにしたのでしょう。絵本に描いてあることを吉が子どもたちに尋ねました。

「じゃあ、忍者になるための修行の心得《こころえ》は何だっけ?」

「あいさつをする!」

「たべものを、たいせつにする」

「なかまをたすける。それから、ちいさなこに、しんせつにする」

きっと運動会まで、つき組の子どもたちの良い心得になることでしょう。小泉さんにとってこの光景は、かなり新鮮だった様です。

「運動会の出し物は先生方で決めるのではなくて、子どもたちが決めるのですか？」

「ええ、できるだけ多くのことを子ども同士で話し合って決めるようにしています。この話し合いをサークルタイムと言って、四歳から始めています。五歳では私たちが少しのサポートをすれば、たいていは自分たちで解決しますよ」

　五歳そら組の子どもたちはほとんどが園庭に出て遊んでいたので、小泉さん親子にはテラスに出ていただきました。園庭には五歳そら組と、三歳ほし組の半分ほどの子どもたちが出ていましたが、ああ、もうかなり泥んこになっています。昨日の雨で子どもたちの泥んこ遊びには格好の水溜りができていたのです。

「お庭が広いですよねぇ」

「はい、廃校になった小学校の跡地なので都心では広いほうだと思います。御覧の様に緑も多いですし、あれは子どもたちが栽培している畑です。『目指せ、自給自足』と言っているのですよ」

「いいですねぇ、土や植物と触れ合えて」

「ええ、子どもたちには五感で遊んで、経験を積んでもらいたいと思っていまして。保護者の方々には、泥んこになることに御理解をお願いしています」

「そうですか、こちらからお願いしたいくらいだわ」小泉さんは、目を細めて園庭の子どもたちに見入っていました。

　小泉さん親子とまた園舎に入って玄関ホールに戻りました。ここには様々な掲示があるので園の説明には丁度良いのです。まず、顔写真入りの職員配置図を指差します。

「こちらは園長と副園長、保育主任、看護師です。こちらは各クラスの担任です。五歳から三歳までのクラスは二人ずつ、零歳から二歳までは五人ずつの職員が担任しています。こちらの非常勤職員の皆さんは、曜日や時間帯によって入るクラスは違います」

最後に、にこやかに笑っている江藤さんの顔を指さしました。

「こちらは委託の用務と調理の方々です。この全職員で現在一三五人の在園児の保育をしています」

「まあ、園長先生がお若いですね。お綺麗な方ね」

「こう見えて保育士歴三〇年以上のベテランです」

「あら、見えないわ。あっ、冴木先生も最初にお会いした時から、随分とお綺麗だなと思っていましたよ」

「いえ！　私は。でも、保育士はいつも子どもと一緒だから若く見える、と園長が申していました」

すぐに話題を変えて、ケースに入っている給食のサンプルをお見せします。

「これは今日の給食です。勿論、離乳食から幼児の食事まで年齢ごとに違います。保護者の方には、お家の献立と重ならないように、翌月の献立表をお渡ししています。でも給食が美味しいと、家でも作ってと言うお子さんも多いのでレシピも用意しています」

今日のレシピを小泉さんにお渡ししました。メインは辛くない麻婆豆腐です。

「こちらのコーナーは『ドキュメンテーション』といって、保育園と保護者の方が情報を共有するために、子どもたちの様子を『ドキュメント』で掲示しています」

丁度掲示されているのは、一歳児の二枚の写真と解説です。

「このお子さんは一歳ですが、写真は木のブロックの穴に自分の指を通してみたところです。この後です、指が通るのを確認すると、今度は自分の足の指が通るか試しているのがもう一枚です。一歳でも本当に考えていますよねえ。こういった子どもたちの成長の様子を御家庭と共有するのがドキュメンテーションの目的です」

他のクラスの様子のドキュメントも、このコーナーに掲示しています。保護者の方は、自分の子どものクラスだけではなく、他のクラスも見ていると、小さいお子さんの保護者はこれからの成長のイメージが湧きますし、年長の子どもの保護者は懐かしい記憶を辿り、また成長の喜びを感じるのでしょう。このコーナーの前では色々なクラスの保護者の話に花が咲きます。

「ここで月に一度はテーブルと椅子を出して、お茶を飲みながら子育て談義をしていただく『ほっとコーナー』という企画もやっています」

「素晴らしいですよねー。でも、先生方が大変なのでは？　こんなことまで。余分なお仕事ですよね」

「いえ、そうでも無いのです。ドキュメンテーションをしていると記録にもなりますし、御家庭との連絡も文書だけよりも分かりやすくて、却《かえ》って効率的なこともありますよ」

そうなのです。きっとそれが、そら組の卒園の時にも活きてくることでしょう。

「それに各クラスの部屋をご覧いただきましたが、当園では職員が凝った装飾を作ることに手間は掛けません。装飾は子どもたちが遊びの中で作ったものです。職員は装飾よりも、子どもが色々な遊びや体験を選択できる環境を整えるようにしています」

「そうですかぁー。冴木先生のお話を伺っていたら職員の皆さんの思いが伝わります。子育てをしてみると、一人でも苦労があるのに、大勢のお子さんの面倒を見て大変なお仕事だと思いますけれど」

「有難うございます、保育士の仕事はやり甲斐と喜びがあって素晴らしい、とこれも園長が申しておりました」言って私は笑いました。

「最後に当園の理念をご覧ください」玄関ホールの一番上の真ん中にある霞保育園の理念、「支え合い、分かち合い、喜びいっぱい夢いっぱい」を説明してから、小泉さんに聞きました。

「ところで小泉さんは、あのマンションが出来てからこの街に越されて来たのですか？」

「ええ。引っ越してきてから住みやすい所でとても気に入っています。商店街も色々なお店があって面白いですよねえ。後は聡の保育園が決まらないと私の復職が出来ませんから、今探していますけれど。一歳クラスは年度途中には空きが無いと区役所で言われたので、来年四月には復職したいと思っています」

小泉さんは一瞬ため息をついてから続けました。

「でも今日ここを見てから、他の保育園になったら辛いですよね。園庭も広いですし、子どもの元気さが全然違いますから」

本来は利用する方が保育園を選ぶことが出来るのですが、保育園が足りない都心では区役所が決定するので、希望通りには選べないのです。

「失礼ですけれど、この街には御親戚とか、お知り合いとか、いらっしゃるのですか？」

「いいえ、実家は青森と新潟ですし、まだ越してきて間もないので。公園デビューもやっとな感じです」

「では、よろしければ、聡君の保育園が決まるまで、『保育園で遊ぼう』というプログラムに参加されませんか。毎週火曜日の一〇時から一一時半に、地域の親子さんが霞保育園で遊んだり、保護者同士で話したりするプログラムです。給食の試食もありますよ」

「あら、そうですか、それは是非参加させていただきたいですね。公園で知り合った方も、お誘いしてもよろしいですか？」

「勿論です。それと『マイ保育園』という制度もありまして、お子さんが誕生すると区役所から地域の保育園を『マイ保育園』として紹介されるのです。霞保育園でも地域の方からの子育て相談を受けさせていただいております」

「そんなこともして頂けるのですか。近くに相談できる人も居ないものですから助かります」

「はい、ベテランの保育士、真矢副園長が相談を受けさせて頂いておりますから安心して何でも仰ってください」

玄関に置いてある案内を渡すと、小泉さんはお礼を言って来週の「保育園で遊ぼう」の参加を申し込みました。来園した時の最初の緊張はすっかり解けて安心した様子が伺えます。

「見学させていただいた上に色々と教えて頂けて。来て良かったわ」

「ありがとうございます。霞保育園の子どもも、地域の方と一緒に育っていきたいですし、地域の方の子育てを支えるセンターになるのも保育園の役目だと思っておりますので」

私は聡君の小さな手を握ってバイバイしました。「また、いらしてください。お待ちしています」

小泉さんの悩みは分かります。今、都心では保育園を選ぶことが難しくなってきているのです。特に零歳や一歳クラスは年度途中には空きがありません。

昨年、アメリカの大きな証券会社が破綻したことに始まって、日本でも多くの会社で派遣社員だった人が職を失っています。保育園で寝込んでいた、あの雨宮春人君もそうでしょう。不安定な状況の中で、仕事を求める女性も増えているようです。

それにこの区では人口が増えていて、特に湾岸部では新しいタワーマンションと呼ばれる高層マンションが建ち始めています。

でも、保育園はすぐにはできません。場所と人手と時間が必要です。幸い霞保育園には園庭がありますが、園庭の無い保育園も次第に増えていて、今ではそれすら場所が足りないようです。

それだけではありません。保育士になる人が減っているのです。「昔は、子どもに将来何になりたいかと聞けば『保育園の先生』と答える子どもも多かったけれど、今は資格が有ってもやりたくない仕事になるとは……」と先輩の保育士は嘆いています。保育士養成校を出ても保育士としては働かない人や、すぐに辞める人もいます。正職員ではなく派遣などで働く保育士も増えていて、お給料がとても安かったりもするのです。

公立保育園にも非常勤職員や臨時職員の方が大勢いて重要な仕事をしています。早朝の早番や準早番、延長保育の遅番等の時間帯は職員だけでは足りません。当番に入った職員の代わりや、人手の足りない日や時間帯に、非常勤や臨時職員の方々がいなければ保育園は運営できません。でも、賃金は公立であっても低いのです。

保育士として成長し、保育園自身も成長していくには時間が掛かります。このままでは今にどうなってしまうのでしょう。小泉さんの悩みは解決するのでしょうか。そういう悩みが無くなる日は来るのでしょうか。

一日の仕事を終えて事務室に入ると、あの甘い匂いが立ち込めていました。

「先生、差し入れ！　食べてってよ」声を掛けてきたのは朝海園長と話していた近江屋の社長さんです。

「わぁ、ありがとうございます。遠慮無く頂きます」

早速頂こうと打ち合わせテーブルを見ると、たい焼きがびっしりと入った紙箱を開けて並べているのは、あの雨宮春人君です。四月に保育園に突然現れた時よりも髪が短くなったのでしょうか、印象が少し変わりました。

たい焼きを取ろうと思った私の足は止まってしまいました。こちらを見た春人君の手も止まっています。緊張を破ったのは後ろから声を掛けてきた朝海園長です。

「舞衣子先生、今日は見学の案内、お疲れ様。事務室から聞いていたわ。立派だったわよ。『こう見えて保育士歴三〇年』は余計ですけれども。まあ、まずはたい焼きを頂いて」

「ほら、春人君、先生にお勧めして」

近江屋の社長さんに促されて雨宮春人君が、ぎこちなく一匹のたい焼きを紙で巻くと私に差し出します。「あの、どうぞ」

「あ、はい、ありがとうございます」

たい焼きを受け取った私に雨宮春人君は突然頭を下げました。

「あの、先日は申し訳ありませんでした！　ご迷惑をおかけしました」

「いえ、もう何も……」

言葉に詰まっていると、頭を上げた雨宮春人君の顔は私の背丈よりもずっと上にありました。

「あの、雨宮春人です」

「あ、冴木舞衣子です」

「フフッ」私たちが緊張していると朝海園長が笑いました。

「全くもう、最初から緊張していたら、やっていけないよ。これから頼もうって言うのに」

近江屋の社長さんが言う「これから頼む」って一体何でしょうか。

「いやね、知っての通りうちの店は火曜日が休みだ」

知っています。商店街の古くからのお店は火曜日が定休日です。

「実は、うちで修行しているこの春人君がね、店が休みの火曜日に霞保育園のボランティアで働きたいと言うんだよ。それで頼みに来たわけだ」

ええっ、そうなのですか。

「春人君、近江屋さんがお休みの火曜日に保育園にボランティアに来ていただけるのは助かりますけれども、貴方の体は大丈夫なのかしら」

朝海園長に尋ねられると、雨宮春人君は再び頭を下げました。

「はい、大丈夫です！　俺、人の役に立ちたいんです。お願いします！」

「まあ、そういうわけで、うちでの修業は手加減しないが、火曜はこちらでお役に立ちたいということで。これもあの時の縁で、ひとつ宜しくお願いします」

近江屋の社長さんも頭を下げました。

「よしてくださいよ、近江屋さん。頭を下げるのは私です。ボランティアで来て下さるのですから。お店の御迷惑にならない範囲で御協力をお願いします」

笑って答える朝海園長の貌は帰省した息子を迎えるように嬉しそうです。

「そういうことだから、舞衣子先生もよろしくお願いしますね」

「あっ、はい」手にカリッと焼けた香ばしいたい焼きを持ったままで、何とも中途半端な返事をしました。私の気持ちが思わず表に出てしまったのです。雨宮春人君がこれからボランティアで霞保育園に来るというのは果たして良いことなのでしょうか。それとも……と何故だか自分でも理由の分からない不安も感じていたのです。

朝から不思議なことが起きる日でした。

私は遅番で出勤し、商店街から霞保育に向かう坂道を登っていきました。この時間になると登園してくる親子も無く保育園の前に人通りはありません。そこに霞保育園の塀沿いに測量をしている男の人たちがいたのです。でも、区役所の土木課の制服ではありません。

「お早うございます！　お疲れ様です」

当然区役所に頼まれて保育園を測量しているのだろうと思って挨拶しました。

「あの、区役所のお仕事ですよね」

「ああ、いいえ……」

何だか要領を得ないままでしたが、路を挟んだ女子校の校舎の前から、あの背の高い黒い服の男の人が細い目でこちらを見ているのが分かりました。

私は、出勤して事務室に入ると朝海園長にまず測量のことを報告しました。

「何かしら。工事とか、何も聞いていないわよね。真矢副園長、区役所の土木課と保育課に聞いてみて下さい」

でも問い合わせへの答えは、どこの課でも測量は依頼していないということでした。不審に思って真矢副園長が直接話を聞こうと表に出てみると、もう測量の人たちは居なかったそうです。一体何だったのでしょう。でもそれ以上は確かめようもありませんでした。それに、あの黒い服の男の人があそこに立っていたのは偶然だったのでしょうか……。

「冴木先生、お話があるのですがお時間宜《よろ》しいですか？」

そら組の保護者会が終わった後に声を掛けてきたのは津川壮仁君のお母さんでした。今日の保護者会で朝海園長の話に頻《しき》りに頷いていたので、何かお話したいことがあるのだろうとは思っていました。

朝海園長は、親を困らせる子どもの行動について「子育ては大変な作業、すぐに結果が出るものでもありませんし。でも大人を困らせる子どもの行動が、将来の子どもを成長させていくのに必要な過程なの。それは避けてはいけない。花が咲くには根っこが必要、根っこには土が必要」と話していたのですが。

「その後、保育園では如何《いかが》でしょうか壮仁は？　変わった様子は……」

事務室に案内すると津川さんは少し溜息を交えて尋ねました。その後とは、先月の遠足での出来事を私が津川さんに話してからでしょう。

先月の遠足は上野にある動物園に行ったのです。そら組の子どもたちは、四歳つき組の子どもたちの手を引いて精いっぱいお兄さんお姉さんぶりを発揮していました。子どもたちは一番初めにパンダを見ようと相談して計画をしていました。作戦通り開園とほぼ同時にパンダ舎に走っていくとまだ人が少なくて、子どもたちは会いたかったパンダの姿を堪能することができたのです。帰り際に再びパンダ舎の近くを通った時には長い行列が出来ていましたから作戦は大成功でした。

遠足のもう一つの楽しみはお昼のお弁当です。テーブルとベンチが並ぶ動物園の広場でお弁当を広げた子どもたちは、おかずの自慢と交換を始めました。おかずの交換は微笑ましいのですが、アレルギーを持っている子もいるので注意を払わなくてはなりません。

壮仁君も同じテーブルの子たちとおかずを交換している様でした。でも周りの子から貰ったおかずを食べると一番先に席を立って、ゴミ箱の上で自分のお弁当箱をひっくり返して中身を捨ててしまったのです。

「壮仁君、もう食べないの？　お腹空いていないの」私は驚いて壮仁君に尋ねました。

「もう、たべないもん」

「先生のサンドイッチ食べてみる？」

遠足の時には少し余分に食べ物を持って行きます。稀《まれ》にですがお弁当を忘れてくる子もいるからです。でも壮仁君は「いい！」と言って走って行きました。どうしたのでしょうか、普段の給食の時にはよくお替りもするのに……。

帰り道、バスまで公園の中を歩いている時です。そら組の子どもとつき組の子どもが手を繋いで歩いていましたが、突然に途中で列が途切れてしまったのです。急いで駆け寄ると、立ち止まっていたのは壮仁君でした。

「壮仁君、どうしたの？」

尋ねても壮仁君は答えず何かをじっと見ていました。壮仁君の視線の先に目を遣ると、屋台で焼きそばを焼いている女性がいます。やはりお腹が空いていたのでしょうか。

遠足での壮仁君の様子は津川さんにお話したのですが、津川さんは「そうでしたか」と言って肩を落としましたが、不思議がったり驚いたりはしませんでした。

「今日の園長先生のお話を伺って、そうだな、親を困らせるのも子どもの成長に必要なのだなとも思うのですけれど……うちの場合は……このままなのかな、とも思って……」

「保育園では周りの子どもさんたちとも仲良く遊んでいます。何か支援が必要かどうか見守ってはいるのですが、今のところ特には無いように見えますが。お家では如何ですか？」

「そうですか……保育園ではいい子なのですね。家では相変わらずです。もう養子縁組したのに、まだお母さんと呼ばれたこともありませんし。それどころか、できるだけ顔を合わせずに口をきかないようにしているのです。私達もいきなりでは無くて、かなり考えてから養子縁組に踏み切りましたし。学園に居た頃は休みに家へ来ると喜んだものでしたから……大丈夫だと思ったのですけれども……」

　津川さんは学園に居た壮仁君を、ホストファミリーと言って休みの日にお預かりしながら交流を続けてきたそうです。それから正式に養子縁組をしたのですが、それまで上手くいっていると思っていただけに今は苦労されているのでしょう。

　学園に居た壮仁君が津川さんと養子縁組して霞保育園に入園することが決まってから、私は『ぶどうの木』という本を読みました。それは養育家庭といって養子縁組をせずにお子さんをお預かりする里親さんが書かれた本ですが、涙無しには読み切ることができませんでした。著者が最初にお預かりしたお子さんが、学校や周囲の無理解から起きるトラブルで悲惨な結末を迎えてしまうのです。

本を読んでから壮仁君を見守っていかなければならないとの気持ちを強くしていたのですが、壮仁君は保育園では特に環境の違いに戸惑う様子を見せないでいました。それは壮仁君自身が努力もしているからでしょうし、周りの子どもたちもこの街の寛容な大人達に育てられてきたからでもあるのでしょう。でも、お家では違ったのですね。

「津川さん、保育園でも引き続き壮仁君は見守っていきます。私たちも津川さんの新しい御家族と一緒に成長していきたいと思っていますので何なりと御相談ください。児童相談所からも定期的なフォローがあると思いますが、それ以外の時にも御相談されると良いかと思います。養子縁組後の親子関係に、私たちより詳しい専門の職員がおりますので」

「ええ、そうしてみます。冴木先生、ありがとうございました。お話して少し気が楽になりました。また宜しくお願いします」

お礼を言って帰った津川さんは、話をする前よりも少し姿勢が良くなったような気がします。津川さんも御苦労をされているのですね。

でも多分、私たちには分からないところで壮仁君自身も苦労しているのでしょう。壮仁君は五歳ですが、初めての経験である津川さんの子どもとしては零歳なのです。津川さんも壮仁君の親としては零歳です、きっと時間を掛けて一緒に成長していくしかないのでしょうね。

「舞衣子先生！　お久しぶり」

事務室に入ると声を掛けてきたのは綾瀬若葉《あやせわかば》児童福祉司です。綾瀬さんは、区役所の職員で私の二期上ですが、三年前から東京都の児童相談所に出向してこの地区を担当する児童福祉司をしています。他にも民生委員児童委員の平井和子《ひらいかずこ》さん、子ども家庭支援センターの奥平典子《おくだいらのりこ》さんが朝海園長と一緒に打ち合わせテーブルを囲んでいます。

津川さんは、あの夜に私と話をしてから児童相談所の綾瀬児童福祉司にも相談したのです。最初に綾瀬児童福祉司から、津川さんが相談されたことと壮仁君のプロフィールについての説明がありました。

壮仁君の家は母子家庭でしたが、三歳の時にお母さんが行商に出たまま帰らず、近所からの通報で児童相談所の一時保護所に保護されたのだそうです。それから児童養護施設の野川学園で生活し、昨年ホストファミリーとなった津川さんと交流を重ねて今年養子縁組をしました。

私も、壮仁君の担任として保育園での生活の様子と、先月の遠足の際の出来事を報告しました。この会議で関係者が情報を共有するのですが、勿論守秘義務が課せられます。

「まだ時間が必要ですね。壮仁君は実母を覚えているので特に時間が掛かるでしょう。やはり今は津川さんを、新しい両親を試してもいるのだと思います。交流では相性が良くても、いざ本当の親子になるには何か困らせて試すケースはよくあるのです。その時に特にトラブルが起き易いので、児童相談所としても定期的に津川さんからお話を伺って必要な支援をしていきますが、日常的に周りにいる関係機関の理解と支援が重要です。今後も情報共有しながら津川さん親子を見守っていきたいと思いますので宜しくお願いします」

綾瀬児童福祉司のまとめで会議は終了しました。

「綾瀬先輩、お疲れ様でした。児童福祉司のお仕事はどうですか、やはり大変ですか？」

「そうなのよ！　聞いてよ、舞衣子先生。特に『児童虐待の疑い』の通報があるとね、昼夜係わらず四八時間以内に確認して対応しなくちゃならないし、個人情報は持ち歩けないから担当地区から直帰もできないのよ。必ず一度、相談所に帰って記録を入力しないとならないから。まぁ個人で抱え込むより情報共有できて良いのだけどね。同じ福祉でも保育園と違って、『ありがとう』と言われることよりも、虐待で子どもを一時保護する時なんか『人さらい』って言われることもあるんだから」

綾瀬児童福祉司は機関銃のように喋りました。相当ストレスが溜まっているのでしょう。

「綾瀬先輩、大変ですね。でも重要なお仕事ですよね、子どもの権利を守る戦隊ヒロインみたいな。先輩、頑張って下さい！」そうです。この街はあの有名なアニメで『美少女戦士』たちの活躍の舞台だったのですから。

「ありがとう！　舞衣子先生、今度飲もうね！　もっとも守秘義務だらけで居酒屋で愚痴も言えないんだけどさぁ」

最後は笑いながら手を振って帰って行った綾瀬児童福祉司です。

「舞衣子先生、津川さんに児童相談所への相談を勧めたのは良い判断だったわ。公立保育園のメリットは全ての機関と繋がっていることですから。全てを抱え込まずに専門の機関と連携していくことも重要なお仕事よ」

朝海園長が労《ねぎら》ってくれました。それにしても、綾瀬児童福祉司の言う通り保育園の仕事には感謝が溢れていますが、児童相談所ではどの様にしてモチベーションを維持しているのでしょうか。今度、本当に飲んで教わりたいと思ったのです。

帰りに、私たちが「スーパー非常勤」と呼んでいる大鳥美津代《おおとりみつよ》先生に誘われて、吉と美樹先生と一緒に商店街の「魚塚《うおづか》」でお酒を呑みました。ここは元魚屋で、初めは二階で居酒屋をやっていたのですが、背の高いイケメンの若社長が毎朝築地で仕入れる美味しい魚が安く食べれるので繁盛して、今では一階も居酒屋になっています。まずはホッピーと焼酎のセットとマグロのカマ焼きを頼みました。

「お疲れ様でした、乾杯！」

ホッピーの冷たさが喉に染み渡ります。濃い味のマグロのカマ焼きとホッピーとは相性が抜群です。今日は後で赤ワインにしようなどと飲む段取りを考えました。

「大鳥先生は朝海園長より先輩なんですか？」

いつもはべらんめえな喋りの吉も大鳥先生相手には丁寧な言葉遣いです。

「歳は同じなのよ。ただ朝海先生は大卒で保育士資格を試験で取ったから。私は専門学校で保育士になったのが二年早かったのよ」

大鳥先生は、以前は区立保育園の保育士だったのですが出産された時に退職して、二人のお子さんが学校に行ってから、また保育園で働いています。非常勤になってからはずっと地元の霞保育園に勤めているので、私も転勤してきた頃には随分色々と教えて頂きました。地元のことも保育園のことも何でも知っているので、私たちは「スーパー非常勤」と呼んでいるのです。

「若い頃の朝海園長も見てみたいですね。どういう新人だったのですか？」

吉が尋ねると大鳥先生は少し考えて間を置きました。

「そうねぇ、当時は保育園も今とは随分と違ったからね。朝海先生は専門学校ではなかったから、技術みたいなものは持っていなかったの。『お遊戯』だとかは苦手だったと思うわ。でもね、そこが凄いところなのだけれども朝海先生は随分と勉強したのよ、新しい保育を。だから今は自信を持って子どもが自由な保育園にしているのでしょうね」

「今に園長になりそうだとか分かりましたか？」

「まさか！　昔の園長は今よりずっと偉かったの」

「今でも園長は偉いですよ」

「いいえ、もっとよ。昔は私の様に結婚や出産で辞める保育士も多かったから、保育士は皆若くてねぇ。反対に園長は独身を通した人ばかりだったのよ。だから今とは格が違ったのよ、大奥の様にね」

「失礼ですけれど、後輩の朝海先生が園長の保育園で働くのはどんな感じですか？」

ああ、本当に失礼で聞きにくいことを……。美樹先生は可愛いのに時々大胆なことを言います。

「元後輩は関係ないわよ。朝海先生は二人の子育てをしながら働き続けて園長にまでなった、大変だったろうと思うけれど偉いわ。そういう人が必要なのよ。それに私は確かに保育士としては長いけれど、朝海園長は園の運営をしているもの。霞保育園の子どもを見れば、貴女《あなた》たち保育士のやっていることが分かる、貴女たち保育士を見れば園長のやっていることは分かるわよ。子どもたちが楽しんでいる保育園で働けるのは幸せよ」

大鳥先生は笑って言い添えました。

「ただ、区の非常勤もお給料が安くてねぇ」

「済みません！」私たちが決めた給料ではありませんが、思わず頭を下げました。

本当に大鳥先生がいなかったら霞保育園も回りませんが、非常勤職員のお給料は安いのです。一度退職してもまた働けるようにならないと、今でも保育士が足りないのに一体どうなるのでしょうか。

私と吉はイカ刺身、大鳥先生はキンキの煮つけ、美樹先生は鰹《かつお》叩きを頼みました。私は赤ワインに変えようかと思っていましたが、やはりもう一杯ホッピーセットを追加しました。夏がすぐ其処まで近づいて来ているのが分かります。

七月　偽物はお見通しだ

霞保育園の園庭では畑の野菜や果物が育って緑色に染まっています。トマトも美味しそうに赤く色付きました。茄子も食べられそうに育ってきましたが、キュウリはまだ小さいですね。枝豆は未だ葉っぱの下に隠れています。

クラスの部屋から園庭に続くテラスでは、網を張ってゴーヤのカーテンを育て始めました。子どもたちは、毎日の畑の水やりに加えてゴーヤにも水をやります。毎日のお当番とプール開きの準備、夏祭りの準備など本当にやることが沢山のそら組です。

園庭ではプール開きに備えて、業者の人たちが普段はプールを覆《おお》っている蓋《ふた》を取り外しました。子どもたちは興味津々で遠巻きに見ています。

三歳ほし組の海太君が大きな声で指差しています。

「あーっ、おにいちゃんたちのプールだ！」

「あら、今年は海太君も入れるのよ。ほし組のみんなもプールに入るわよ」

美樹先生が言うとほし組の子どもたちは、わぁーっ！　と歓声を上げました。

衛生上、保育園のプールに入れるのはオムツが取れてからです。

海太君はそら組の空太君の弟です。お兄ちゃんがプールに入るのを羨ましく思っていたので、自分たちも入れると知って大喜びです。

「やった！　プールだ！　チバで、ジージと、バーバと、パパと、ママと、おにいちゃんと、いったよー」

海太君はお兄ちゃんがいるせいか言葉が出るのが早くて、いつも大きな声で一生懸命に話しています。

プール開きの準備はそら組のお仕事ですが、それは小さい子たちから注目されながらの嬉しくて楽しいお仕事です。去年は目を輝かせてお兄さんお姉さんの姿に見入っていたのですが、いよいよ今年は自分たちの出番が来たのです。散歩から帰るとすぐに水着に着替えてプールの掃除を始めます。正岡先生がホースで水を撒くと子どもたちは歓声を上げて喜びました。

「せんせい！　みずかけて！」と言ってホースの水を掛けられては、はしゃいでいます。タリーちゃんはデッキブラシをマイクに見立てているのでしょうか、歌っているようです。空太君と翼君はホッケーの真似でしょうか。みんな思い思いに遊びながらのプール掃除ですが、周りから小さい子たちが見ているので得意気です。

遊びながらの掃除も目途が付くと、今度は次の遊びを考えます。

「せんせい！　すなばにも、みずかけて！」

砂場に水ですか。きっと、この後は水着のまま砂場で遊ぶつもりです。後でシャワーを浴びなくてはなりませんね。

正岡先生がホースを砂場に向けて勢いよく水を出すと、山なりに水が飛んでいきます。

「あっ、にじ！」「ほんとだ、にじだ！」

高い建物が多いこの街では、空に虹を見ることは滅多にはありません。園庭にかかった虹に私は子どもたちと一緒に見入っていました。


いよいよプール開きの朝です。出勤して事務室に入ると、打ち合わせテーブルで畏《かしこ》まっていたのは、あの雨宮春人君でした。

「お早うございます」

「冴木舞衣子先生、お早うございます」私が挨拶すると彼は立ち上がってお辞儀しました。

「あの、職員同士は子どもに親しみやすいように名前で呼んでいますので、舞衣子で結構です」

「あ、舞衣子先生ですね、俺は春人と呼んで下さい」

「はい、春人君ですね。よろしくお願いします」

真矢副園長から、春人君にボランティアのレクチャーが始まりました。ボランティアの心得の他にも、子どもについての守秘義務の誓約、ボランティア保険の加入などの手続きがあるのです。


プールの水は朝八時半から入れ始めて、一〇時のプール開きまでは水の事故が無いように職員一人が離れずに付いていています。

さあ一〇時、プール開きの時間です。プールサイドに集まった子どもたちの前で、「おはようございます」とまずは朝海園長の挨拶、真矢副園長から水の事故が無いようにお約束のお話がありました。続いて、お約束を守ろうという寸劇をするのです。

水着に着替えた私と吉がプールサイドに立ちました。私がプールサイドを歩きます。吉は走って私を追い抜いて行こうとします。ピピッ、と虎田保育主任がホイッスルを吹くと吉は滑ってプールの水に落ちました。見ていた子どもたちは大爆笑で大喜びです。そうです、「プールサイドは走らない」お約束を守る良い子が私で、守らない悪い子が吉なのです。

次に私と吉は水に入って水を掛け合って遊びます。ピーッ、虎田保育主任の長いホイッスルが鳴ると、私は水から上がりました。なかなか上がらない吉は、上がろうとした時には滑ってまた水に落ちました。また今度も子どもたちは大爆笑です。「笛が鳴ったら水から上がろう」というお約束です。

この寸劇の打ち合わせをした時に、吉は悪い子役をやりたがりました。それがまたハマり役なところが吉らしいのですが。

子どもたちを見渡して受けているのを確認すると、春人君の真剣そうな眼差しと目が合いました。それは一瞬でしたが、彼はすぐに目を逸らしました。

三歳から各クラスが入れ替わりでプールに入り、最後はそら組です。さすがにそら組の子どもたちは遊び方が違います。プールで顔を着けられるようになった航君はプカプカと浮いています。水泳教室に通っている空太君はバタ足で進みます。翼君は水に潜っては出てきます、イルカの真似なのでしょうか。

水から上がった四歳つき組は、カットされたトマトを配られて、それを頬張りながら憧れの眼差しでそら組の遊びを見ています。今日、目に焼き付けたそら組の姿を目標にして、この子たちも成長していくのでしょう。

ピー、虎田保育主任のホイッスルで子どもたちは水から上がりました。私と正岡先生は、プールに誰もいないことを確認して最後に水から上がり、すぐに人数確認をします。応援の事務室と非常勤の先生、春人君も子どもたちをタオルで拭いています。

私は一人一人に声を掛けながらトマトを配りました。そう、そら組が畑で育てたトマトです。今日のプールで食べようと、そら組が昨日のうちに初めて収穫したのです。

「みんなが育てたトマトよ。つき組さんとほし組さんも喜んでいたわ」

「トマトっておいしいね」「ほんとだ!」

私も口に入れると仄《ほの》かに甘みと酸味が広がりました。もしかすると、今までトマトの味をこんなに噛み締めてみたことなど無かったのかもしれません。

プールの水は毎日新しく張るのですが、水を抜いていた正岡先生が空に向かってホースで水を勢いよく出しました。また虹を見せようとしているのでしょう。

「わーっ!」園庭に虹がかかると、子どもたちは歓声を挙げました。私もまた虹を見上げました。

プールの後の給食では、子どもたちが饂飩《うどん》をお替りして食欲も旺盛でした。午睡はすぐに爆睡です。それでエネルギーをチャージして、おやつを食べ終わると、また元気に遊びます。

お迎えまで、三歳ほし組から五歳そら組の子どもたちは、クラスの部屋でも、園庭でも、どちらで遊んでも良いのですが、まだ日が暮れるのが遅いのでほとんどの子どもたちは園庭で思い思いに遊んでいます。

今日はお迎えの時間帯も大わらわです。勿論、連絡ボードには書いてあるのですが、プールでの様子を伝えます。顔を着けられるようになりました、プカプカと浮かんでいましたよ、バタ足もできるようになったのですね、イルカの様でした、と子どもたちの活躍を伝えると、ママやパパの貌から笑みがこぼれて仕事の疲れも吹き飛ぶのが分かります。

私が言うのを聞いている子どもたちも得意気です。きっと今夜のお家ではプールの話で盛り上がるのでしょう。

「プールでお子さんは疲れているので、今夜はゆっくり休んでください」とも言い添えます。普段は「早く寝なさい」と言われている子どもでも、今日はすぐ寝付くことでしょう。

お迎えが進んで子どもが少なくなったクラスを振り返ると、春人君が壮仁君の前にしゃがみこんで顔を突き合わせて話し込んでいるようです。壮仁君が初めての春人君とこんな風に話すのは少し意外でした。

準早番を終えて事務室に向かう吉が、私の前を通りながら左手を丸めてお椀を作り、右手で掬《すく》う仕草をしました。私は頷きました。

仕事の後に向かったのは総本家「堀田」です。百年を越えて続いているお店が多い商店街でも屈指の老舗です。霞商店街は、江戸時代に周りの丘の上が武家屋敷だった頃にできましたが、当時は全国から参勤で赴任してきた武士たちがお酒を呑むのは蕎麦屋だったそうです。その名残から江戸っ子には蕎麦屋で呑むことは粋とされていて、この総本家「堀田」もお酒の当てに丁度良いメニューが多いのです。

今ではビルの一階ですが、生垣に囲まれて「そば」と描かれた大きな提灯が下がる店先には風情があります。

「いらっしゃい！　先生、あちらでお待ちです」お店に入ると元気よく店長の小関《おぜき》さんが声を掛けてきました。

案内されたほうを見て驚きました。入り口近くのテーブル席には、吉と美樹先生が飲んでいるのは分かりますが、もう一人の後ろ姿の男性は春人君に違いありません。

「お待たせ」

「あ、舞衣子先輩、お先に呑んでいます」

「よう、舞衣子、春人君も誘ったから。良いだろう」

良いも何も、もう飲んでいるではありませんか。

「あの……済みません」春人君が頭を下げましたが、誘ったのは吉でしょう。

「いやぁー、今話がさぁ、盛り上がったところなんだ。実は春人君の居た野川学園にさ、俺も施設実習で行ったことがあるんだよ」

そうでしたか。保育士養成課程では、保育園での保育実習と共に、児童養護施設などでの施設実習が必須なのです。

「私の施設実習は別の学園だったけれど、見学では野川学園に行ったことがあるわ」

「えっ、舞衣子先生も来たんですか」春人君は緊張から解き放たれたように嬉しそうな貌を私に向けました。

「まあ、取り敢えず乾杯しよう」吉が言って私たちがジョッキを合わせたのは、蕎麦焼酎の蕎麦茶割です。蕎麦茶の香ばしさと喉越しがたまりません。お酒の当てには鳥焼きと甘さを控えた厚焼き玉子。締めは蕎麦になるでしょうが、私はお店の名物、酢飯の代わりにそばで握った蕎麦寿司にしようと思っています。

暫くは共通の話題である野川学園の話をしましたが、話題を変えたのは美樹先生です。

「ところで、今日のプール開きの寸劇、吉先輩の悪い子役はハマりましたね」

「そうだろう、俺は最初から決めていたからね。まあ、演技担当は当然俺だよな。勿論ビジュアル担当は舞衣子だろう、せっかく水着に着替えたんだし。な！　春人君」

「えっ！　……」急に話を振られた春人君は真っ赤になっています。

春人君のほうが私たちより少し年上でしょうに、吉は全く馴れ馴れしく。

「吉はもう、また余計なことを」

私は話題を変えようとしましたが、店の奥の小上がりからこちらに手を振っている人がいるのに気付きました。ああ、あれはパパさんです。

驚いたのは、パパさんと飲んでいた二人の男の人がこちらを振り向いた時です。

「春人ぉ！」髪を短く刈り上げた大きな男の人が突然立ち上がって大声を張り上げたのです。

「先生！」呼ばれた春人君も驚いて立ち上がって叫びました。


「何も連絡してこないから心配していたぞ」

「済みませんでした！」春人君は頭を深く下げました。

パパさんたちと小上がりで合流してから、やっと話が繋がりました。パパさんと飲んでいたのは、パパさんが以前勤めていた都庁の仲間でした。春人君の名前を呼んだ人は児童養護施設野川学園の先生だった前川さんです。

「あれからずっと愛知の工場で働いていていたのですけど、この二月で仕事が無くなって……」

春人君は、学園を出てからや、今回の保育園に現れた経緯、この街のたい焼き屋さんで働いていることなどを話しました。頷きながら黙って話を聞いていた前川さんが口を開きました。

「困っていたなら、何で相談に来なかった？」

「あの、学園を出てからもう一四年も経っているから、もう頼れないと思って……、相談に行っても良かったのですか？」

「ああ、今からでも来い」

「ありがとうございます。あれから今まで、住み込みでずっと一人でやってきたので、相談できる人とかいなくて。一度仕事が無くなると、新しい仕事を探すのは難しくて……」

春人君の貌に涙が伝わりました。

「そうだよな。児童養護施設の出身というだけで、社会に出てからも自立するにはずっと苦労が続くよなぁ」

「でも、この街に来てから皆さんに……近江屋の社長さんには仕事も住まいもお世話になっていますし、保育園にはご迷惑かけたのに良くして貰って。この街に来て、ほんと良かったです」

前川さんは私たちに名刺を下さって、仕事のことを熱く語りました。今は都庁を退職して、春人君の様な児童養護施設の出身者が困った時に相談をしたり、戻って来たりできるグループホームのような施設を運営しているそうです。

「やっぱり、だよな。君たちは保育士だと最初から思ったよ」話を聴いていたもう一人のパパさんの友人の峰岸さんが、私たちを見ながらニヤリと笑いました。

「やっぱりって、どういう意味ですか。分かります?」

どうして分かるのでしょうか、保育園を出る時には当然着替えて来ているのですが。

「爪だよ」

「爪、ですか?」

「そう。若い女性が三人とも爪を短くしていたら、かなりの確率で看護師か保育士か警察官だ。それで朝海の知り合いだとしたら奥さんの保育園繋がりだろうとすぐ分かったよ」

「ああ、確かに。爪を伸ばしている保育士はいませんよね」

「この峰岸は、都庁で色々な福祉施設を監査する仕事をしているのだよ。ほら、有名な老人介護施設のチェーンで人件費の水増し請求の事件が見つかったよね。あれを監査で見つけたのが峰岸たちのチームなんだ」パパさんの解説で分かってきました。

「そう。まず施設に監査に入った時、爪の長い職員がいたら絶対に偽物。普段は働いてはいない、人数合わせで今日だけ来ている。つまり、そこは人件費の水増し請求をしている」

成程、福祉の仕事も私たちの保育園だけではありません。綾瀬さんが出向している児童相談所や、本当に幅広く色々な人の仕事で支えられているのですね。

それからは福祉の仕事の話、この商店街の話などでお酒も進みました。

私は、春人君が前川さんと話しているのを聴きながら、彼の生い立ちを少し知ることになりました。春人君が野川学園に来た時には妹と二人だったそうですが、妹はすぐに養子として引き取られて行ったそうです。漠然としていた彼の姿が少し見えて、私の心の中でパズルのピースが何個かはまったように思えました。でもパズル全体の輪郭は、未だ私には見えてはいませんでした。

お迎えの時間になると、玄関ホールは勿論ですがクラスの入り口も立て込みます。

今日、彩花ちゃんのお迎えに来たのはベビーシッターさんでした。彩花ちゃんは両親とも弁護士で、お仕事の終わる時間が遅くなる日はシッターさんが迎えに来ることがあります。ただ現在は、お母さんが危険な反社会的勢力とそのバックのグループを相手に裁判をしているようで、シッターさんには委任状を持たせて、それ以外の人には絶対に彩花ちゃんを渡さないように頼まれているのです。

「雪野彩花ちゃんのお迎えに参りました。シッターの林と申します。こちらは雪野さんからの委任状です」

若くて髪の長いシッターさんです。私は彼女が差し出した委任状を受け取りませんでした。

「委任状は園長の確認が必要ですので」

「えっ？」

「どうぞ、こちらです」一瞬戸惑った彼女の様子を気に留めずに、正岡先生にクラスを頼んで、先に立って事務室に案内します。

「園長先生、彩花ちゃんのお迎えのシッターさんです」

「雪野様の御依頼で、彩花ちゃんをお迎えに来たシッターの林と申します。あの、これが雪野様からの委任状です」

彼女は先ほどクラスに来た時よりも、かなり固くなっているのが分かりました。

席から立ち上がって委任状を受け取った朝海園長は、それを見ようともせずに真矢副園長に顔を向けたのです。

「そうだわ、確か『八九番』の薬が切れていたわよね。すぐ発注してくれるかしら」

真矢副園長が電話するのを確認すると、朝海園長はゆっくりとシッターさんに振り向き笑顔を浮かべました。

「お疲れ様ですね。では、委任状を確認させて頂きますのでこちらへどうぞ」

朝海園長は事務室の奥にある相談室を指差して、先に立って歩き出しました。

「えっ」と驚きながらも彼女は従いました。後ろから見ると、もう肩が小刻みに震え始めています。虎田保育主任がすっと席を立って、事務室に常備している「さす叉《また》」の前に立つのが横目に見えました。私は二人の後について相談室に入ると、後ろ手でそっとドアノブをロックしました。

「どうぞ、おかけ下さい」朝海園長は、奥の席に座るように促しました。

「あの、お約束の時間にお迎えしませんと……」

渋々椅子に掛けた彼女の震えは先ほどよりも大きくなっています。

「雪野さんはどちらのシッター派遣会社にお願いしたのかしら？」

彼女は大手派遣会社の名前を挙げましたが、朝海園長はゆっくりと質問を続けます。

その時、ドアの外から事務室に駆け込んでくる足音が聞こえました。

「園長先生！　山崎です！」

交番の山崎さんです。パトカーのサイレンも遠くから近づいて来るのが聞こえてきました。もう彼女はうな垂《だ》れてしまっています。

警察が彼女を連れて行ってから、連絡を受けて大急ぎで駆け付けた雪野さんは、私と朝海園長の手を交互に握って頭を下げました。顔を上げた眼には涙が溢れています。

「園長先生、冴木先生、本当にありがとうございました」

「いいえ、彩花ちゃんをお守りして無事にお返しするのは私たちの仕事ですから。当然です」

「でも、あんな危険な人たちを相手に……、本当に卑劣な人たち。彩花に何かあったらと思うと……」

朝海園長は声を震わせて泣く雪野さんの肩を抱きました。

「彩花ちゃんは私たちが守ります。雪野さんは安心して、やるべきことをやって下さい」

「はい……ありがとうございます……。でも私の委任状まで用意するとは、本当に怖い人たちです……。実は現在の案件の相手、反社会的勢力の竜国会のバックにいるグループの不正を追っているのですが、私の前に担当した弁護士が突然辞めてしまったのです。それでもしやと思って、シッターさんには委任状を持たせていたのですが」

「竜国会なのですか……、でも大丈夫です。すぐに冴木先生が見破りましたから。それで事務室に連れてきたのです」

「ありがとうございました」

雪野さんは、また私の手を取って涙を流しながら頭を下げました。


雪野さんが彩花ちゃんをお迎えに行くと、朝海園長が労《ねぎら》ってくれました。

「舞衣子先生、お疲れ様。よく見破ったわね。お手柄よ」

「はい、爪が短くなかったものですから。ネイルもしていましたしすぐに分かりました」

「そうよね、さすがだわ。事務室に連れて来た判断も良かったわ」

子どもに危険が及んではいけませんし、事務室に連れて行けば朝海園長も見破ることは分かっていました。

朝海園長が真矢副園長に言った「八九番」は、「早く」という意味で、園内に不審者が入った時に通報する符牒《ふちょう》なのです。それにしても二人の息もピッタリでしたし、虎田保育主任も警察が遅れたら自分で捕まえる覚悟だったのでしょう、さすがです。

「子どもを人質に取ろうとは、とんでもなく卑劣な組織だわ。委任状まで用意するとは、かなり計画的だったのでしょうけれども、霞保育園を見縊《みくび》ったのが甘かったわね。チーム霞の勝利よ。みんなの連係プレーに感謝します。でも、相手が竜国会だとすると別のことにも気を付けないといけないわね……。まあ、今夜は行きましょうか」朝海園長は、クイッと飲む仕草をして見せました。

朝海園長の言う別の注意が何のことかは分かりました。でもこれがまだ闘いの始まりでしかないことは、私には知りようがなかったのです。

クジラ公園へと向かう今朝のお散歩には任務があります。それは商店街のお店に、そら組の子どもたちが作った「夕涼み会」のポスターを貼ってもらうことです。

七月末の土曜日に開く「夕涼み会」は、地域の皆さんも招待する霞保育園の夏祭りです。そら組の子どもたちは、自分たちが主催するイベントだと思って準備をしてきました。

商店街の石畳が敷かれた舗道を、揃いの青い帽子を被り二人ずつ手を繋いで進みながら、お店の前で立ち止まり一軒ずつお願いをするのは子どもたちです。

たい焼きの近江屋さんでは春人君が店先でお客さんの注文を取っていました。奥では何人もの職人さんたちが焼き型を引っ切り無しに返しています。まだ春人君は焼き方の職人としては立たせてもらえないのでしょう。

「あっ、舞衣子先生、今社長を呼びますから」

出てきた社長さんは可愛いお願いに顔を綻《ほころ》ばせています。

「冴木先生、当日は差し入れに行くからね。うちのを持って」

「わぁ、ありがとうございます。園長先生も喜ぶと思います」

「ふふっ、園長先生はうちの天然が大好きだからね」

社長さんは少し赤くなって照れているようです。でも、何で春人君まで赤くなっているのでしょうか。


商店街の交差点の角にある「靴のYABUKI」は翼君のお家です。ガラス張りで外からよく見えるお店から出てきた矢吹さんにポスターを手渡したのは勿論翼君です。

「パパ、これ、ぼくが、かいたんだからね」

「へぇー、凄いな。でもパパたちも、もっと凄いヤツ作るからな」

矢吹さんは、子ども相手でも真剣に張り合っています。

「冴木先生、パパスミ会のお化け屋敷、前日の夕方から準備を始めたいんだけど」

「分かりました。場所の確保は、庁舎管理の副園長に伝えておきます」

「何せ、設計はプロの相沢さんだからな。組み立ての段取りまでちゃんと考えてあるんだ。打ち合わせも何回もやったし、明日が最終だけど冴木先生も来ない？」

「何を言っているのですか、また飲み会でしょう。でも本格的ですねぇー。子どもたちも楽しみにしていますのでよろしくお願いします」

夕涼み会ではパパスミ会が二階のホールにお化け屋敷を作る予定なのですが、空太君のお父さん、建築家の相沢さんが参加しています。どうやら打ち合わせと言っては、毎週飲み会を重ねているようです。

着物「永瀬」では、奥からお祖母ちゃんが出てきました。

「まぁー、ありがとう！」子どもからポスターを受け取ると、まるで孫からプレゼントを貰った様に喜んでくれました。

「涼子ちゃんは、当日は浴衣かしら？」

「はい、園長先生は毎年、お祭りの雰囲気を盛り上げるように浴衣ですね」

「そうよね、やっぱりお祭りは浴衣よね。じゃ！　私も協力しましょう、着付けでね」

「ありがとうございます。園長に伝えておきます」

「いえ、貴女もよ」

「えっ！　私ですか？」

「そうよ、最初に温泉で合った時から、貴女にうちの着物を着せたかったの。涼子ちゃんの若い頃に似て別嬪さんだもの、きっと浴衣も似合うわよ」

「あの、私は準備とかありますので……」

「大丈夫。準備が終わってから、お祭りの前に着付けてあげるから」

半ば強引に私まで着付けて貰うことになりました。

こうして散歩は中々進みませんでしたが、一軒ごとに色々な御協力の申し出を頂きました。下町の風情が残るこの商店街の人たちは本当に親切ですし「お節介《せっかい》」が大好きです。それに子どもが大好きで、「子どもは街の宝だ」と霞保育園を大切にしてくれています。

朝海園長がいつも言うように、保育は保育園だけでやっているのではない、家族と共に、地域と共に、子どもたちの成長を見ているのですね。この街で保育士として働けることの幸せを私は噛み締めました。

今日は昼までは土曜日当番の職員で保育をしていましたが、午後からは全職員総出で「夕涼み会」の準備です。

パパスミ会のお父さんたちも午後から集まっています。お化け屋敷は、昨日までにブロック別に作ってあったものを、今日は二階ホールで組み立てる計画です。建築家の相沢さんの指示でお父さんたちが動いています。

区役所からの応援職員とお手伝いの父母会の方々が、園庭でテントと盆踊りの太鼓を載せる櫓を組んでいます。

そら組の子どもたちは、今日はお客さんではありません。サークルタイムで今日の出し物や、お客さんに喜んでもらえるお店をやりたいと相談してきました。これから、クッキーを焼いてクッキー屋さんを開くのです。それも、ただのクッキーではありません。何とジロー君のお父さん、フレンチの有名店「ル・ドゥーブル」のオーナーシェフ、シモーヌさんの指導によるのですから。

クッキーが焼きあがると、子どもたちは一人一枚だけ試食です。

「わー、おいしい！」「ほんとだ、いままで、いちばんおいしい！」

ジロー君は胸を張って自慢気です。クッキーの袋詰めが終わると、子どもたちは一旦家に帰って浴衣などに着替えてからまた園に来ます。どうやらお化け屋敷が完成したようで、パパスミ会のお父さんたちが子どもたちを迎えに来ました。

「お待たせ、舞衣子先生。永瀬さんが別嬪《べっぴん》さんを待っているわよ」

着付けを終えて浴衣姿になった真矢副園長が呼びに来ました。さあ、もうすぐ「夕涼み会」の本番です。

「わっしょい！」ピッピッー！「わっしょい！」ピッピッー！

子ども神輿《みこし》の入場で「夕涼み会」が始まりました。担いでいるのはそら組の子どもたちです。皆子ども用の半纏《はんてん》を羽織っています。ホイッスルを吹きながら誘導する正岡先生と吉が羽織っているのは町会の半纏です。

子ども神輿は櫓《やぐら》の周りを一周し、大人たちは手拍子と掛け声をかけて囃《はや》します。お祭りが盛んなこの街の皆さんはお手の物です。本当の秋祭りでは背の高さを揃《そろ》えるために、子ども神輿は小学校高学年以上しか担げません。でも今日は違います。

「わっしょい！」そら組の子どもたちは思いっきり声を上げながら誇らしげに神輿を担ぎます。それを観ている小さい子どもたちは羨ましそうです。

子どもたちはステージに設定した場所まで着くと、神輿を台座に置いてから間隔を空けて広がりました。オープニングのダンス、大好きな『エビカニクス』です。

「ラララ、エブリバディ、エビカニビクスで、エビカニビクスで……」

音楽が流れ出すと、そら組はもう最初から全開でノリノリです。センターはやっぱりタリーちゃんですね。

テンポの良い音楽に合わせて、手足を挙げて踊る子どもたちの姿に大人たちも大興奮です。小さい子どもたちもそら組を見ながら踊っています。

そら組のダンスが終わると拍手で開場が熱気に包まれたところで、朝海園長から開会の挨拶です。細身で小顔な朝海園長の浴衣姿はやっぱりお祭りには映えていますね。

挨拶が終わるのを合図に櫓の太鼓が鳴り始めました。太鼓を叩いているのは翼君のお父さん、矢吹さんです。町会の半纏を羽織ってさすがに様になっています。流れ始めた曲は『東京音頭』、盆踊りの始まりです。最初に踊り出すのは福祉会館の踊りのサークルの皆さんで、センターは翼君のお祖母ちゃん。よく霞温泉の大広間でも踊っていますが、今日も揃いの浴衣で粋に決めています。

朝海園長と真矢副園長は、商店街や地域の方々との挨拶とお話が続いています。

そら組のクッキー屋さんは、正岡先生が見ていますが、呼び込みから、チケットのもぎり、クッキーを渡す係まで全て子どもだけでやっています。チケットは入り口で来場者にお渡しして、クッキーの他にも、職員によるゲーム、調理室で用意したから揚げ、父母会の焼きそばなどがセットになっています。勿論、麦茶など飲み物も用意してあります。

小さな子どもたちは保護者と一緒にお店を観たり、開放されている園舎内でから揚げと焼きそばを食べたりして、お祭りの雰囲気を楽しんでいます。

そら組やつき組の子どもたちは何時にも増して元気よく、子ども同士で園内を縦横無尽に遊びまわっています。保護者は親同士の話に花が咲いていています。子育てにも大分ゆとりが出てきたのですね。

私は園内を回りながら子どもたちの様子を見たり、そら組の保護者とお話をしたりしていました。

二階に上がると、ホールにはパパスミ会製作の黒々とした巨大なお化け屋敷がおどろおどろしい雰囲気を十分に醸《かも》し出していました。入り口ではパパスミ会のお父さんたちが呼び込みをしていますが、三歳ほし組の女の子が入るのを躊躇《ためら》っているようです。その時、すっと後ろから来て手を差し出したのはタリーちゃんです。見上げて笑った子はタリーちゃんに手を引かれて嬉しそうに入って行きました。

園庭では提灯に明かりが入り、盆踊りの人の輪も大きくなってきました。商店街のお店の方々の顔も見えます。

「冴木先生、今晩は」

「あ、小泉さん、聡君、先日はありがとうございました」

「いえ、こちらこそありがとうございます。『保育園で遊ぼう』勧めて頂いて良かったわ。もうすっかりヘヴィーユーザーです。給食の試食とか、毎回レシピを頂いているのですよ」

「それは良かったですね。『子育て相談』もお気軽にご利用ください」

「はい、もう毎回真矢先生に色々と伺って助かっています。でも今日、来て思いました。こんなに大勢の方がいらして、こちらは本当に地域に溶け込んでいますねぇ」

「商店街や地域の皆様が温かいですから。それには何時も感謝しています」

「益々、こちらの保育園に入りたくなったわ。来年はきっと来ますから」

小泉さんが言うように、霞保育園は地域の人たちに支えられています。それはこの街が、江戸時代から続く商店街と、地下鉄が通ってから来た新しいお店や色々な職業の人々、それに大使館も多いので色々な国籍の人が一緒に暮らしていることにも関係があるのかもしれません。多様で寛容な人たちに霞保育園も受け入れられ支えられているのです。

「冴木先生！」

声を掛けてきたのは、お祭りには似合わないグレーのスーツ姿、シティ広報の志村さんです。お隣の女性もやはりスーツ姿で、志村さんより鮮やかなコバルトブルーですが、歳は私と同年代でしょうか。

「志村さん、先日はお世話になりました。子どもたちもとても喜びましたし」

「お役に立てて良かったです。あ、こちらは弊社総務部の結城《ゆうき》です。今日は広報の応援に来ました」

「いつも志村さんにはお世話になっております。霞保育園保育士の冴木舞衣子です」

「結城久美子《ゆうきくみこ》です。すぐに分かりました、広報で噂の保育士さんですよね」

噂って、何ですか？　志村さんは一瞬で真っ赤になって、顔の前で手をぶんぶんと振っています。

「いえ、あの、今日は取材で、園長先生と一枚撮らせていただけませんか？」

慌てた様子で話題を変えて志村さんは取材を申し込んできました。

「はい、園長に話してまいります」

振り返ると朝海園長はもう志村さんを見つけたようで、こちらにやって来ます。

「志村さん、いつもお世話になります」

「いいえ、園長先生。こちらこそお世話になっております。こちらは弊社総務部の結城です」

「園長の朝海でございます。夕涼み会へようこそ、今日は取材かしら」

「あっ、はい、そうなのです。それで、園長先生も入っていただいて一枚撮らせて頂いてよろしいでしょうか」

「結構ですよ。冴木先生はよろしいのかしら？」

「あっ、あの、御一緒にお願いできれば……」

「そうでしょうねぇ」朝海園長は少しからかう様に言って笑いました。

夏樹航君が映り込む範囲に居ないことを確かめてから、私は朝海園長と盆踊りの輪をバックにして立ちました。カメラを構える志村さんの横で、結城久美子さんの眼が射るようにこちらに向けられています。挑むような彼女の気配が伝わってきました。

でも、私が見ていたのは彼女の後ろでした。壮仁君がじっと父母会の焼きそば屋さんを見つめていたのです。

「壮仁君、焼きそばが食べたいの?」

壮仁君の横にしゃがんで聞きくと、壮仁君は一瞬はっとして私を見つめましたが、「ううん!」と言って走って行きました。そう言えば五月の遠足では、あの時も壮仁君は焼きそば屋さんをじっと見つめていました。何か訳があるのでしょうか、走り去る壮仁君の背中を見ながら私は考えていました。

その時、「園庭で花火が始まります」と放送が流れました。夕涼み会のフィナーレです。

園舎の中にいた子どもたちも園庭に出てきました。花火をセットした長い板を係りの職員が園庭に運び込みます。板にセットされた花火の列は手前から奥に行くにしたがって大きな花火になっています。

花火を遠巻きに囲んで子どもたちと保護者たち、それに街の人達が見守っています。この街ではマンションなどの共同住宅に住んでいる子が多いですし、戸建でも庭がある家は少ないので花火で遊ぶ機会が有りません。ですから夕涼み会の花火は子どもたちがとても楽しみにしているイベントです。

さあ、一列目の花火が点火されました。打ち上げ花火が園舎の二階の屋根の高さより上まで飛んで花を開きます。

「わーっ！」と子どもたちの歓声が響きます。

続く二列目の花火はもっと高く大きな花を開きました。

見上げると夜空に向けて、シティの丸い大きな筒の様なタワーが明るく闇の中にそびえ立っています。まるで宇宙船の様なタワーの前で、三列目の花火の花が開きました。子どもも大人も、近未来の風景の前に日本の夕涼みの花火が上がっていく幻想的な組み合わせに見入っています。

打ち上げ花火が続いた後は、一列に並んだドラゴンが火炎を噴き上げました。ワーッ、と子どもたちの歓声がまた響きます。どの子の顔も吹き上げるドラゴンの炎に朱く照らされています。

いよいよ最後のナイアガラの炎が滝のように流れ落ちていきます。子どもたちも、後ろの大人たち、保護者も地域の方々もじっと炎に見入っています。私も今同じ炎を見て同じ気持ちを感じている、霞ファミリーの一員としての幸せに浸っています。私は今この時の光景を心に刻みました。

見渡すと大人たちの後ろから頭一つ背の高い青年もじっと炎を見つめていました。春人君です。同じ炎を見つめながら彼は何を考えているのでしょうか。春人君は一瞬私のほうを見ましたが、目が合うとすぐに逸らしました。

私は、名残惜しみながら家路につくそら組の子どもと保護者たちに挨拶をしてから事務室に戻りました。朝海園長や真矢副園長たちは、まだ商店街や地域の方々との挨拶やお話が続いているようです。

事務室に入ると、あの甘い匂いが立ち込めていました。近江屋の社長さんと春人君が、打ち合わせテーブルの上にたい焼きがぎっしり詰まった箱を広げています。

「先生、お疲れ様！　さぁ食べてよ、うちの天然」

「ありがとうございます！　美味しそう、助かります」

今日はから揚げや焼きそばなどの食べ物はあったのですが、職員は食べる暇が無かったのでうお腹がペコペコでした。紙箱に詰まったたい焼きに手を出そうとすると、その時です。突然、春人君が一匹だけ紙に包んだ別のたい焼きを差し出してきたのは。驚いて私は春人君の顔を見つめました。

「あの……、舞衣子先生、ぼくが焼いたたい焼きです。これ、食べてみてくれませんか」

「まあ、うちの商品のレベルまで達していないけど、修行中の春人君の試作品だ。一生懸命焼いたものだから、先生、試してやってくれませんか」近江屋の社長さんが笑いました。

私は春人君から受け取った包み紙を開いて、たい焼きを頭からゆっくりと口にしました。口の中に広がる甘過ぎずに粒の食感が残った餡子の味は、やはり近江屋さんの味でした。

でも皮は少し焦げ目が多くて焼き過ぎだと分かります。何時ものパリッとしながらも柔らかい質感よりも、やや固く焼けた皮でした。何故だか、その皮の焦げたところの苦みが昔から知っていた味の様に懐かしく感じたのです。

何なのでしょうこの味は、それとも私の気持ちがそう思わせるのでしょうか。美味しい、と言おうとした時に正岡先生が事務室に帰って来ました。

「舞衣子先生、クッキー完売です！　凄い評判良かったです。子どもたちが作ったの、って驚かれました。まあ、監修が『ル・ドゥーブル』ですもんね」

「から揚げ、完売です」

「ゲーム、撤収終わりました」

各係りの片付けを終えた職員が、戻って来て事務室はごった返し始めました。パパスミ会の矢吹さんも事務室に顔を出しました。

「冴木先生、お疲れ様！　お化け屋敷も大人気だったよ。パパスミ会これから打ち上げやるけど来ない？　いや、俺じゃないよ、皆がさぁ、浴衣の冴木先生と飲みたいって言っているんだよぉ」

「また、そういうことを。でも矢吹さん、本当にお疲れ様でした、パパスミ会の皆さんによろしくお伝えください」

「またぁ、相変わらず固いね。みんな残念がるなぁ。じゃあ園長先生を誘うかなぁ」

「じゃあ、って何！」突然後ろから朝海園長に言われて、矢吹さんは「やべっ」と笑って手を振りながら引き上げて行きました。

朝海園長が職員を労《ねぎら》ってから、続けて真矢副園長が各係の片付けの終了を点呼で確認していきます。最後に花火の消火は真矢副園長が自身で点検しに行きました。待っている間に職員は近江屋さんのたい焼きを頂いて一息つきます。でも私のたい焼きだけが、別のものだとは誰も思わなかったことでしょう。私は焦げた皮の苦みを噛み締めていました。

真矢副園長が戻ると本日の仕事は終了です。

「今日はもう遅いから解散、まだ時間のある人は打ち上げに行くわよ」

真矢副園長が仕切って飲みに出ることになりました。

「春人君はどうかしら？」朝海園長が尋ねると春人君は驚きました。

「えっ、僕ですか、いいのですか？」

「勿論、いつもボランティアで頑張っているのだし。社長さん、よろしいかしら」

「園長先生、いつも済みません。宜しくお願いします」近江屋の社長さんは笑って春人君の肩を叩きました。

向かったのは広場沿いのスペインバル「ラ・プランチャ」です。このお店は立ち飲みなので人数を予約しなくて良いのです。

一〇人程の職員と春人君が一緒です。私もそうですが朝海園長と真矢副園長、美樹先生も浴衣ですので結構目立っています。今日は係によっては体を動かすために浴衣を着る訳にいかず普段着の職員も多いのですが、正岡先生と吉も薄い作務衣で涼しげな雰囲気を醸し出しています。

「おーい！　冴木先生！　園長先生！」お店に入った途端に大きな声で呼ばれました。

手を振っているのは先ほど引き上げた矢吹さんです、パパスミ会もここで打ち上げだったのですね。一つのテーブルを囲んで一〇数人ほどのそら組のパパたちが、もうかなり飲んでいるようです。合流するわけにはいきませんが、私は朝海園長と一緒にお礼を言って回りました。

「冴木先生、あの人は？」矢吹さんが春人君を見ながら訪ねました。

　長身の春人君は女性の中では目立っています。

「はい、ボランティアに来てくれている雨宮春人君です」

「ああ、あれがママたちの評判になっているイケメンのボランティアかぁー」

「えっ、そういう評判になっているのですか？」

「そうなんだよなぁ、ママスミ会で話題らしいよ。近江屋さんで働いていると聞いたからさ、今度見に行こうかと思っていたんだけどさ、まあ、あれじゃあ仕方がないかなぁ」

　いつの間にそんな、ママたちの情報網もすごいですね。パパスミ会だけではなく、ママたちもパパに子どもを預けてママスミ会に集まっているのです。その時もパパスミ会は子どもを集めて遊ばせながら、また飲んでいるようなのですが。

「ママたちの人気を攫《さら》われて、パパスミ会ピンチ！」

「何言っているのですか。矢吹さんの夫婦が熱いのは誰でも知っていますよ」

「フフッ」と矢吹さんは満更《まんざら》でもなさそうに頭を掻きました。

　私たちがテーブルに戻ると、もう全員の生ビールがジョッキに注がれていました。ジョッキを手にすると、「評判」になっている春人君の顔を思わず見てしまいました。いえ、春人君も私を見ていました。

さあ、朝海園長の音頭で乾杯です。全員がジョッキを合わせましたが、春人君は私のジョッキに合わせてきたような気がします。喉を通るビールには心地よい苦さがありました。

二杯目はこのお店の名物、スパークリングワインの「あわ」をボトルで頼みました。おつまみはスペインオムレツにパン、小エビとタコのアヒージョです。グラスの泡越しに見える広場の景色は、いつも見ている景色とは別の世界の様に見えました。

「奥のテーブルに、この前一緒だったシティの志村さんが来ているよ」

声を掛けてきたのは店長のヒロさんで、いつも知り合いが飲んでいると引き合わせるのです。ああ、確かに一番奥にいるのはシティの志村さんと今日見えた結城久美子さんですね。コバルトブルーのスーツが目立っています。先ほどの短い会話の間にも彼女の挑発的な感情を感じたので、嫌な予感はしたのですが挨拶しないわけにもいきません。私は朝海園長に付いて奥のテーブルに向かいました。

「志村さん、今日はお越しいただいて有難うございました」

「いえいえ、こちらこそ、園長先生、冴木先生、今日は有難うございました。ところで園長先生、実は未確認なのですが、もう少し分かりましたら今度お耳にお入れしたい件がありまして、この街と霞保育園についてのことで……」

志村さんは要件を言い淀みましたが、私の名前が出た時に、それはほんの一瞬でしたが結城さんがこちらを睨んだのが分かりました。すぐに元の表情に戻った彼女が何事も無かったかのように尋ねてきます。

「冴木先生は保育園ではどういうお仕事をされているのですか?」

「五歳児クラスを担任しています。一番年長のクラスですので行事やイベントの関係で志村さんにもお世話になっています」

何故だか言い訳をしているような気持ちになりましたが、志村さんの名前を出した時、また一瞬彼女の目線が強くなったのが分かりました。

「そうですか、それで弊社の志村とお知り合いなのですね」弊社に力を込めて彼女は言いました。

「でも大変なお仕事なのでしょう。朝から晩まで子どもたちに囲まれて」

「いえ、保育士は、こんなに楽しくて遣《や》り甲斐のある仕事は滅多にありませんよ」

「あら、そんなにお綺麗なのに勿体《もったい》ないわ」

保育士を大変と語気を強めて言われた口調に、思わず私の語気も強くなりました。霞保育園で保育士として働いていることは職業であるだけではなく、今の私の人間としての一部、いえ柱なのですから。

志村さんは真っ赤になって緊張して固まっています。

気配を察した朝海園長が、「今後ともよろしくお願いします」と水を入れて何とか引き上げることができました。こういうことを、とばっちりと言うのでしょうか、私には何の関係もありませんのに……。

やっと自分たちのテーブルに戻ると、もうテーブルの上には「あわ」のボトルも二本追加されています。おつまみのチーズと生ハムも追加されていて、少しの間に大分お酒もすすんでいる様です。私は春人君と喋る機会を待ちましたが、やっと会計をする時になって、皆がお金の遣《や》り取りをしている騒ぎの中で話しかけることができました。

「さっきはお礼を言えなくて。ありがとう、たい焼き美味しかったわ。少し焦げたところの苦みが私好みかしら」

「そうですか！　もっと上手くなって、もっと美味しいたい焼きを焼いてきます。あの……また食べてもらってもいいですか」

「はい、また今度お願いします」

春人君は、霞保育園に現れてからの迷い込んだ子犬の様な不安そうな貌に、今まで見せたことのない清々《すがすが》しい笑《え》みを初めて浮かべました。

ヒロさんのお店の外に出て見上げると、石畳が敷き詰められた広場を覆う欅の木の上に出ている月は大きく欠けて弧を描いています。この月はこれから満ちていくのでしょうか、それとも欠けていくところなのでしょうか。

広場の向こうからは、夏なのに黒い服を着たあの背の高い男の人が細い目でこちらを見ていました……。

八月　霞商店街祭りでつかまえて

　そら組が育ててきたトマトにキュウリ、茄子にピーマン、そら豆と枝豆、トウモロコシはもう収穫ができるくらいに育ちました。大きくなった物から収穫して、プールの休憩の時に食べたり、おやつや給食と一緒に食べるのも良いし、食育のクッキングの材料にもできるでしょう。スイカはまだ大きくなりそうですが、月末のプール仕舞いの時に収穫してスイカ割りをする予定です。

　ゴーヤのカーテンもすっかり大きく育ちました。園舎の屋根からバルコニーを覆《おお》って子どもたちに涼しい場所を提供しています。

　次第にセミの声も大きくなってきています。公園に散歩に行く時には、子どもたちは必ず虫捕り網と虫籠を持って、セミを捕らえられなくても、抜け殻を見つけると喜んで虫籠に入れて持って帰ってきます。

　午後には夕立が降ることも多くなって、雨上がりに虹がはっきりと見えたことがありました。高い建物が多いこの街では、虹が出てもそれを直接に見ることは珍しいのです。その時も向かいの女子校の上に架かった虹は、子どもたちの背の高さでは見えにくいようでした。私は近くに居た彩花ちゃんを抱き上げると虹の見える高さまで持ち上げました。

「ほんとだ！　にじ！」

彩花ちゃんが叫ぶと、子どもたちが集まってきました。それを見て正岡先生と春人君が駆け出してきます。私が女の子を、正岡先生と春人君が男の子を持ち上げると、どの子も感嘆の声を上げています。

春人君は肩車を頼まれた様です。背の高い春人君の肩に跨った空太君は満面の笑顔で虹を見ています。同じ虹を見る春人君と空太君、二人の顔が日の光に輝いています。それは、まるで親子の様にも見えました。家族を失って育ってきた春人君が、あのように家族で笑える日が来るのでしょうか。きっと春人君も、この霞保育園に来てから自分が失ってきたものを埋めようとしているのかもしれません。それは私も同じなのです。

園庭の畑に生《な》った野菜の収穫を始めると、そら組は毎日の特に朝が忙しくなりました。畑に水を遣《や》って様子を見てから、九時半からの朝の集まりで今朝は何を収穫するかを決めます。トマトとキュウリはプールの休憩の時に食べられるようにカットします。包丁の使い方は、食育のクッキングでもう何回も経験しているので、子どもたちは「ネコのてー」と言いながら、食材を押さえる指はちゃんと猫の手の様に丸めています。

今朝はトマトとピーマン、それに茄子を収穫しました。これは今日のクッキングの材料です。食育活動には、茶道の先生や、商店街のお好み焼き屋さんなど、色々な方に来ていただきましたが、今日来てくださるのはクッキー作りでも御協力いただいたシモーヌさん、「ル・ドゥーブル」のオーナーシェフです。ジロー君は朝から「きょうは、ぼくのパパがくるんだ」と楽しみにしています。
　もう一人のゲストは用務の江藤さんです。毎回のクッキングには、子どもたちが担任以外の職員を一人招待しています。子どもたちが届けた招待状には、お礼の言葉が書かれていました。
「えとうさん　いつも　ほいくえんを　きれいにしてくれて　ありがとう
いつも　せんたくしてくれて　ありがとう
ピザをつくります　そらぐみに　きてください」
　そうです。保育士だけではない色々な人の仕事で霞保育園は成り立っています。子どもたちは、皆に見られて守られていることを知っていて、お礼をしたいと思っているのです。この気持ちを何時までも忘れずに、大切にする人に育って欲しい。そう、この子どもたちはここで学んだことで、きっとそういう大人に成長することでしょう。

　さあ、シモーヌさんの指導でピザ作りが始まりました。まずは野菜の切り方から教わります。最初にシモーヌさんは、ピーマンを輪切りではなく縦に切りました。実はピーマンの細胞は縦にならんでいるから、それを壊さない方が苦くないそうです。私も勉強になりました。

　まずはホットプレートで野菜を焼いて食べてみます。振りかけるのは塩だけです。

「おいしい！」「ピーマンがあまい！」「ナスもあまいよ」

　普段はピーマンや茄子が嫌いな子でも、自分で育てた野菜の味は格別なのでしょう。

　続いてピザトーストに挑戦です。パンの上にとろけるチーズを載せて、シモーヌさんがお店から持ってきた秘伝のトマトソースを少し塗って、トマトとピーマン、茄子を並べていきます。それをトースターで焼くと出来上がりです。

焼きあがったピザトーストを切って食べてみると、想像できなかった美味しさに子どもたちは大喜びです。江藤さんの眼には涙が少し滲んでいました。

「サイゴニ、チョウカンタナ、ピザヲツクルヨ！」

それはギョーザの皮にとろけるチーズを載せ、トマトソースを塗り、野菜を載せて後はトースターで焼くだけでした。でも焼きあがったパリパリのピザを食べて子どもたちは驚いたのです。

「おいしいー！」「かんたんに、つくれたー」「またつくろう！」

江藤さんが立ち上がり子どもたちに一礼してお礼を言いました。

「今日はありがとう。今迄で一番美味しかった、どうもありがとう」

江藤さんが今迄で一番美味しかったのは、シモーヌさんが指導したこのピザの味なのでしょうか、それとも子どもたちに招待されてピザを一緒に食べたことだったのでしょうか。江藤さんがどういう人生を送ってきたのか、私には想像ができませんでした。

このクッキングで得た子どもたちの喜びは、そら組だけには収まりませんでした。

「ファーマーズセンターをやろう。ほら、えんそくで、よったよね」

言ったのは翼君です。昨年秋の芋ほり遠足で、地元の野菜を販売する市場に寄って、子どもたちは一人三百円で買い物体験をしました。翼君はそれを思い出して、お店屋さんを開いて美味しい野菜を他のクラスの子どもたちにも食べてもらおうと言うのです。

早速サークルタイムです。メニューは何にする、お金には何を使うか、ポスターを描くなど、お店の準備の相談をしました。どんどん話が大きくなっていきます。これは霞保育園全体を巻き込んだお楽しみになることでしょう。

いよいよ今日はファーマーズセンターの開店です。既に各クラスと玄関にはそら組が作ったポスターが貼ってありますので、他のクラスの子どもたちも楽しみにしています。

給食の後、そら組は午睡をせずに準備に取り掛かりました。まずは野菜を切って下拵《したごしら》えからです。メニューと「値段」はサークルタイムで相談して、かんたんピザがペットボトルキャップ一個、トマトは一個、焼き野菜プレートは二個と決めています。

下拵えが終わると、お店の準備です。クラスの入り口には「いらっしゃいませ」「かすみファーマーズセンター」と書かれた看板を出しました。野菜とピザの絵も描いてあります。部屋の中にはお店屋さん用のテーブルと調理用のテーブルを用意して、「料金表」も貼りだします。

調理のために保育園中のトースターとホットプレートを集めてあります。クラスだけでは電源が足りないので、他のクラスからも配線してくれたのは江藤さんです。

子どもたちの担当も相談済みです。調理担当、注文を受けて野菜とピザをキャップに交換するお店担当、呼び込み担当などに分かれます。面白いことに「広報」担当まであるのです。光君がカメラを持って取材します。

各クラスの午睡が終わる時間になりました。さあ開店です。

「いらっしゃいませ！」

最初にやってきたのは三歳ほし組です。

「なんにいたしますか？」

「ピザください！」

「はい、キャップ２コになります」

お店屋さんごっこは、どの年齢でも人気がある定番の遊びなのですが、本当に食べるものを出すお店屋さんに、売るそら組も、買うほし組も、いつもとは違う楽しさに興奮しています。

美味しそうにピザと野菜を食べるほし組の子どもの中で一際喜んで興奮しているのは空太君の弟、海太君です。頼まれもしないのに「いらっしゃいませ！」と大きな声でお店の呼び込みを始めています。海太君は、お店屋さんなどのごっこ遊びが特に大好きなのです。

「舞衣子先生、海太君帰りそうにないので預かってもらってもいいですか？」

「いいわよ、張り切っているようだし、お兄ちゃんのお店を手伝ってもらうわ」

美樹先生と三歳ほし組が帰ると、入れ違いにやって来たのは二歳はな組です。

「舞衣子先生、いい企画ね、はな組の子たちも楽しみにしていたのよ」

「沙織先生、ありがとうございます。でもこの企画、全部子どもたちで考えたのですよ」

「凄いわねぇ、さすがそら組。でも、子どもが自分たちでやりたいことを相談して、それをできるのは舞衣子先生、担任の貴女も良くやっているからよ」

沙織先生に労《ねぎら》われて少しホッとしました。沙織先生は、以前に五歳そら組の担任をしていたので良く分かっています。私が今、そら組を担任して思い切り子どもたちと動けるのは、霞保育園全体の理解と支えがあるからなのです。

一時間ほどで霞保育園の全クラスと事務室のメンバー、調理さんたち、用務の江藤さん、全職員が訪れてくれました。そら組の子どもたちは大盛況に大喜びです。でも、これで終わりではありません。片付けの後に計画していることが未だあるのです。

それは「新聞」作りです。「広報」担当の光君は、園のカメラで写真を撮ったり、何と食べた感想をインタビューしたりしています。写真のプリントと新聞のカラーコピーは事務室にお願いしましたが、「見出し」「原稿」「写真」などの係りを分担して、割り付けていくのも子どもたちです。

出来上がった「しんぶん」の大見出しは「かすみファーマーズセンターかいてん」です。ピザと野菜の写真は勿論、レシピと感想も載っています。

お迎えの時間になると配布係が玄関で保護者に「新聞」を配りました。

「しんぶんです！」「かすみファーマーズセンターが、だいにんきでした！」

保護者たちは「しんぶん」を手にして顔を綻ばせています。「おうちでも、つくって」とせがんでいる子もいます。

特に喜んだのはジロー君のお母さんです。多分、夕食の後にはジロー君をお祖母ちゃんに預けてパパのレストラン「ル・ドゥーブル」に出る予定なのでしょう、髪を夜会巻きにしています。

「冴木先生、クッキングのお役に立てて良かったです。でも、ここまでとは、新聞まで出していただいて。シモーヌも喜びます」

「先日はパパに本当にお世話になりました。それがとても美味しかったので、子どもたちがお店をやって他のクラスの子にも食べてもらおうと。新聞も子どもたちが相談して作ったのですよ」

泥んこ遊びから野菜作り、クッキング、お店屋さん、新聞とそら組の子どもたちの夢と行動はどんどん広がり、霞保育園の子どもたちと大人たちの年齢を超えた輪をまた広げたようです。


今日は朝から街全体が、嵐が来る前のような緊張と、演奏会が始まる前のような未だ音になっていない騒《ざわ》めきに包まれています。

お盆の翌週の土曜と日曜、恒例の霞商店街祭りには、毎年もの凄く大勢の人が出るのです。元々は地元のお客さん向けの小規模なもので、まるで学園祭のような雰囲気でした。それが次第に美味しい料理が屋台で手軽に食べられることなどが人気となり、場所柄から芸能人が来るようになると一気に有名になりました。やがて年々規模が大きくなり、今では何万人もがこの小さな商店街にやって来る、都内でも有名なお祭りになりました。

商店の方たちも朝から準備で大わらわです。霞保育園も今日は土曜当番の出勤者を増やして、普段は土曜日に登園しないお子さんもお預かりしています。

午後から祭りが始まると人でごった返して路を進むこともできなくなりますので、朝海園長は午前中に商店街を廻って激励の挨拶をするのも恒例です。今日非番の私も、一緒に商店街を廻って、昼前に矢吹さんのお店「靴のＹＡＢＵＫＩ」に着きました。

「今日は！　お疲れ様です！」

「あっ、園長先生、冴木先生も」

「今日は大変ね。翼君は元気に遊んでいたから、パパも頑張って！」

「ありがとう！　翼はよろしくお願いします。しかしほんと毎年だけど、お客さんが大勢来てくれるのはありがたいけど、あれだけ混むと警備も大変でさ」

「やっぱり今年も矢吹さんが警備部長なのですか？」私は矢吹さんに聞きました。

「そうなんだよ。祭りの警備部長は、商店会の防犯部長がなるのが当て職でね。それに今年は警察からの情報で警戒を強めているんだ」

「警察からですか？」

「いや、実は最近さ、この街に竜国会が進出して来ていてね、他の反社会的勢力との揉《も》め事《ごと》が増えているんだ」

「えっ、竜国会がこの街に……、そう。やはりね」朝海園長は少し考え込んでから、矢吹さんの肩を叩きました。

「頑張って！　この商店街とお祭りの平和は、矢吹さんの肩にかかっているわ」

「広場ステージ裏の本部に詰めているからさ。何かあったら来てよ」矢吹さんは少し照れくさそうに笑います。

「了解！」私が敬礼の真似をして額に手を当てると二人が笑いました。

私たちは、広場に面したイタリアン「ラ・ボローニャ」でランチをしてお祭りの開始を待ちました。

商店街の中心にあるこの広場は、元々は道路の区画整理で出来た土地でしたが、商店街の人たちが費用を出して公園に整備したそうです。石畳で覆われた広場に欅の木が生い茂る様子はまるでパリの街角のようで、今では街のシンボルになっています。

午後三時、お祭りのスタートです。出店の営業と同時に、広場に設けられた特設ステージ上でのイベントが始まりました。主催者の永瀬商店会長と来賓の区長の挨拶の後、地元のグループによる歌や演奏、ダンスなどが次々に登場します。

さあ、チアリーダーチームの出番がきました。タリーちゃん達女子の登場です。タリーちゃんは、最年少ながらも一番前列で長い手足を思いっきり伸ばして満面の笑顔で踊っています。一番後ろは中学生でしょうか、もう大人びた姿です。

朝海園長と私はステージのすぐ前で大声援です。二〇分の持ち時間を、子どもたちは元気いっぱいに踊り切りました。

「タリーちゃん！　良かったわよ！」私はステージから降りてくる子どもたちの名前を呼びながら次々にムギューと抱きしめました。

「生稲さん、素晴らしかったわ！」朝海園長は、ステージ下に駆け寄ったお母さんたちと手を取り合って、子どもたちが晴れの舞台を踏むまでに成長したことを喜んでいます。

広場に集まった人たちは、やはり誰もが良い気分なのでしょう。見渡すと子どもたちの親は勿論、ステージに見入る人々は皆笑顔ばかりです。

ところが、そんな中で一人凄い勢いで周りを見回しながら動いている女性がいます。壮仁君のお母さん、津川さんです。どうしたのかと思うと、すぐに朝海園長と私を見つけて駆け寄ってきました。

「園長先生！　壮仁、見ませんでしたか？」

「えっ！　どうしたの？」

「壮仁がいなくなっちゃったんです！」

「何処で！　はぐれたの？」

大変！　この人混みでは少し手を放しても迷子になるかもしれません。

「それが、この広場で一緒に舞台を見ていて、気が付いたらいなかったんです。私の横にいたのに……」津川さんは泣き出しました。

「津川さん一緒に来て！　舞衣子先生、行くわよ」

私は津川さんの手を引きながら、朝海園長に続いてステージ裏にある本部のテントに向かいました。本部に入ると、無線機の前に消防団の紺色の制服を着て座っていた警備部長の矢吹さんが気付いて振り向きました。

「園長先生、冴木先生もどうしたの？」

「それが大変なの！　うちの園の津川壮仁ちゃんがいなくなっちゃったのよ！」

「迷子か！　どの辺で？」

「それが、この広場でステージを見ていて、いなくなっちゃったみたいなの」

「え、広場で……ここからはどの方向にも路が通じているし……、それにここからって、迷子なのか?」言って、朝海園長と私をちらりと見ました。「最悪、誘拐とか……」

私は一瞬、津川さんの様子を伺いました。津川さんは固まっていて言葉も出ません。

「とにかく一刻も早く探してちょうだい! 急いで!」

朝海園長が頼むと、矢吹さんは津川さんから壮仁君の服装を聞き取って、マイクの前の放送担当者に原稿を渡しました。

「白地に馬のマークの入ったポロシャツに緑の半ズボン、五歳の男の子が迷子です。見かけた方は、広場特設ステージ裏の警備本部までご連絡ください」

更に、全店舗への緊急メールの配信を打ち込みました。

「これだけの人混みで、店の売り子の呼び声も大きいと、放送も全然聞こえないんだ。緊急メールは全店舗の責任者の携帯を登録してあるから」

同時に、本部に詰めている警察官からも無線で警戒中の全警察官に連絡しました。

「今日は! 差し入れです」本部に入って来たのは近江屋の社長さんとたい焼きの入った紙箱を持った春人君です。一瞬只ならぬ様子に驚いたようでしたが、朝海園長が状況を説明すると、えっ! と驚いて立ち竦《すく》みました。
二、三分が経ったのでしょうか。少しの時間でも、悪いことも心配しながら新たな情報を待っている時間はとてつもなく長く感じます。緊張を破って本部に飛び込んできたのは交番の山崎さんです。

「あっ！　園長先生、聞きました。本官も探しますので！」

その時です、矢吹さんの携帯が鳴ったのは。

「そう、白いポロシャツ、五歳くらい」

……

「うん、書店前の焼きそば屋」

全員が息を潜めて耳を欹《そばだ》てます。

「えっ！　一緒に！　歩いて？」

一瞬、誰もが固まりました。

「それで今、その店は？」

……

「うん、分かった！　ありがとう」携帯を切ると矢吹さんは皆に振り向きました。

「書店前の焼きそば屋と話しているのを書店員が見ている！　焼きそば屋は女性だ。一緒に歩いて行った」

「壮仁ちゃん！」津川さんは名前を呼んで叫びました。

矢吹さんは構わず、商店街の地図を指さします。

「書店前の焼きそば屋は、霞商店街の店ではない。だから、車で来ているはず……」パソコンの画面と地図を見比べながら探します。「町外からの出店者の駐車場の割り当ては……焼きそば屋の車はここだ、表通りガソリンスタンド横二軒、喫茶店の前！」

矢吹さんが地図を指し示すと、詰めている警察官からすぐに無線で近くの警察官が駆け付けるように指示が出されました。

「この人混みだと商店街は抜けられない。時計屋の脇を抜けていくのが近道だ」

矢吹さんがルートを決めると、近江屋の社長さんが目配せして、春人君も頷きました。

警備の腕章をして赤い棒ライトを持った矢吹さんが先頭に立って裏道を走り、交番の山崎さん、春人君、朝海園長が続きます。私は津川さんの手を引いて走りました。

表通りに並んで駐車している車の中を、警察官が順に覗き込みながら探しています。

「あれだ！」矢吹さんが指差す黒い大きなワゴン車に向かって私たちは走りました。ワゴン車を取り囲むと、山崎さんが車内を覗き込みながらドアを強く叩いて怒鳴りました。

「警察だ！　すぐに開けなさい！」

私たちも追い付いて急いで車内を覗き込むと、フラットに椅子を倒した車内では壮仁君と女の人が向かい合わせに座っていました。驚いた顔の壮仁君は何か食べていたようです。片方の手には箸をもって、もう片方の手にコップを持っています。業務用らしき大きな前掛けをした女性は四〇代でしょうか、怯えきった表情で緊張しています。

山崎さんが車のドアレバーを掴むとロックはされていなかったようで、何の抵抗もなくすぐにドアは開きました。山崎さんは飛び込むと片手で女性の腕を掴みながら、腰の手錠に手を回します。続いて矢吹さんが飛び込み、壮仁君を抱きかかえて車を降りてきました。

津川さんは、飛びつくように壮仁君に抱きつきました。抱きしめて名前を呼びながら大泣きしています。

「大丈夫だったか?」矢吹さんに聞かれても、壮仁君は驚いたように緊張したままです。

驚いた表情のままで固まった壮仁君に朝海園長が静かに聞きました。

「大丈夫だった? 壮仁君がいなくなって、みんな心配したのよ」

次第に、壮仁君の眼にも涙がいっぱい溢れてきました。

「どうしたの? 話せる」

壮仁君は、涙をいっぱい溜めながら話し始めました。

「ぼくの……おかあさんのことを……きいたんだ」

「お母さんのことを?」

「ぼくの……おかあさんを、しりませんかって」

「どうして、あの人に聞いたの?」

……

「ぼくのおかあさん、……ヤキソバやさん、だったんだ」

ああ! やっと分かりました! 壮仁君のお母さんは行商に行ったまま帰ってこなかったのです。そのお母さんは焼きそば屋さんだったのですね、それで焼きそば屋さんに聞いたのですか。

そう言えば、壮仁君は遠足の時にも、夕涼み会でも、焼きそば屋さんを見つめていました。

ワゴン車の中から山崎さんと女性が降りてきましたが、女性の手には手錠が掛けられていません。山崎さんも事情を聴《き》いたのでしょう。

「どうも、焼きそばをあげただけのようで。情に絆《ほだ》されてのことでしょうけれど、それでも署で事情を聴かないわけにはいきませんが。まあ、お咎《とが》めはないと思います」

「本当に済みません。とんでもない事をして。お母さんのことを聞いていたら、私も子どもを里に残して商売に来ているもので……つい話し込んで……なんだか可哀そうで……焼きそばでも食べればと思って……」泣きながら深々と腰を折って詫びた女性は警察官とパトカーに乗って行きました。

津川さんは壮仁君を強く抱きしめたまま泣き続けています。

「壮仁ちゃん！　ごめんね。ごめんね」

その時です、壮仁君が小さな声で言ったのは。

「おかあさん……ごめんね」

えっ、と驚いた顔で津川さんは抱きついていた壮仁君の顔を覗き込みました。

「おかあさん……しんぱいしたの？　ごめんね……」

津川さんは再び壮仁君を強く抱きしめると泣きました。

「壮仁ちゃん！　ごめんね！　ごめんね」

朝海園長はしゃがんで壮仁君に言いました。

「心配したけれど、壮仁君がいて良かったわ」

私もしゃがんで壮仁君を後ろからぎゅっと抱きしめました。

「壮仁君、また来週会おうね。霞保育園で待っているわ」

広場に戻ると、朝海園長は屋台の生ビールを沢山買い込み、私と春人君がトレイに乗せて本部のテントに差し入れました。

「おっ、冴木先生、気が利くねぇ！」矢吹さんは思いっきり顔を緩めます。

「朝海園長から差し入れです」

「そうか、さすがだねぇ」言って目尻を下げました。

「矢吹警備部長、本当にありがとうございました！　私たちだけではとても探せなかったと思います」

「そりゃあ、これが俺の仕事だよ」

「頼りになります！　凄く格好良かったですよ」

「ふんっ、お祭りとこの街の平和が俺の肩にかかっているんだろう」

私が敬礼の真似をすると、矢吹さんは少し胸をそらして笑いました。


舞台の前に戻ると、朝海園長は生ビールを飲んでいます。

「舞衣子先生、春人君、お疲れ様。はい、貴方たちのよ」

「ありがとうございます！」私と春人君は、朝海園長に差し出された生ビールを一気に飲みました。ああこの冷たさ！　喉がカラカラに乾いていたことに今気づきました。

「今日は驚きましたねぇ」

「本当に。矢吹警備部長がいてくれて助かったわ」

「園長先生からの差し入れと言ったら嬉しそうでしたよ」

「フフフッ、良かった。でも舞衣子先生が持って行ったからじゃないの」

「でも、壮仁君が、『お母さん』と言った時は驚きました。あの二人は、これから変わっていくのでしょうね」

「俺、壮仁君の気持ち、分かる気がするんです」

「そう言えば、春人君は最初に来た時から壮仁君とは話し込んでいたわよね」私が思い出して尋ねると、春人君は頷きました。

「それが、不思議なんです。壮仁君は俺に『ぼくは、あたらしい、おうちにきたんだ、ほんとうのおうちじゃないけどね』と言うから、『今までは何処《どこ》に居たの』と聞くと野川学園と言うんです。それで『え！　俺も野川学園に居たんだよ』っていう話をしたんです。でも何で初めて会った俺にそんな話をしたのかなって、……何で……俺と同じだと分かったのかなと思っていたんです」

　壮仁君は、春人君に自分と同じ何かを感じたのでしょうか。それは、どういうものなのでしょう……。

　朝海園長がゆっくりと頷きました。

「そうね、今日のことも必要な道程《みちのり》だったのかも知れない。こうやって、一つずつ乗り越えながら少しずつ親子になっていくのね。新しい家族が生まれて、育っていく。それに立ち会える私たちの仕事って、なんて素敵なのかしら」

ポジティブです！　どうして、いつでもこんなに前向きなのでしょう。そう考えようとしているのでしょうか、それとも体の中から自然にそれが湧き上がってくるのでしょうか。

舞台では、地元のジャズバンド「カズバン」の登場です。「霞バンド」を詰めたネーミングの通り、街の人たちと中学生、高校生のビッグバンドです。お揃いの黒地に白くKAZUBANとネームの入ったTシャツを着て舞台に上がるメンバーには、霞保育園の卒園生も大勢いるので私たちは手を振って声をかけます。あっ、管楽器のバンドの隅で、ベースギターを持っているのは蕎麦の総本家「堀田」の御主人です。お店で見る白い店着とは全く違う出で立ちで、いつもより随分と若く見えますね。本当は、私の想像より元々若かったのかもしれませんが。

広場には子どもたちの舞台を応援しようと、家族も大勢駆け付けています。私たちは広場を見渡して、知った顔を見つけると手を振り合いました。

さあ、演奏が始まりました。あっ、この曲は私でも知っているスタンダードなナンバー『A列車で行こう』です。ビッグバンドの力強い演奏が広場に詰めかけた人々を包んで、どの顔も笑顔です。幸せが広場を埋め尽くして、もう誰もが「A列車」に乗っているようです。私もビールを飲んで「A列車」に乗り込みました。

霞商店街祭りの夜が更けていきます。演奏が大きく響く広場を覆う欅の木の上では、虫達が精一杯鳴いていています。夏の終わりも近づいているのです。

九月　戻れない二人

この頃は、どの年齢の子どもたちも、四月に入園や進級をした時よりも格段に成長してきたことが分かります。

散歩の範囲も広がりました。三歳ほし組も丘を越えて記念公園まで散歩できるようになりました。そこは江戸時代には大名屋敷だった広大な敷地で、明治になってからも宮家の屋敷になり、森の様な自然を残したまま現在は記念公園として開放されています。

公園内の丘から流れる小川は大きな池に注いでいます。途中には石段の上から落ちる小さな滝もあり、下流は水嵩《みずかさ》が浅くて川底も整備されているので、子どもたちが靴を脱いで入ることができます。

既に記念公園の常連となっているそら組は、お兄さんお姉さんぶりを発揮して遊び方を見せています。川に入って葉っぱの船を流したり、滝の周りの石段を手と足を使って登ったりと、遊び込んできた成果を示しています。勿論、自分たちで遊ぶだけではありません。ほし組の子どもが遊べるようにと何かとお世話をしてあげています。

四歳つき組は、「そこ、あぶないよ」などと子ども同士で注意をし合うこともできるようになりました。この頃はそら組に憧れていて、真似をして小さい子どものお世話もしてあげたくてしょうがない様子です。でも大丈夫、来年はそら組になるのですから。

勿論、子どもだけではなく、家族も、職員も、霞ファミリーが成長をしてきました。ですが、そんな中でも失敗は起きてしまいました。

朝の打ち合わせで事務室に向かう前に、そら組のクラスに入った途端です。

「済みません！　舞衣子先生、やっちゃいました！」

正岡先生が猛烈な勢いで頭を下げてきたので驚きました。

「どうしたの？」

「済みません！　早番遅れました！」

「えっ！　本当に」

「ウウッ、……済みません、緊張しすぎて眠れなくて……」正岡先生は涙を流しています。

「取り敢えず朝の打ち合わせに行ってくるから、とにかく落ち着いて子どもを見ていてね」

急いで事務室に向かうと、打ち合わせでは早速、今朝の早番遅れが報告されました。

早番は二階の零歳から二歳に一人、一階の三歳から五歳に一人が七時に出勤して子どもたちの登園を受け入れる準備をします。七時一五分には、一階と二階に朝だけ勤務する非常勤職員が一人ずつ、七時半には準早番の職員が一人ずつ出勤します。

今朝は正岡先生が遅れても二階の早番の沙織先生が鍵を空けたので開園はしたのですが、一階の非常勤職員が七時一五分から受け入れ準備を始めたので数分遅れてお預かりを始めたそうです。

今後の対応として、区役所には今日中に報告書と再発予防の計画を提出すること、計画は今日の午睡中に担任リーダー会で検討すること、お迎えの時間に今朝御迷惑をおかけした保護者に園長が謝ることが真矢副園長から報告されました。

クラスに戻ると、正岡先生はもう泣いてはいないものの憔悴し切っている様でした。

「正岡先生、気持ちは分かるけれども、今は落ち着いて子どもを見ていきましょう」

「はい！　済みません！」

そうは言っても正岡先生は心此処《ここ》に非《あら》ずの様子でした。「弱り目に祟《たた》り目」と言いますが、一度何かに失敗すると慌てて連鎖的に次の失敗をしてしまい易いのです。ですから、こんな時こそ気を付けていないと事故が起きることが心配です。私は子どもたちを見守りながら正岡先生の様子も見ていて、気を張ったままで午睡の時間を迎えました。

「正岡先生、過ぎた失敗の反省は今日の仕事の後にして、午後は今のことに、今の子どもたちに集中してね」

「分かりました。ありがとうございます」

結局、午睡の後も元気は無かった正岡先生でしたが、少し落ち着きは取り戻した様でした。お迎えの時間には、朝海園長が玄関ホールに立って御迷惑をお掛けした保護者に謝罪しましたが、正岡先生も自分で謝っていました。私は勤務を終えてクラスを遅番に頼んでから、事務室でパソコンに向かいながら正岡先生を待ちました。

「舞衣子先生、私はこれから明日の秋祭りの準備と挨拶で、神酒所《みきしょ》に朝海と出掛けるから後はお願いね」

保護者へのお詫びを終えて事務室に戻った朝海園長は、私に正岡先生のフォローを頼みました。明日は私も参加する街の秋祭りなので、朝海園長もパパさんも今夜から挨拶回りなのでしょう。

「舞衣子先生、今日は本当に済みませんでした。昼間も御迷惑掛けて……」

「そうね、今日は確かに心配したわ。でも、もう保護者には謝罪して、再発防止は園として検討したから。正岡先生は失敗を反省するだけでは無くて、成長の糧としていかないと御迷惑を掛けた方にも申し訳ないわ」

「成長の糧ですか……いや、本当に中々成長できなくて……」

「正岡先生、貴方は成長しているわよ。四月よりもずっと」

「そうでしょうか……舞衣子先生はいつも先を読んでいるけど、僕は全然だし……子どもたちも舞衣子先生が言うと分かるのに、僕じゃあ駄目なんです……。僕、保育士って、向いてなかったのかも知れません」

「私もね、保育士に向いているのか中々分らなかったわ。本当に肚《はら》を決めることができたのは、この霞保育園に来てからかも知れない。それに子どもたちが保育士の経験を見比べるのは当然なのよ。私よりもスーパー非常勤の大鳥先生のほうが、子どもには余程説得力があるのだから」

「舞衣子先生でもですか……」

「そうよ、迷い続けてきたわ。勿論今でも未だそれはある、足りないところもある。でも霞保育園に来てからは、保育士の仕事をしながら、自分が成長することでそれを埋めようとしているの」

「舞衣子先生が一生懸命に仕事しているのに……僕が失敗ばかりで……」

「失敗をしないと成長はできないんだよ」

二人のやり取りを聴いて話し掛けてきたのは虎田保育主任です。

「勿論、子どもや保護者に迷惑を掛ける失敗は無いに越したことはない。ただ、保育に正解は無いから、どうしても失敗することがある。舞衣子先生の言う通り、それを糧としていけるかが成長できるかどうかだよ。遠回りすることにも意味があるんだ。俺も失敗して遠回りもしたからさ」

「えっ！　虎田保育主任が失敗したことあるんですか？」

「そうだよ、聞きたいかい？聞きたいだろう。じゃあ、男同士で呑みに行くか」

虎田保育主任がフォローしてくれました。さすがに居るだけで安心できる、頼れるお兄さんです。二人で保育園では少数派の男性保育士同士の話もできるでしょうし、正岡先生にとって良い成長のチャンスになることでしょう。


「わっしょい！」ピッピッー！「わっしょい！」ピッピッー！

お囃子《はやし》が流れる中で、笛の音に合わせて山車《だし》を引く子どもたちの掛け声が響きます。今日は秋祭りです。八月の霞商店街祭りは、名前通り商店会が主催するお祭りですが、九月の秋祭りは神社が主催して収穫を祝う昔からのお祭りです。街の二つの神社にはそれぞれの宮神輿《みやみこし》と、周りの一〇地区の各町会にも町神輿《まちみこし》があり、今日は一斉に祭りに繰り出しています。

私は朝海園長が住む町会に参加しています。お祭りの行列の先頭には、神社の山吹色の法被《はっぴ》の上から祭礼実行委員長の腕章を付けた青山《あおやま》町会長と、神社の名前を標した大きな高張提灯《たかはりちょうちん》一対が進みます。続いて宮司と巫女《みこ》さんたち、お囃子《はやし》の連が続き、太鼓が横に四つ並んだ台車の前を笛の奏者が歩いています。

私と朝海園長が付いている子どもの山車《だし》は、百人ほどの小学校低学年から就学前の子どもと保護者が引いています。霞保育園の子どもも何人か引いていて、そら組の空太君とほし組の海太君の兄弟もいます。私と朝海園長は、子どもたちが危なくないように、山車の行列と車の車線の間に立って進みました。

山車の後ろからやって来る子ども神輿は、背の高さを揃《そろ》えるために小学校高学年以上が担いでいます。

最後に間隔を空けて来るのは、大人が担ぐ宮神輿です。これはかなり大きくて進み方も全く違うので、敢えて離れて来るのです。

宮神輿を担ぐ人たちも、山車と子ども神輿に付いている私たちも、揃いの法被は鮮やかな山吹色、襟元と背中に黒字で神社の名が入り、帯は白と紫の格子柄、下の細身のズボンの様な股引きと地下足袋は濃紺です。山吹色と濃紺のコントラストが凄く粋な、遠目にもかなり目立つデザインです。

行列は休憩場所のお稲荷《いなり》様広場に着きました。山車の後から子ども神輿も到着です。山車を引いてきた子どもたちの前で、神輿を担いできた大きな子たちは少し誇らし気です。町会の皆さんが、子どもたちを迎えてお菓子と飲み物を配っています。海太君もお菓子を片手にジュースを飲みながら嬉しそうです。

その時、巾着に入れて帯に結んでいた私の携帯が鳴りました。見ると正岡先生からのメールです。「昨日は済みませんでした。もう一度気持ちを新たに頑張ります。引き続きご指導おねがいします」良かった！　正岡先生も悩んでいましたが、虎田保育主任がきっと随分お話してくれたのですね。朝海園長も、私に携帯をかざして見せて、嬉しそうに笑っています。きっと同じメールが届いたのでしょう。

ホッとして休んでいると、遠くから聞こえる掛け声と笛の音が段々と近づいてくるのが分かりました。音は次第に大きくなってきます。あっ、見えてきました、大きな宮神輿と大勢の山吹色の人の塊がゆっくりと進んできます。神輿が激しく上下しているのが遠くからでも分かりました。

「セイヤッ！」ピッピッー！　「セイヤッ！」ピッピッー！

近づいてくる「セイヤ」の掛け声と笛の音の響きの迫力はさすがに違います。今さっきまでジュースを飲んで燥《はしゃ》いでた子どもたちも、大人たちも今はじっと見入っています。

次第に宮神輿は広場の近くまで進んできました。四〇人ほどが担いでいますが、周りを取り巻いて交替しようと、全部で百人以上の人たちがいるようです。先頭で法被の上から神輿責任者の腕章をして先導している白髪で長身の人、あれはパパさんですね。隣はお祭りの相談役、長老の源田《げんだ》さんです。

進んできた神輿は、その場で自転するように直角に左折して広場に向かってきました。広場の真ん中には神輿を載せる馬が二脚置かれています。奥の一脚に青山実行委員長が跨り、拍子木で神輿に向かって引き寄せる仕草を見せています。

「セイヤッ！」ピッピッー！　「セイヤッ！」ピッピッー！

担ぎ手の掛け声が響き渡り、神輿責任者のパパさんと、後ろ向きになって神輿を押さえる四人の副責任者が鳴らす笛の音と交差します。広場で見守る子どもも大人も手を叩いて拍子をとります。

「セイヤッ！」と顔を歪めて叫ぶ神輿を担ぐ人の中に春人君の顔も見えます。背の高い春人君は、普段はそれだけで目立つのですが、今日は周りで背の高い外国人が大勢で担いでいます。町内の大使館で働く人たちが、日本の祭りを経験したいと参加しているのです。

ジリジリと進む宮神輿は、馬の手前で止まり上下に激しく揉まれています。「セイヤッ！」の掛け声も最高潮に達しています。

ピ――――ッ、とパパさんが長く笛を吹き、両手を上げて神輿が止まります。神輿が馬に載ると、青山実行委員長が拍子木で音頭を取って大人も子どもも一緒になった十締《とじ》めを一本、広場は十回の手拍子の響きに包まれました。

神輿の担ぎ手たちに町会の皆さんが紙コップに入った飲み物を配ると、誰もが一気に飲み干しています。無理もありません、あれだけ叫び続けて余程喉が渇いたのでしょう。朝海園長がパパさんに飲み物を渡すのが見えました。私も飲み物を春人君に渡すと、彼は息を切らしていた顔を上げて私を見つめました。

「春人君、お疲れ様」

「ありがとうございます、……あの……」

「なに？」

「舞衣子先生は、あの……お祭りの打ち上げは出ますか？」

「ええ勿論よ、そこまでがお祭りでしょ。春人君は？」

「あっ、はい、俺も。あの……後でちょっと……、話したいことが」

「ああ……じゃあ、後で」私は何とも中途半端な返事をしました。

春人君は私から目を逸らして紙コップの飲み物を一気に呑み込みました。その時、ピ――ッと長く笛が鳴りました。さあ出発です。


再び出発したお祭りの行列は半時ほどで神社に無事に到着しました。山車と子ども神輿の行程はここまでですが、宮神輿は止まらずに町内の大使館に向かいます。私は朝海園長と、境内でお菓子を配られて喜んでいる子どもたちと保護者に声を掛けて回りました。

「空太君、頑張ったわね」

「うん！　はやく、おみこしかつぎたいなー」

「そうよね、もうすぐよ。海太君も頑張ったわね」

海太君は「わっしょい！」と大きな声で返してきました。海太君はすぐにウケを狙ってふざけて見せるのです。

「空太君も海太君も頑張りましたねぇ。空太君はもう御神輿担げそうに大きくなって」

私が声を掛けた空太君のお母さん、相沢さんは区役所で働いているので、保育士の私とは職種は違いますがよく知っている間柄です。

「冴木先生こそ、お休みの日なのに子どもたちのために、お疲れ様でした」

「いえ、私も地元ですから。それにお祭りは好きですし」

「確かに、法被が決まっているわ。園長先生もさすがに粋ですけれど、御主人も格好が良かったわ。ザ・江戸っ子っていう感じよね」

「ありがとうございます!」振り返ると朝海園長が笑っています。

私は、朝海園長と宮神輿を追いかけて大使館に向かって走りました。宮神輿は、もう丘の上にある大使館に丁度入ろうとするところでした。大使館の普段は閉まっている大きな門の鉄扉が今は開かれています。

宮神輿に続いて大使館に入ると、敷地の中央に宮神輿を載せる二脚の馬が置かれて、青山実行委員長が奥の馬に跨って拍子木で招いています。右で待つのは神社の宮司、左に立っている金髪の大きな男性は大使でしょうか。

激しく揉まれながらジリジリと進んでくる宮神輿に、大使館員たちが拍手をしながら担いでいる仲間たちの名前を呼んで声援しています。声援される大使館員たちも得意気に宮神輿を担いでいます。馬の手前で激しく宮神輿が揉まれて、ピ――――ッとパ・パ・さんが長く笛を吹いて両手を上げました。宮神輿が馬に載せられると、再び青山実行委員長が拍子木を持って両手を大きく広げました。外国の大使館の中で、宮神輿を囲んで大きな十締めが響きます。江戸の祭りと海外の国と人が交じり合うこの街ならではの情景です。

大使から歓迎のスピーチの後に、お国の白ワインと赤ワインが振舞われました。大使館員がワインボトルから紙コップに注いで配ります。担ぎ手の人たちは、相当に喉が渇いていたのでしょう、味わうことも無く一気に飲み干しています。私も白ワインを頂いて飲みました。確かにスッキリとした飲み口でスルッと喉を通ります。打ち上げで冷たいビールを呑むことを想像したら思い出しました。そう言えば春人君の話とは何でしょうか。ピ――――ッと長い笛が鳴りました、出発です。

大使と大使館の人たちに手を振られながら、宮神輿は神社に向かいます。

これでお祭りも無事に終わるだろうと思った時でした、突然に空が暗くなり始めたのです。積み重なった綿菓子の様だった入道雲が、いつの間にか黒雲に変わっています。ここで雨が降り出したら避け様がありません。ですが、ポツリポツリと雨は降りだしてしまいました。すぐにビニール雨合羽が配られて、周りを取り巻く私たちは着たのですが、神輿を担いでいる人たちはどうするのでしょうか。

雨脚は急に強くなりだしました。パパさんは全く動じる様子を見せずに、青山町会長と源田相談役に目で合図をしました。二人も頷きました。分かっている、ということでしょうか。

パパさんが、ひと際強くピッーピッー！　と笛を吹き、両手を高く挙げて神輿を引き寄せる形を見せました。真すぐ前進の合図です。

「セイヤッ！」担ぎ手たちもひと際大きく掛け声を叫びました。

雨の中を宮神輿が神社に向かって進みます。神社が近づくにつれて雨のせいでしょうか、それとも祭りの残りの時間が惜しいからでしょうか、担ぎ手の掛け声も大きくなって神輿の揉み方も激しくなってきます。担ぎ手たちには、もう雨だか汗だか分からなくなっているのでしょう。春人君も腹の底の何かを吐き出すように顔を歪めて叫んでいます。彼の叫びは祭りのためなのでしょうか、私には彼が叫びたい何か違うことがあるような気がしたのです。

「セイヤッ！」ピッピッー！　「セイヤッ！」ピッピッー！

神社の境内には二脚の馬が置かれて、奥の馬に跨って青山実行委員長が祭りの最後を締めるために待っています。江戸消防保存会の組頭による木遣《きや》りが唄われる中で、宮神輿は少しずつ祭りのフィナーレに向けて進んでいきます。馬の前まで進んだ宮神輿は高く激しく揉まれています。「セイヤッ！」の掛け声と笛の音は、もう交互にではなく交じり合って鳴り響いています。誰もが祭りの最後の時に全身でぶつかっています。

ようやくピ――――ッとパパさんが長く笛を吹いて両手を上げました。神輿が馬に載ると、青山実行委員長が拍子木を持った両手をいっぱいに開いて叫びました。

「いよ――――おっ！」祭りを締める三本締めの手拍子が神社の空に響き渡りました。


打ち上げは神社の集会室で行われました。百人程が入ると立食でもすし詰めですが、幾つものテーブルの上にはビールやお酒、おにぎりやおつまみがいっぱい並んでいます。

春人君は打ち上げの時に私に話があると言っていましたが、こう混み合っていては話ができる状態ではないでしょう。案の定、春人君は町のお年寄りにお酒を注がれて話に付き合っているようです。私のほうは近所の会社員らしい若い三人組に声を掛けられました。今日はこの町に住んでいる人だけではなく、お祭りに寄付をした周辺の会社から参加している社員もいるのです。

「ねえ、この衣装って、ド派手な色がいいよね。君ってさ、バッグンに似合っているよ、凄くカッコいいいね。ここだけじゃ勿体無いよ。ねえ、この後飲みに行こうよ、いい店知ってるからさぁ」

この人たちはこの山吹色の法被でナンパでもしたいのでしょう。私は面倒なので嘘をつきました。

「父と一緒だから聞いてみないと」

「ええっ、またぁ、ホント？　お父さんってどの人？」

私は、神輿責任者の腕章を付けて挨拶をしながら廻っているパパさんを指差しました。

「えっ、あれっ、あの人って今日の、あの人お父さん？」

私が頷くと三人組は這《ほ》う這《ほ》うの体《てい》で去っていきました。朝海園長ごめんなさい、パパさんをお借りしました。パパさんは強面《こわもて》のタイプではなく寧《むし》ろ優し気に見えるのですが、さすがに今日の姿を見ていたら只者では無い迫力を感じたのでしょう。決して「お父さん」とは呼びたくないタイプに見えたのだと思います。

打ち上げが青山実行委員長の三本締めで締められると、担ぎ手の人たちも三々五々帰り出して集会室の人の数も減り始めました。やっと春人君は私の横にやってきましたが、ビールばかり飲んでいて、なかなか話しかけてはきません。何ですか、自分から話があると言っておいて……。

「お疲れ様！　じゃあ飲みに行こうか」パパさんの声に振り向くと朝海園長も一緒です。やはり、この二人が並ぶと画《え》になりますね。

入ったのは商店街の広場沿いのスペインバル「ラ・プランチャ」です。もう店内は祭り帰りの法被の人たちでいっぱいでした。町会毎に法被が違うので色取り取りですが、やはり私たちの上は山吹色、下は濃紺の出で立ちは一番目立っています。

四人でテーブルを囲むと、スパークリングワイン「あわ」のボトルを開けました。

「今日は本当にお疲れ様！」パパさんが音頭を取って改めて乾杯です。

グラスを合わせて、一口飲むと喉を泡の刺激が通り過ぎていきます。ああ、ビールとはまた違う美味しさです。

「パパさん、今日は凄く格好良かったです。さっき空太君のママも言っていましたよ」

「フフッ、特に雨が降って来た時はね、ちょっと惚れ直したわ」

「何があっても動じないのは君の真似かな」

私がパパさんを褒めると、朝海園長とパパさんも照れもせずに誉め合っています。全くこの二人はいつでも人前を憚《はばか》らずに惚気《のろけ》るのですから。

「春人君も雨の中でお疲れ様。喉も乾いただろう、どんどん飲んでよ」

「はい、ありがとうございます。いや、パパさんの気迫が凄くてやっと付いて行きました。こういうお祭り、今日初めてなんです。あんなに大きな声を出したのも初めてかもしれません」

「そう、初めてだったのか。でも、もうこの街の人になったのだから、これからよろしくね」

「はい、よろしくお願いします。この街に来てから初めての事ばかりで、何だか人生が変わったみたいで」

そうですね、春人君はこの街に来てきっと良かったのです。最初は迷い込んだように現れましたが、この様になることは運命だったのかも知れません。今彼は、これまでの人生で失ってきたものをこの街で埋めようとして生きているのでしょう。

「朝海さん、お疲れ様！　雨どうだった？」

パパさんに他の町会の役員が挨拶をしてきます。

「あ、お疲れ様でした！　いや、降られましたよ、最後の所で」

「いいねぇー、家族全員で祭りの打ち上げかい？」

えっ！　私たちは家族に見えるのでしょうか。春人君と私が兄妹ですか？　横目で春人君を見ると顔が真っ赤になっています。お酒のせいでしょうか……。

「朝海先輩！　園長先生、冴木先生、先日はお世話になりました！」

挨拶をしてきたのは、またしてもお祭りには似つかわしくないスーツ姿のシティの志村さんです。あの結城久美子さんも一緒ですね。今日は明るいベージュのスーツ姿で隙が無く武装しているようです。

「朝海先輩、弊社総務部の結城です。こちらは朝海先輩、私の中高の先輩なんだ」

「えっ、志村さんと同じ高校ですか、凄おい！」

結城さんは目を輝かしましたが、パ・パ・さんはさっと話題を変えました。

「志村さん、今日は祭りの取材？　大変だね、休みの日に」

「ええ、シティに神輿が入る町会もあるものですから、毎年ですね。でも弊社としても大歓迎なのです。近代建築の麓《ふもと》が江戸情緒で溢れるわけですから。画《え》になりますよ、広報としては外せません」

志村さんは熱く話しながら自分で悦に入っているようです。

「ところで園長先生、先日申し上げたお耳にお入れしたい件が……」突然、志村さんは声のトーンを下げました。「実はですね、シティに隣接する地区を『開発計画』と称して地上げを始めているグループがあるとの情報が弊社に届いておりまして」

「隣接って、どちら側に？」

「それが、坂の上を繁華街に向かっての様なのです……」

「えっ、それって霞保育園の方よね？」

「そうなのです、どこまでが『開発計画』の範囲なのかは分かっていないのですけれども、お耳に入れておいたほうが良いかと思って」

その時、私にはピンとくることがありました。

「保育園には何の情報もきていないけれども。どこのグループ？」

「それが、私からは社名までは申し上げられない段階なのですけれど。実はかなり筋が悪いのです、色々な所で訴訟を抱えるような……。反社会的勢力の竜国会を使ってかなり強引なこともしますし、どうも更にバックがあって、そちらから弊社の上の方にも色々と圧力があるようでして……」

「そう、ありがとう。志村さん、言えないこともあるのかも知れないけれども、また何か分かったら教えてね」

「はい、勿論です。私共もこの街の一員です、霞保育園の味方ですから」

志村さんが会計をしにレジに向かうと、結城久美子さんが口を開きました。

「園長先生、冴木先生、先日はお邪魔いたしました。いい画が撮れたと弊社の志村が喜んでおりました。お二人とも浴衣姿がお綺麗でしたけれど、今日も凄くお似合いです」

「ありがとうございます」

私はお礼を言いましたが、彼女の言いたいことは何なのでしょうか。

「こちらの方は？」

「霞保育園でボランティアをして頂いている雨宮春人君です」

「そうですか、冴木先生の御兄妹かしらと、思ったものですから」

「いいえ、違いますけれど」

私が少し語気を強めると、彼女は満足げに少し微笑んでから、「失礼します」と会計を終えた志村さんに駆け寄ってお店を出ていきました。

「園長先生、先日の測量、あれが怪しいですね。今の志村さんの情報と繋がるような気がします」

「そうよね、私も今それを考えていたの。まだ保育課には何の情報も入っていないようだけど、油断はならないわ。でも……もし、霞保育園を狙うものがいるならば、私は闘うわよ、ひとかけらの勇気がある限り」

言って朝海園長は、美しい貌を上げてクイっとグラスを飲み干しました、まるで舞台の上にいる女優の様に。実は「ひとかけらの勇気がある限り」というのは、朝海園長が大好きな宝塚歌劇団でも公演されたミュージカル『スカーレット・ピンパーネル』の有名な決め台詞なのです。

パパさんと朝海園長が他の町会の役員のテーブルに挨拶に回り始めると、私は春人君に言いました。

「あの結城さんって、何だかこの前から私に当たってくるみたいで。勝手に兄妹とか言われてゴメンね」

「ああ、いや、舞衣子先生が謝ることじゃないし。それに……嫌《いや》じゃないし」

「えっ?」

「あの、俺にも妹がいたんだけど学園に行く時に別れたきりで。妹だけ養子に行ったたから」

「妹さんとは会っていないの?」

「うん、もう別の家の子どもになったんだから、俺が会ったらおかしいよ」

「寂しくないの?」

「うん……妹だけ養子に行った時には何でだろうと……ずっと考えてた。でも考えても仕方が無いし……忘れるようにしてきた」

「そうなの……」

「でも、舞衣子先生に初めて会った日、あの時に、何か……もし妹に会ったらこうだろうなと……何故だか突然、思い出したんだ」

あの事件の日ですね。確かにあの時、春人君は私を見つめていました。

「あっ、でも話したかったのは、そのことじゃないんだ。妹に似ているだろうなとか、そういうことじゃなくて……」

ああ、私の不安は当たっているのでしょうか。私は春人君が自分で焼いたたい焼きをくれた時から気持ちは分かっていました。でもそれを言われることが怖かったのです。

私は保育士として働きながら自分の欠けているところを埋めようとしてきましたが、実は心の中ではもう一つの悩みが何時もありました。それは私が今まで人を愛したことが、恋をしたことがないということです……。


私は、一〇代になった頃から、よく人に見られていることに気付きました。初めは、同年代の子よりも大人の男女からでした。

女子校に進むと、通学電車の中では、いつも色々な人にじっと見つめられていました。他校の男子が囁き合ったり、女子が目配せをしていたりしているのは分かりました。突然に声を掛けられたり、手紙を渡されたりしたことが何度もありましたが、どういう人かも知らない相手といきなり話したり、ましてや交際と言われても、想像することもできずに一度も応えたことはありません。

友達と原宿や渋谷に行った時も、「スカウト」と称する大人達が次々と付きまとって来るので、お店を見て歩くこともできずに逃げ帰るだけでした。

高校卒業後は、保育士養成学校でも女性ばかりでしたし、職場となった保育園にも一園に二人ずつの男性保育士もいるのですが、何故か誰もが早々に結婚しているのです。

働き出してからは合コンに誘われたこともありましたが、行ってみるとあまりにも猛烈に誘われるのでついていけませんでした。まるで芸能人の真似をしているような喋り方や、バラエティー番組の様な盛り上がりに、何故そんなことをするのかが分からなくて、そういう場には出入りしなくなりました。

お酒を呑むのは好きなので、よく保育士仲間では出かけます。大抵その時も男性グループから声をかけられます。でも、わざとそうしているのでしょうが、軽薄にしか見えない仕草と、芸人の様に機関銃の如く喋られると気持ちが引いていきます。なぜテレビのようにウケを狙うのでしょう。

結局今迄、お付き合いしたいと思う相手に出会ったことはありません。愛を信じられずに育った私には幸せな家庭を持つことはできないのでしょうか。だから相手も見つからないのかも知れません。

いえ寧《むし》ろ本当は……、母の様な人生を送りたくなかったので男の人から遠ざかってきたのです……。美しかっただけで、災いも含めた色々なものを呼び寄せて、自分の意思で生きていけなかった人生を。

それなのに今、私の心の壁を突き崩そうとする春人君の気持ちを言われるのが怖かったのです。

「今日、言おうと思って。さっきお神輿を担ぎながらずっと、言うぞと叫んでいたんだけど、打ち上げの時には言えなかった」

春人君は言葉を少し詰まらせてから、やっと吐き出すように話しました。

「初めて会った時から、この人だと思ったんだ。舞衣子先生、俺と付き合ってくれませんか」

私は春人君から眼を逸らして、暫くグラスの中の泡を見つめました。

「春人君、私もね……家族を失ったことがあるの。私は学園ではなくて親戚の家に行ったから、春人君の経験は分からないところもあるけれど……、私、自分に欠けたところがあるから、人を好きになれる自信が無いのよ」

「ええっ……、そうかな。舞衣子先生に欠けているって……。舞衣子先生は俺に無いものをみんな持っている。子どもたちや家族とあんなに仲良くて、園長先生とかあんな良い人たちと一緒に、凄く仕事も頑張っているし、世の中の役に立っているし。皆、舞衣子先生が好きだし」

「霞保育園で一生懸命働いているのは、私の無いところを埋めているの。でも、私自身はまだ欠けている……だから……」

春人君は私を見つめながら考えているようです。

「うん、舞衣子先生は、霞保育園ではいつも一番輝いている。でも……何か、俺と同じところがある様な気もする。それが何か分からないけど、感じる時があるんだ」

そうなのかも知れません。妹を失った春人君と、兄を失った私には、何か補い合う様に惹かれるものが有って、それで気になっていたのでしょうか。

「舞衣子先生、俺と付き合ってくれませんか」

私は顔を上げて春人君の瞳の奥を見つめました。私は、自分の気持ちを分かっていました……。でも、それをどう言えば良いのでしょう、私は……。

「私はまだ春人君を、良く知っていないわ……」

春人君も私の瞳をじっと見つめて頷きました。

「ゆっくりと教えてくれる？」

「うん！」春人君は凄い勢いで頷いて私の手を握りました。きっとお店の中でなければ私を抱きしめてきたでしょう。私たちには今、周りの大勢のお客さんの喧騒が全く聞こえていません。お店のBGMに流れているオペラのアリアだけが響いていました。
・・・
パパさんと朝海園長が挨拶周りを終えて戻って来ましたが、私たち二人がこのお店に入る前とはもう違うことに気が付いたでしょうか。私の人生で初めて始まった春人君との交際はどうなっていくのでしょう。それは私自身の失った部分を満たしてくれるのでしょうか。

広場に出ると石畳を覆う大きく茂った欅の木の上には月が出ていました。それは半月でしたが、この月もこれから満ちていくのでしょうか。それには後どれくらいかかるのでしょう。

一〇月　運動会は道連れで

今日もそら組は朝からサークルタイムです。今月に入ってから毎朝続いているのは、運動会に向けて相談することが沢山あるからです。まずは、運動会のポスターを作ることになりました。夏祭りで作りましたので、もうお手の物です。次に係の分担は、開会式と閉会式の挨拶、ダンスの手本役、駆けっこのゴールテープを持つ係など、本当に多いのですが全員で相談して決めていきました。

最後はクラスの出し物の相談です。まず、全員でやるダンスはお得意の『エビカニクス』と決まりましたが、そら組の演目を何にするかが大きな課題です。

霞保育園では、保育士が演目を決めて子どもたちが練習するのではなく、子どもたちが日頃から取り組んでいることの中から、何をやるかを話し合います。結局、ずっと練習してきた柳澤プログラムの成果を見せることになりました。

運動会の華、紅白リレーのチーム編成も、職員が同じ速さの子を紅白に振り分けるのではなく、子どもたちが相談します。走る順番も、毎日の遊びの中でリレーごっこをして、チームごとに作戦会議をして変えてみています。

様々な役割分担や、競技、演目が決まってくると「えー、そんなにやるの」と言う子もいましたが、「減らしたほうがいい？」と水を向けてみると、「だめだめ！」「ぜったいにだめ！」と声を揃える子どもたちでした。皆、運動会を楽しみにしているのです。

運動会を楽しみにして練習に余念が無いのは、そら組だけではありません。四歳つき組は、かなり前から大好きな「忍者」をテーマに決めていて、忍者走りの練習をするなど「修行」を重ねてきました。練習以外でも、出しっぱなしの絵本があると「立派な忍者になれないよ」と注意をし合うなど、忍者の心得を生活に取り入れています。

不思議な現象は、何故か子どもたちの間で往年のヒット曲、ピンクレディーの『ＵＦＯ』が流行っているのです。どうやら、ママたちが練習しているのを見ているようですね。

そんな運動会に向けて霞保育園が熱気を帯びている最中でした、光君が杖を突いて登園してきたのは。土日の行楽中の事故だそうなのですが、足首の骨折で全治一か月ということです。運動会は勿論、もしかすると来月の遠足も難しいかも知れません。

早速子どもたちは相談しました。光君は、運動会でやる予定だったゴールテープ係りを交代して、閉会式の終わりの言葉をやることになりました。それなら杖を突いてもできるからです。

難しい問題はリレーです。紅白のチームが同数なので、光君が走れないと赤組の人数が足りないのです。子どもたちは考えました。アイデアを出したのは白組のリーダー格の空太君です。

「あかぐみの、だれかが、２かい、はしればいいんだよ」

そうですよね、でもそれは誰でしょう。

「オレが、２かいはしる」

言ったのは翼君でしたが、空太君が反論します。

「ツバサくんはだめだよ、はやいから」

子どもたちがウーンと考え込んだ時でした。当の光君が言ったのです。

「ぼくと、あしのおおきさが、おなじひとが、はしればいい」

思わず膝を叩きたくなる一言です。早速、子どもたちは、光君と赤組の他の子の上履きの底を合わせて見て、二回走る子を決めたのでした。さすがの問題解決力です。今回だけではありません。ずっと色々なことを相談しながら決めてきたそら組の子どもたちの、成長した姿を見て私は胸が熱くなりました。

お迎えの時です。光君のお母さん、林原さんに声を掛けられました。

「冴木先生、運動会を前にして色々と御迷惑を掛けしました」

「運動会は大丈夫ですよ。今日子どもたちが話し合いまして、光君がリレーで代わりに走る子を決めましたから。光君はもうそれで参加しているのと同じです」

光君は、少し得意気にお母さんを見上げました。

「冴木先生、ありがとう！」林原さんは眼を潤ませています。

明け方前から降り出した小雨が未だ止みません。園庭から見えるシティのタワーも雨に煙っています。問題は今日が運動会だということです。

運動会は園庭で開催する予定ですが、このまま雨では延期するしかありません。しかし、御家族も、お忙しい中で今日の予定を空けて来てくださるのです。できれば延期はしたくない、本当に悩むところです。

朝七時、霞保育園の全職員は事務室に集まり、デスクに座っている朝海園長を見つめて判断を待ちました。

日常の保育では、職員の意見を聞いて可能な限り応援してやらせてくれる朝海園長ですが、こういう場面では一人で決断して責任を負わなければなりません。デスクのパソコンで天気予報を見ていた朝海園長は顔を上げると、いつもよりやや厳しい表情のまま立ち上がって言いました。

「予報では雨は九時頃には止みます。今日は予定通りやります。直《ただ》ちに準備に入って下さい」

「はい！」全員が声を揃えました。

事務室と連絡係のメンバーは「運動会は予定通り実施」を各方面に連絡開始です。父母の連絡網と来賓への連絡、特に八時から手伝いに来てくれるお父さんたちへの連絡を急ぎます。事務室の電話では足りずに私が自分の携帯で連絡していると、朝海園長も自分の携帯で電話をしているのが聞こえました。「すぐ来て！」

私は相手が誰だか分かりました。たった一言の直截な言い方は来賓や手伝いのお父さんにではありません。それから一〇分もしないうちに現れたのは、やはりパパさんでした。

準備を手伝うお父さんたちが集まる八時になると、雨は霧雨程度になってきましたがまだ止んではいません。お父さんたちと早くから呼び出されたパパさん、今日はお店に休みを頂いた春人君も手伝って園庭では準備が進んでいきます。

まず万国旗を張り巡らし、園庭にラインカーで楕円形のコースを描きます。コースの周りの長いほうの一辺には三歳以上のそら組、ほし組、つき組の園児が座るベンチを並べます。反対側の正面には、保護者の見学席にシートを敷いて、上にテントを張ります。もう一辺には本部と来賓用のテント、正面は入退場門です。

若いお父さんたちに交じるとパパさんの白髪はさすがに目立ちますが、気さくに話しかけながら笑顔で働いています。春人君もお父さんたちと話しながら嬉しそうに働いているようです。みんな運動会が楽しみなのです。後は天気だけが問題です。

九時、開場になると子どもたちと保護者が続々と登園してきました。三歳以上の子どもは、一旦園舎のクラスに入ります。二歳以下の園児は保護者席のテントに入り、自分のクラスの出番の時に園庭に出るのです。

保護者席のテントはあっという間に満席になりました。祖父母の方々も見えている家がとても多いからです。子ども、孫の成長を確かめ喜びたいとう気持ちが、熱のように伝わってきます。

そら組にとって、この運動会は最後の特別な運動会です。今日に備えてそら組の子どもたちと保護者、私たち担任も全員揃いのTシャツを誂《あつら》えているのです。空太君のお父さん、相沢さんの友人のデザイナーが描いてくれた特注品です。やや緑が入った深いブルーの地に、大きな太陽の中にクラス全員の子どもの名前が、自分で書いた文字で入っています。

私たちはクラス全員でTシャツに着替えて入場門に並びました。そら組が先頭です。つき組、ほし組が続きます。雨脚は弱くなり、うっすらとした霧雨になりましたが、まだ止んではいません。濡れるほどでもありませんが、じっとりとしています。

九時三〇分、開会です。「そら組の入場です！」司会の吉の言葉と同時に入場曲『愛のために花束を』が流れ、私はそら組の先頭を走って子どもたちと園庭のコースを一周します。満席のそら組保護者のテントの中は揃いのTシャツで青く染まっています。その前を走ると物凄い歓声です。

三クラスが園庭を一周して整列しました。

司会の吉が「初めの言葉」を言うそら組の空太君、壮仁君、彩花ちゃんを紹介します。

「これから！」「かすみほいくえんの！」「うんどうかいを、はじめます！」

もうこれだけで保護者席からは大拍手です。

続いて朝海園長の挨拶です。立ち姿は凛としています。

「お早うございます！　本日はお忙しい中、霞保育園運動会にお越しいただき本当にありがとうございます。生憎《あいにく》の空模様ですが、この雨は間も無く上がります」

朝海園長は力強く言い切りました。そうなのかと思わせる気迫が籠《こも》っています。

「どうか最後まで子どもたちの競技を御覧になって、子どもたちが日頃から遊び、楽しんでいる姿、こんなにも成長した姿をお楽しみ下さい」

また大きな拍手が響きます。そうです。子どもは育っています。子どもを中心として家族も育っています。私たち職員も育っています。霞保育園もひとつの家族のように育っているのです。運動会は、それを確かめて家族で喜び合う場なのです。

最初の三クラス全員の演技は『エビカニクス』です。みんなの前に立つダンスのお手本役には、タリーちゃんと翼君の名前が呼ばれました。

「ラララ、エブリバディ、エビカニビクスで、エビカニビクスで……」

子どもたちは赤い手袋をはめてエビ・カニになりきって、もうノリノリで踊っています。保護者席も大きな手拍子で盛り上げっています。そら組の保護者席ではTシャツの保護者たちも一緒に踊っています。

次はつき組の演技「忍者参上」、その準備に入ろうとした時です。突然、パラパラと音がして小雨が降りだしたのです。ああっ！　上がるどころか雨脚が戻ってしまいました。

朝海園長の指示で司会の吉が放送します。

「雨のため、競技は一時中断します。運動会は雨が上がり次第再開しますので、そのままお待ちください」

私たち職員はすぐに、子どもたちが濡れないようにと、万一に備え用意しておいたブルーシートを手に持って各クラスのベンチの上で掲げました。取り敢えず即席の人間テントで雨を凌ぎます。ホッとして園庭を見ると、朝海園長だけが本部のテントにも入らずにそのまま立っているのです。雨の中に凛と一人立つ姿は、信念というのでしょうか、気迫というのでしょうか、オーラを放っています。

あっ、保護者席のテントから男の人がこちらへ走ってきます。あの白髪はパパさんです。パパさんはそら組のベンチへ走り寄ると、私の持っていたブルーシートを掴みました。

「これは、私がやるから舞衣子先生は子どもたちを」

「パパさん、ありがとうございます」

そう言っている間に春人君も走ってきました。更にそれを見て保護者席から何人ものお父さんたちが飛び出してきます。

あっという間にブルーシートは全てお父さんたちに持っていただき、職員は子どもたちの次の出番の準備を始めました。私たちがつき組の衣装「忍者」の着付けを手伝っていると、ブルーシートを持ちながらそれを見ているお父さんたちが微笑んでいます。保護者席からも、誰もが微笑んでいるのが伝わってきます。雨の中、一人立っている朝海園長も優しく微笑んでいます。

運動会の最中に雨が降るという最悪な状況なのに、誰もが温かい気持ちになっているのが分かりました。まるで大きな一つの家族のように、会場全体が子どもを中心とした一体感に包み込まれています。

暫くするとブルーシートにパラパラと当たっていた雨の音が止み、雨脚は急に弱まりました。空を見上げるとシティのタワーの向こう側では、もう雲が切れて淵が白く光っています。晴れているのです。雲が流れていくのが分かります。さあ運動会の再開です。

各クラスによる競技が続きます。そら組の子どもたちは自分のクラスの出番だけではなく、他のクラスのお手伝いでも大活躍しています。駆けっこではゴールテープを持ったり、走り終わった子どもを席に誘導したり、全員に色々な役割があります。先生のお手伝いではありません、自分たちがこの運動会を運営している気概があるのです。

次のそら組の演目は、ずっと練習してきた栁澤プログラムを中心とした「組体操」です。園庭にブルーシートが敷き詰められました。

流れ始めた最初の曲は、私が『ウオーターボーイズ』の挿入歌から選んだ『シュガーベイビーラブ』です。ハイトーンボイスが聞こえてくると同時に私がホイッスルを吹くと、子どもたちが縄跳びをしながら次々に登場します。

次にホイッスルを吹くと、空太君、翼君、タリーちゃんたちが側転をしながら登場します。もう保護者席からは大きな拍手が沸いています。

子どもたちは園庭いっぱいに広がりました。子どもたちが二人一組で、最初の隊形「手押し車」を作ります。でき上がると保護者席からは再び大拍手です。

私が吹くホイッスルと共に、子どもたちは隊形変化をして、保護者席からは大きな拍手が響きます。

次は見せ場の「扇」です。子どもたちが三人一組で体を寄せて並びました。ホイッスルが鳴ると、子どもたちは手をつないで足の位置は変えずに扇を開いたように拡がっていきます。丁度、扇の形ができた時に、曲が『あなたのとりこ』に変わりシルヴィ・ヴァルタンの美しい歌声が流れ出しました。

出来上がった扇の美しさと、あまりにもピッタリとはまったメロディーに保護者席は一瞬息を呑んだように静まりました。気が付くと、また万雷の拍手です。私は思わず涙が込み上げてきました。

保護者競技の綱引きは、各クラスによる対抗戦です。心配なのは先ほどの雨のせいで園庭の土で綱が汚れて、保護者の服が汚れないかということです。競技の前に職員から参加者に確認しましたが、どのクラスももう盛り上がっていてやる気満々です。そんなことは気にしていられません。

最初は、零歳ゆめ組・一歳ゆき組・二歳はな組の連合チームと、対するは三歳ほし組チームです。二つのチームが綱のそれぞれ両側をもって準備ができました。

綱の真ん中を踏んでいた朝海園長が空に向かってピストルを撃つと、途端に「オーエス」の掛け声と会場からの大声援で何も聞こえません。再び朝海園長がパンとピストルを撃った時、勝負は連合チームの勝ちでした。勝ったチームは飛び上がりながら万歳を叫んでいます。

次に四歳つき組チーム対五歳そら組チームの対戦です。そら組チームは揃いの青いTシャツで始まる前から勝つ気満々です。実は事前に作戦会議までしているようで、やはり最後の運動会にかける意気込みが違います。綱を掴む配置を確認しながら位置についているのは、これを作戦会議で決めたのでしょうか。

綱の真ん中を踏んでいた朝海園長がピストルを撃つと競技が始まりました。再び大歓声が沸き起こりましたが、そら組チームの「オーエス」の掛け声が合っています。掛け声をリードしているのは矢吹さんです。パン！　朝海園長が撃ったピストルで勝負は決まりました。そら組の圧勝です。

二試合の勝者で決勝戦が始まります。そら組チームは場所を入れ替えて反対側に回り、そこに連合チームが配置に着きました。準備と勝ち気は十分のそら組チームですが、続けての勝負で息が上がっているのが心配です。

綱の中心を踏んでいた朝海園長が空にピストルを向けました。でも今度はすぐには打ちません。わざと間を持たせているのでしょうか。あれだけ騒がしかった会場が静まり返りました。

パン！　ピストルの音と共に大声援が始まりました。相変わらずそら組チームの掛け声は合っていましたが、押し引きしているうちに少しずつ連合チームのほうに引っ張られていきます。勝負が続いたからでしょうか、でも最後の運動会で勝ってもらいたい！

もう応援をしているそら組の子どもたちは座っていられません。全員が立ち上がって大声で叫んでいます。大歓声の中で、もう何も聞こえないと思った時、再び「ウオ――エス！」という掛け声が聞こえてきました。掛け声というよりも矢吹さんの振り絞るような雄叫びです。そら組チームが再び声を大きくして合わせています。一声ごとにジリジリと引き戻し始めたのです。

綱の真ん中につけられた白い印が、グランドの中心よりそら組チームの側に少し入ったかと思った時、パン！　朝海園長がピストルを撃ちました。

「この勝負、そら組の勝ち！　優勝はそら組チーム！」

そら組チームは飛び上がって、抱き合って喜び合いました。大人たちが涙を流して泣いています、矢吹さんも枯れた声で大泣きです。そら組の子どもたちも歓声を上げて飛び跳ねながら喜んでいます。最後の運動会に親も子も全身全霊で参加しているのです。

さあ、そら組最後の競技は運動会の華《はな》、紅白リレーです。そら組全員が紅白に分かれて、園庭のコースを一人一周ずつバトンを繋いでいきます。子どもたちが相談して、速さの釣り合いも考えて紅白に分かれています。走る順番も練習しながら作戦会議で決めてきました。

一番早いのは白組では空太君、赤組では翼君ですが、どうやらこの二人がアンカーではないようです。両チームともに、アンカーの前に勝負を掛けようと同じ作戦を考えてバッティングした模様です。アンカーは、赤組は航君、白組はタリーちゃんです。アンカーは男の子同士の勝負になることが多いのですが、タリーちゃんは手足が長く運動神経も良いので普通の男の子に比べても速いほうです。

問題は先ほどの雨で地面が滑り易くなっていることです。ところが先ほど準備開始の連絡に来た虎田保育主任によると、綱引きの感動が冷めやらぬうちに、父母会長の赤塚《あかつか》さんから朝海園長に言ってきたそうです。「雨で滑りやすいからリレー中止とか言わないでくれよ！　皆に了承取ったから、滑っても転んでも構わないから、やってくれよ！」と。朝海園長は「勿論よ！　ありがとう！」と答えたそうですが、満面の笑顔が頭に浮かびます。

そら組はスタートラインの横に紅白に分かれて座りました。第一走者のジロー君と壮仁君がバトンを持ってスタートラインに並びます。スタートラインの横に立った朝海園長がピストルを空に向けました。またすぐには打ちません、再び会場が静まり返りました。わざと間を作って盛り上げる、本当に女優です。

パン！　リレーのスタートです。途端に再び大声援が始まりました。会場中が二人の子どもに集中して声を枯らして応援しています。保護者席からは、もう声よりも熱気が直接伝わってきます。

始まる前に子どもたちには「滑りやすいから気を付けて、無理はしないでね」と言ってありますが、もうそれどころではありません。大興奮の中でバトンが第一走者から第二走者に渡され、また一周して第三走者に繋がれます。

あっ、白組がバトンを落としてしまいました！　赤組がリードです。遅れた白組にも、先行する赤組にも大声援が続いています。バトンが次々に繋がれていくと次第に足の速い子同士の競争となり、会場の興奮と熱気が益々高まります。

こんなに大勢の大人が、こんなにも熱く夢中になることがあるのでしょうか。ああ、子どもの力って凄い、子どもを思う家族の力って凄い、保育園の仕事って凄く楽しい！

白組の空太君は次第に追い上げましたが、でももうあと一周しか無い、次は最後のアンカーです。赤組のアンカー航君に少し遅れて、バトンを受け取り走り出したのは白組のアンカー、タリーちゃんです。

速い！　タリーちゃんはすぐに追い上げると、半周目の第二コーナーでついに赤組を追い抜きました。劇的な逆転に子どもたちも保護者席も大興奮です。

ああっ！　その時、最後の第四コーナーでタリーちゃんが転んでしまいました！　雨で滑り易くなっていたせいなのでしょうか。赤組の航君がタリーちゃんを追い抜きゴールに駆け込もうとしています。タリーちゃんはすぐに起き上がり懸命に走りましたがもう追いつけません。

パン！　赤組の航君がゴールに駆け込み、朝海園長が空に放ったピストルの音がしたすぐ後に、白組のタリーちゃんはゴールに飛び込んできました。そのままタリーちゃんは大粒の涙を溜めながら自分の席に戻りました。

観ていた保護者席の大人たちも貰い泣きしています。ああ、司会の吉まで泣いています。司会が泣いてどうするのと思ったその時です、予想していなかったことが起きたのは。

「第二回戦！　用意！」朝海園長が大きな声で言ったのです。

ええっ！　これは台本と違います。リレーは一回だけの予定でした。私たちは、慌てながらも再び第一走者の子どもにバトンを持たせて準備をしました。

朝海園長が空にピストルを向けました。またすぐには打ちません。これが予定外とは知らない保護者席では、大人たちが興奮も冷めやらないままで固唾を呑んで見守っています。

パン！　第一走者がスタートしました。再び大声援が始まります。

子どもたちは一度走って緊張が解けたのでしょうか、さっきよりも伸び伸びとして良い走りになっています。今度はバトンを落とす子もなく、次々に繋がれていきます。どちらも大きくリードすることは無く抜きつ抜かれつの競争が続きます。凄まじい歓声に包まれて、もう会場の興奮は最高潮です。

さあ最後のアンカー、白組のタリーちゃんと赤組の航君がスタートラインに並びました。タリーちゃんは先ほどまで泣いていましたが、もうすっかり吹っ切れたように落ち着いて待っています。大きな眼には強い力が込もっています。

白組が内側のコースでしたが、空太君と翼君からのバトンはほぼ同時に渡されて二人は並んで駆けだしました。もう二人とも猛然と走っています。

並んだままで第二コーナーを回ろうとしていた二人でしたが、ああ！　今度は航君が転んでしまいました。二人が近すぎて接触したのでしょうか、それとも足が滑ったのでしょうか。そのまま走っていたタリーちゃんもすぐに気が付きました。

すると突然、タリーちゃんは振り返り、走ってコースを戻って航君を助け起こしたのです。子どもがここまでできるものでしょうか、いえ、ここまで成長したのでしょうか。さすがに私も驚きましたが、もっと驚いているのが保護者の皆さんです。何が起きているのかと一瞬静まりましたが、気が付くと拍手が鳴り響きました。そら組の保護者席は、もうみんな立ち上がって拍手をしながら涙を拭っています。

拍手と歓声の中を二人が並んで走ってきます。少し顔を見つめ合ったのが分かりました。拍手の渦の中でゴールに入る二人は照れ臭そうでしたが笑っています。

パン！　朝海園長が空にピストルを撃ちました。

「この勝負！　そら組の紅白リレーは引き分け！」

その貌は飛び切りの笑顔でした。

最後の演目は、保護者演技と続けて親子体操です。保護者演技はなんと『UFO』、往年のピンクレディーの大ヒット曲ですが、今何故この曲なのでしょうか。ヒットしていた当時を私は知りませんが、独特な振り付けは何度も目にしたこともあります。それくらい有名な曲なのでしょう。

選曲は父母会で決めたのですが、先頭に立ったのが四歳つき組の保護者、映画監督の大隅《おおすみ》さんです。ずらりと並んだママたちの最前列中央で、まるで振り付け指導の立ち位置でスタンバイしています。ピンクレディーがこの曲に合わせていたカチューシャをつけて、頭の上には二つのボールが宙に浮いています。

イントロが流れ出し「UFO!」とピンクレディの歌声と共に曲が始まりました。ああ、さすがです、大隅さんは完璧な振り付けです。それに照れが全くありません、ノリノリで楽しんでいます。驚いたことに、当時を知らないはずのママたちも息がピッタリと合っています。皆さん余程練習をしたのでしょう。

大隅さんの左には朝海園長、往年のヒットを知っているのでしょう、ピタッと決めて様になっています。右側には翼君のお母さん、彼女は元モデルです。さすがにこの二人は画になります。片足の先でトントンと地面を叩く仕草が何とも可愛くてキュートです。

もう誰もがピンクレディーになり切っています。曲が次第に盛り上がり、最後は「UFO!」

と片手を頭の後ろから突き上げる決めのポーズで終わりました。もう、パパたちは大興奮です。きっと今日は子どもたちの活躍と共にママのダンスも話題になるのでしょう。

『ＵＦＯ』が終わっても保護者はそのままの立ち位置で待ち、子どもたちはクラスのベンチの前に立ち上がります。三歳ほし組から、四歳つき組、五歳そら組と順番に自分の親のところに駆け寄り、親子が全て揃ったところで「親子体操」に入る予定でした。

最初に三歳ほし組の子どもたちが自分の親を目がけて走り出しました。その時です、つき組から一人の子どもが飛び出して走り始めたのです。それを見てもう総崩れです。つき組もそら組も全員が走り出してしまいました。

練習の時にはできていたのですが。でも、これで良かったのかも知れません。みんな今日は頑張って緊張していたから、早く親子で抱き合ってムギューとして欲しかったのですよね。

演目は『子ども広場』です。親子に扮した？　職員二人で振り付けを説明した後に、どの親子も体操をしながら安心して絆を確かめ合っていました。気持ちが一つになって温かい空気が流れています。

閉会式では朝海園長から各クラスの代表に今日の賞品が渡されました。朝海園長は満面の笑みを浮かべています。

「皆さん！　今日は本当に頑張りました！　日頃から楽しんで遊んでいること、頑張って練習してきたこと、友だちと仲良く助け合ってきたこと、みんながこんなに大きくなったこと、ぜんぶお家の方に見てもらって、とっても喜んでいただきました！　今日はお家に帰ったら、ムギューとしてもらって、いっぱいお話ししてくださいね」

朝海園長は優しい笑みを湛えたままの貌を保護者席に向けました。

「保護者の皆様、最後までありがとうございました。当初の悪天候の中でも、皆様の御協力により何とか無事に運動会を開催することができました。心から御礼申し上げます。

雨の影響によるアクシデントもありましたが、それを乗り越えて助け合う子どもたちの姿を御覧いただいたと思います。それを一生懸命支えようとする保護者の皆様の姿も、子どもたちは見ていました。お帰りになりましたらお子さん、お孫さんをムギューと抱きしめて、今日の話をいっぱいして褒めてあげてください。

子どもたちの成長を、御家族の皆様と共に喜び合い、霞保育園職員一同、これからも成長してまいりたいと思っております。本日は誠にありがとうございました！」

朝海園長は腰から折れるように深々と頭を下げました。

終わりの言葉は、そら組の光君、ジロー君、翼君です。光君は二人に助けられながら台の上に杖を突いて立ちました。

「これで、かすみほいくえんの！」「うんどうかいを！」「おわります！」

会場は最後の大きな拍手に包まれました。

閉会式が終わると、園庭ではクラス毎に分かれて今日の賞品を配ります。そら組の子どもは園庭に丸く円陣を組みました。私は一人一人名前を呼んで、今日頑張ったことを一つずつ褒めながら賞品を渡しました。貰った子どもは今日頑張ったことを一つ言います。

「タリーちゃんは今日、リレーのアンカーを頑張りました。転んだ航君を振り返って助けてあげましたね」

「わたし、はじめは、ころんだから、……だから、ころんだひとは、たすけたかった」

タリーちゃんは、思い出したのでしょうか、また大きな目に涙を溜めました。

昼食は、保護者席のテントとシートは暫くそのままですので、御家族でお弁当を広げて食べていただくことができます。

私がそら組の保護者テントに挨拶に行くと、既にもう盛り上がっているではありませんか。真ん中には大きな銀皿に、びっくりするほど綺麗にオードブルも並んでいます。これはフレンチ「ル・ドゥーブル」のシェフ、シモーヌさんの差し入れに違いありません。あまりにも盛り付けが美しすぎる、素人の仕事では無いでしょう。なんとワインの瓶まで回されています。

「冴木先生、お疲れ様！　今日は良かったよ！　最高だよ！　一緒に飲もうよ」

「矢吹さん、何を言っているのですか。まだ片付けが終わるまで勤務中です。それに私たちは公務員ですよ、保護者の方に頂けるわけ無いじゃありませんか」

「でも、だって語り合いたいよな。俺今日は猛烈に感動しているんだからさ！」

「私もです！　今までで一番大変な、でも一番素晴らしい運動会でした！」

「そうだろう！　やっぱり一緒に飲もう！」

「まあ！　そら組はさすがに盛り上がっているわね。保育園でお酒なんか飲めると思っているの」

そこへ、テントを挨拶して廻っていた朝海園長も現れると、私には大きな声でお酒を呑ませようとしていた矢吹さんも、急に大人しくなって言いました。

「それにしても園長先生、さっきの綱引きの采配はうちのクラスに華《はな》を持たせてくれたんだろう」

「まさか！　そら組の最後の踏ん張りでしょう。あの掛け声は凄かったわ。もうライオンかと思ったわよ、喉は大丈夫？」

掛け声のリーダー、矢吹さんはフフッと照れ笑いしました。

「あのリレーも感動したよ。大人でもできない、もっとも大人の競技で助けたら失格かも。練習でもあんなことがあったの？」

「いいえ！　私も驚きました！　それに」私はチラッと朝海園長の貌を見て続けました。「二回戦はあの時の、園長先生のとっさの判断です」

「ええっ！　そうなの！」これには全員が驚きの声を上げました。

「まあ、雨降って地固まるよね」朝海園長は話を煙に巻くと、深々と頭を下げました。

「雨上がりの園庭でリレーができたことも、そもそも雨がなかなか止まないのに運動会ができたのも、保護者の皆様の霞保育園への愛情と御理解のお陰です。本当にありがとうございました」

「よしてよ。俺たちはただ……なあ！」

「まあ最後の運動会に乾杯だ！」

「頑張った子どもたちに！」

「それと頑張ったママたちにも！」

皆さん、最後の運動会の余韻を楽しんでいるのですね。気持ちは私も分かります。

父母会長の赤塚さんが見えたので、私はお礼を言いました。

「赤塚会長、伺いましたよ。リレーをやるようにと言ってくださったのですね。ありがとうございました。お陰様でそら組の子どもたちには掛け替えのない経験になりました」

「まあ、俺が言わなくてもなあ、あの園長なら絶対にやっただろうけどな。まっ、怪我でもあった時にさ、少しは責任を被《かぶ》ろうと思ってさ」

赤塚会長は照れ臭そうにしながらも満更でもないようです。この人はオールバックの髪に顎髭《あごひげ》を伸ばしている独特の風貌で、保育園に最初に現れた時の黒ずくめのスタイルは、まるで外国映画のギャングの様でした。でも根が優しく情に厚い人で、朝海園長とは特にウマが合うようです。

「しかし今日の園長は迫力があったよなあ。でも俺は知っているぜ。みんなは美人だから騙されているけれども、園長のあの笑顔は優しく微笑んでいるなんてものじゃあない。あれは鉄仮面のように最強の強面《こわもて》だよ。最近この辺をうろついているその筋の人間でもビビるぜ」

その筋って、赤塚塚会長のほうがそう見えますが。

もう子どもたちは園庭を走り回っていますが、豪華なオードブルと、それよりも子どもの話を最高の肴にして、そら組の宴は賑やかに続いています。

　空は、あの雨が嘘だったように濃い青色に染まり雲一つありません。ああこれは、そら組の色ですね。


　私たちも仕出しのお弁当で昼食をとってから、園庭の今日使った遊具を良く拭いてから片付けました。先ほど巻き取った綱引きの綱は、もう一度伸ばしてから、雑巾で拭きとりながら巻き直していきます。

　片付けの後は職員会議で、各職員が担当した仕事について話し合い、今後に向けた改善点を検討します。最後に朝海園長がまとめました。

「皆さん、今日は本当にお疲れ様でした。私の判断が正しかったかどうかはありますが、予想より雨が長引く悪条件の中でも、皆さんが助け合って一丸となって取り組んだことに感謝します。

　子どもたちも練習の成果を十分に出し切りましたし、練習では無かった出来事にも立派に向き合って、本番ならではの頑張りもドラマも見せてくれました。私も助け合う子どもたちの姿に感動しました。本当に成長したのだと。

　今日、何と言っても悪天候の中で運動会を盛り上げて下さったのは保護者の御理解と御協力です。霞保育園が大きな家族のように助け合っていただきました。これは、日頃の霞保育園の保育を信頼していただいているからできたことです。どんな行事も当日の取り組みだけで成功するものではありません。毎日の私たちの仕事、保育の延長線上の結果です。それを胸に刻んでまたお仕事をしていきましょう」

打ち上げは、居酒屋「山中《やまちゅう》」の座敷を借り切って、思いっきり運動会の話題で盛り上がりました。

吉が私にビールを注ぎに来ます。

「舞衣子、そら組最後の運動会お疲れ様！」

「吉も！　司会大変だったわね」

「そうだよ！　台本に無いこと続きでさ。雨が降り出した時は焦ったね。園長はすぐ止むって言って、テントにも入らずにさ。よく化粧が落ちないなと心配したよ、傍から」

「本当よね。あの時はどうなることかと思ったわ。でもパパさんが駆けだして、お父さんたちもみんな手伝ってくれて、却って良かったわ」

「春人君も活躍してたじゃないか、フフッ」

吉はわざとらしく薄笑いしました。私は話題を逸らします。

「リレーも、第二回戦には驚いたわよ。ええっ、台本に無い！　って」

「そうそう、俺もびっくり。でもあの結末は、台本では書けないなあ」

「吉、司会をしながら、あの時は泣いていたわね」

「スマン！　あの時は貰い泣きした、それから感動してまた泣いた」

吉は本当に情に厚くて優しい人間なのです。

「舞衣子、今日思ったけどさ、そら組ホント成長したな」

「本当に、子どもたちは私たちが思っているよりも成長しているのね」

突然、後ろから朝海園長の声がしました。

「フフッ、そうでしょう。私たちの仕事って、なんて素敵なのかしら」

また前向きな！　思わず私たちはグラスを合わせました。


打ち上げが終わると皆は地下鉄の駅へ向かいますが、私と朝海園長の家は逆方向です。一緒に歩き始めると予想通り朝海園長が誘いました。

「舞衣子先生、もう一杯飲んでいきましょう」

向かったのは「山中」から近くの、広場に面した立ち飲みスペインバル「ラ・プランチャ」です。店を覗くと約束していたのでしょう、パパさんと春人君が飲んでいます。スパークリングワインのボトルを挟んで二人とも笑っています。もう大分飲んでいるのでしょうか。

「お疲れ様！」私たちがテーブルに着くと二人はグラスを掲げて声を合わせました。

「今日はどうもありがとう。二人とも大活躍だったわね」

朝海園長がホッとした様に笑うと、パパさんもニヤリと笑いました。

「さすがに君は格好良かったよ。雨の中で一人、テントにも入らずに」

「それは秋祭りの貴方と同じよ。でも、もう少し続いたら化粧が落ちるところだったわ。貴方も格好良かったわよ、ブルーシートを持ちに走ったところ」

「あの時は思わず身体が動いたよ。これは何かしなくてはとね」

「パパさん、ブルーシートの時は助かりました。ありがとうございました」

私がお礼を言うと、春人君もしきりに頷いていています。

「パパさん、早かったですよねぇ。僕もいつも人の役に立ちたいんですけど、何をすればいいのかいつも分からないんですよね。パパさん、弟子になって見習いたいです」

「春人君、君は今近江屋さんの弟子だろう。まずはたい焼きで世の中の人に喜んでもらえるように修行することだね」

「はい！　頑張ります」

私たちはスパークリングワイン「あわ」で乾杯して、暫く飲んでから店を出ました。

商店街の近江屋さんに住み込んでいる春人君は、帰り道が反対の方向ですが一緒に歩き出しました。

「舞衣子先生、送ります」

私は頷くと春人君と並んで歩きました。

上り坂で私たちの前を朝海園長とパパさんが並んで歩いています。坂の先には空に丸い月が浮かんでいます。朝海園長とパパさんが手を繋ぎました。まるで恋人のように。

春人君と並んで歩いていると、一瞬彼の手が触れました。と、また春人君の手が触れてきて、今度はしっかりと私の手を握りました。前を歩く二人より、かなりぎこちなく私たちは手を繋いで歩きました。

坂の先に浮かんでいる月は完全に満ちていました。

一一月　子どもの声がうるさい

私が毎日通る丘の上の住宅街の街路樹、紅楓《べにかえで》が赤く色付いてきました。霞保育園の子どもたちは毎日の散歩で宝探しを楽しんでいます。牛乳パックに絵をかいて、自分のポシェットを作ってドングリや落ち葉を拾い集めているのです。

先月の運動会は子どもたちに強い印象を残したようで、余韻を楽しんで遊んでいます。三歳ほし組では、「にんじゃ、やりたーい」「にんじゃばしり、できるよ」と四歳つき組の「忍者修行」の真似が流行っています。

四歳つき組では、そら組の紅白リレーが心に残ったようで「リレーやりたいひと～」と誘い合って遊んでいます。「忍者修行」も運動会で終わりではなく、心得の「丈夫な体になる」など修行はまだ続いています。

そら組で流行っているのはママたちの『ＵＦＯ』で、自分達でＢＧＭを掛けて踊っています。いたずらで突然に掛けてみると、イントロで両手をぴんと張ってスタンバイして、「ＵＦＯ！」の出だしと同時に手を頭の後ろから上げてポーズを決めています。

園庭では、零歳ゆめ組も外で遊ぶことが多くなって、砂場に座り込んでいる姿も見えます。これからが楽しみですね。「子どもは砂場からすべてを学ぶ」と言われるように、砂場での遊びにはこれからの人生で起きることが詰まっているのですから。

三歳ほし組の子どもたちからは「いや！」「きらい！」などと、ちょっとしたことで激しい言葉も出てくるようになりました。この頃になると喧嘩やトラブルも多くなってきますし、保育士の言うことを聞かない「反抗期」もありますが、これも成長の過程で必要な経験なのです。でも、そこでさすがなのは三歳担任の美樹先生です。日頃のたて割りでそら組のタリーちゃんや空太君と仲良くなっていたのはこの時のため。保育士の言うことは聞かない三歳児でも憧れのお兄さんやお姉さんの言うことは聞きますし真似もしたいのですから。

空太君の弟、ほし組の海太君は言葉も早くて何にでも挑戦するのですが、それだけにトラブルもよくあります。それで挫けると、なかなか気分転換できずに気持ちを引き摺《ず》るタイプです。そういう時は美樹先生ではなく、森園由美子《もりぞのゆみこ》先生の膝の上でじっと拗《す》ねています。

由美子先生は、前向きで積極的な美樹先生とは正反対の、静かで慎重なタイプの人です。私は初めて一緒に仕事をしているのですが、それは由美子先生がメンタルで暫く休職をして、今年休職明けに霞保育園に転勤してきたからなのです。以前を知っている先輩の話では、昔はバリバリ進むタイプだったそうですが何があったのでしょうか。

海太君は暫《しばら》く拗ねていて、由美子先生がそれを受け止めてから「行こうか？」と言うと立ち上がります。私ならすぐに気分を変えようと何かをするでしょう。困ってみたり辛かったりすることも必要で、それを乗り越えた経験は成長する上で大切です。由美子先生だからできること、それを子どもも知っているのでしょう。

朝海園長はそんな由美子先生だから、正反対の美樹先生と組ませているのだと思います。職員の個性を認めた上で、役割を最大限に発揮できるようにするのが、きっと園長の仕事なのでしょう。

運動会も成功し、秋が深まっていく中で霞ファミリーの絆も深まっていく。霞保育園は穏やかな幸せに包まれていて、平和そのものであるかの様に見えていたのですが……。


「今朝も定期便がありませんね。帝大の人から」

「そうよね、昨日も無かったから大丈夫かしら。何かあったのかも知れない……」

真矢副園長に応える朝海園長も貌を曇らせています。私が遅番で事務室に入ると、二人は何事か心配している様子でしたが、話を聞いて分かりました。

実は先月末から毎日、近くの都営住宅に越してこられた方から「子どもの声がうるさい」とお怒りの電話があるのです。住宅は園庭に面している訳ではありませんが、それでも散歩で通る子どもたちの声が響くということらしいのですが……。

真矢副園長が電話を取ると三〇分も一方的に喋り続けてから「お前じゃわからん、園長を出せ」と言ってまた朝海園長に同じ話をするので、今では電話番号の表示を見てその人だと朝海園長が直接出ています。

電話の先は保育園だけではないようで「済みません、また電話が来ましたので、一応お伝えします……」と申し訳なさそうに区役所と警察からも連絡が来ます。

九〇歳位の方なのですが、子どもの声がうるさいと言いながらも、昔どんなに自分が偉かったかという履歴を必ず話されるので、「帝大の人」と呼ばれています。帝大といわれた戦前の国立大学を出たことや、宮家と親交があったなどと毎回言われるようです。

「病気かも知れないわね。一人暮らしの高齢者だから区役所の福祉課に連絡しておいて下さい。『ふれあい収集』のごみが出ているかも確認してもらって」

朝海園長は真矢副園長に指示しました。高齢などでごみを集積所に出せない方には玄関前まで取りに伺うことを「ふれあい収集」というのですが、二回ごみが出ていなかったら清掃事務所から福祉課に連絡することになっています。


仕事上がりに事務室に入ると、今朝の件の動きがあったようです。

あの後、福祉課が安否の確認に都営住宅の管理人さんと伺うと、熱で寝込んで食事もとれていなかったようで緊急入院を手配したそうです。

「良かったわ、連係プレーに感謝ね」

自分のことの様に喜ぶ朝海園長を見ると、保育園も地域の一員としての役割があるのだという信念が伝わってきます。私だったらお怒りの電話が無くて良かったと思ってしまったことでしょう。また自分の未熟さを知りました。これも勉強ですね。

子どもたちの午睡の時間に私は事務室でパソコンに向かって記録の整理をしていました。今日は夕方に保護者会もありますので資料の点検も必要です。事務室には、デスクのある園長、副園長、保育主任、看護師のパソコンの他に、五台の共用パソコンがありますが、この時間には全て埋まっています。

そこに「今日は、朝海園長先生」と訪ねてきた紺色のスーツ姿の男性は東《あずま》保育課長です。

「課長、いらっしゃい。課長からいらっしゃるなんて今日は何ですか？」

朝海園長は少し皮肉っぽく言って笑いました。いつもは用があれば区役所に呼びつける東課長が保育園に来るのには、きっと何か訳があるのでしょう。

「いや、毎年の事なんだけど、まあ、この時期だから分かるだろうけどもね。人事評価なんだ、またお願いしますよ」

「もう、そんな時期ですか？　よろしいですよ、お引き受けしますわ」

朝海園長は、少し間を置くと美しい笑顔を作ってから言いました。

「ただし、御存じの通り、霞保育園の職員は全員がAですから」

「またぁ！　またかい？　頼むよおぉ」

私たちは年度初めに、保育園の目標に合わせた自身の目標を申告して、進捗を報告し、最後に人事評価と言ってAからDの四段階の成績を付けられます。人事評価は管理職である課長の仕事なのですが、保育園ではなく区役所に居る課長にできる筈も無いので、園長に事前の職員へのヒアリングを頼んでいるのです。

「本当ですから。霞保育園の職員は、全員が自分の職責を果たしていますので」

「そうは言ってもさぁ、仕事にも、能力にも個人差が無い筈がないじゃない」

東課長も、朝海園長に言われることは分かっていて想定問答はしてきたのでしょう。

「それは勿論、経験値も違う、得意な仕事も違う、人間としての性格も違います。だから園として目標を立て、個人としてもどのように努力するか計画を立てています。園の責任者として職員の成長をサポートすることは私の当然のお仕事だと思っています。私も含めて誰もが成長の過程にありますし、保育園の仕事にはこれで良いという終わりはありませんから」

朝海園長は少し間を置いて声のトーンを変えました。

「でも、個人が努力するだけでは足りません、チームで助け合って子どもを守り、家族を支え、地域の子どもたちに開かれた霞保育園を作ろうと、職員は理解して各自の職責を全力で果たしています。だから全員がAです」

ここで更に口角を上げたのは、決め台詞を言うのでしょう。

「課長、霞保育園の目標は御存じでしょう。『支え合い、分かち合い、喜びいっぱい夢いっぱい』、それを私たち職員が自ら実践しなくてどうするのですか」

朝海園長は笑顔を崩さずに言い切りました。課長にとってキツイ台詞を吐いている時でもこの人は美しい、やはり女優です。

私は横目で様子に見入っていましたが、皆パソコンに向かったままで耳を欹《そばだ》てています。隣にいた由美子先生が声を出さずに泣いているのが分かりました。

「それで課長、もう一つお話があるのではありませんか?」

朝海園長は話題を変えましたが口調もやや厳しくなっています。

「そう、それなんだけどね……」

「お尋ねした『開発計画』の件は何か分かりましたかしら?」

「うん、実はねぇ、まだうちの保育課には話が来ていないが、どうやら教育委員会に土地の買い取り交渉が申し込まれているらしいんだ」

「教育委員会に?」

「そうなんだよ、ほらここは小学校の跡地だろう。土地の所管は教育委員会なんだよ」

「土地の所管が教育委員会でも、霞保育園の所管は区役所の保育課ですよね」

「それはそうだよ、だからうちの頭越しに話を進められては困るからとは言ったんだけれどもね」

「しっかり言って下さいよ、課長」

「うん、ただ、どうも教育委員会も口が重いんだよね……いや、長年の公務員の感というか、どうもね、何かが後ろに在りそうなんだよね……」

「何があるというのですか?」

「うーん、それがね、……かなり大きな力というか……」

何なのでしょう、教育委員会にまで影響を与えるのは、一体どのような力なのでしょうか……。

そら組の保護者会はお迎えの時間に開かれましたが、始まって早々に嬉しいサプライズがありました。終わるまでクラスで待っている筈の子どもたちが、手に手にスイートポテトを持って「乱入」してきたのです。

実は今日のクッキングでスイートポテトを焼いたのですが、子どもたちはパパとママにあげようと保護者会への「乱入」を計画していたのです。

お芋は先週「芋ほり遠足」で奥多摩に行って採ってきました。そら組は昨年も行ったのですが、初めてのつき組は驚きの連続でした。芋畑を見渡しても土の上にあるのは茎だけですから「おいもどこ？」と最初は戸惑っていましたが、そら組の子どもたちに教えてもらって土を掘ると「あったー」と大喜びです。ミミズや虫の幼虫に驚きながらも真剣に掘っていました。そら組も最初はつき組のお世話をしていましたが、自分たちも掘り出すともう夢中です。大きいお芋を次々に掘って自慢し合っていました。

今日は昼前に園庭に置かれたドラム缶の竈《かまど》で焼けたお芋を割って、子どもたちは感嘆していました。

「きいろい！」「いいにおい！」「おいしそう！」

「あったかーい！」「フワフワしてる！」「ホカホカっていうんだよ」食べながらも口々に感想を言い合います。

「みんなでたべると、おいしいね」

タリーちゃんの言葉に納得です。子どもたちは味覚だけではなく、視覚、嗅覚、聴覚、触感を使って五感で焼き芋を食べているのです。それに一番大切なのは一緒に食べる人、友だち、家族だと知っています。

余ったお芋をスイートポテト作りに使いましたが、指導に駆け付けてくれたのは、勿論ジロー君のお父さん、シモーヌさんです。お店の特性シナモンを振り掛けてくれました。

パパたち、ママたちは予想外の「乱入」に驚きながらも、スイートポテトを口にしてみるとまた驚きです。

「おいしいですよ！　ぼくのパパの、おみせのあじです！」ジロー君は得意気に宣伝します。

「えっ、シモーヌさんの御指導なの？　『ル・ドゥーブル』の味！　凄いわぁ」「ほんと！　美味しい！」

誰もが、目を細めてスイートポテトを味わいながら和やかな保護者会になりました。

朝海園長は、挨拶の中でこの季節にちなんで宮沢賢治の『いちょうの実』の話をしました。それは、銀杏の実たちが木から飛び立つのを待っているというお話です。そら組の子どもたちも来年は飛び立っていくのですよね。パパたち、ママたちも、きっとそう思いながら聞いているのでしょう。

帰りに商店街を通ると、交差点の玩具屋の前にあの背の高い黒い服の男の人がじっと立っているのが見えました。道を挟んだ角の「靴のＹＡＢＵＫＩ」、矢吹防犯部長の店を覗きこんでいるようでしたが、私に気がつくと踵を返して足早に立ち去ってしまいました。一体何をしていたのでしょうか……。

私は、待ち合わせをしていた春人君と合流して「やべちゃん」のカウンターで名物の「モツ煮込み」と生ビールを頼みました。

「舞衣子さん、お疲れ様！」

春人君は保育園の外では、私を先生ではなく名前で呼ぶようになりました。

乾杯して生ビールの喉越しを楽しんでから、モツ煮込みを一口頂きます。豚のモツは脂身が付いていて一見するとしつこそうですが、口の中でトロトロに柔らかい油がさっと溶けて実はサッパリとしています。柑橘の香りがするタレとも相性が抜群なのです。

「春人君、お祭りの後にシティの志村さんが言っていたこと覚えている？」

「うん、『開発計画』の話だよね」

「そうなのよ、それが霞保育園も含まれているようなのよ」

「移転するとか、そういうこと？」

「それが、まだ何も分からないから少し心配なの……」

「開発だからって、霞保育園が勝手に移されるとか無くなるとかは、あの園長先生が許さないよ」

「そうよね、園長先生は闘うでしょうね。許すはずがないわ」

春人君の朝海園長に対する信頼が伝わってきます。春人君はこの街に来て最初に朝海園長に助けられたのですから。

「そう言えば、あの時に志村さんと一緒だった女の人」

「ああ、結城さんのことね」

「舞衣子さんにライバル意識があったよね」

「何のライバルでも無いわよ」

「俺と舞衣子さんが兄妹でないと聞いたら安心していた。きっと、あの人は志村さんが好きなんだろうな」

「それは私も感じたわ。弊社の志村、っていう口調でね。でも、そんなこと私に言われても困るわ」

「何となく彼女の気持ちも分かるよ、……それは舞衣子さんが……」言いかけて春人君は顔を赤くしています。

私たちは焼きトンをタレで注文しました。ここの串焼きは鳥ではなく豚ですが、注文は二串からなので春人君と一緒だと頼みやすいのです。

今日の保護者会での『いちょうの実』の話をもう一度考えました。そら組の子どもたちが飛び立つのを待っている銀杏の実だとすれば、霞保育園は銀杏の木です。子どもたちにとって大切なその木を切り倒そうとする人が、何処かにいるのでしょうか……。

一二月　配役に不満があります

公園沿いの坂を上った曲がり角の、大きな銀杏の木の葉が黄色く色付いて、舗道に落ちた葉がまるで絨毯の様に敷き詰められています。毎朝私は、それをサクサクと踏みながらこの路を霞保育園に向かって歩いていきます。銀杏の木を見上げると、葉が光を通して輝いています。もうそんな季節を迎えたのですね。この一年は凄く速く過ぎたような気がします。

この頃は小さい子たちも自分の意思がはっきりとしてきました。先日は玄関ホールにある熱帯魚の水槽を覗き込んでいた一歳の男の子が動かないので、お迎えのママが困っていました。その時に空太君が水槽の魚に「バイバイ」と話しかける様子を見ると、一緒にバイバイをして歩き出したのです。自分の意思を通しながらも、憧れのお兄さんをじっと見ているのですね。

年末子ども会の準備も始まりました。そら組は大きなモミの木の絵を壁に貼って、オーナメントには子どもたちが落ち葉やどんぐりを拾ってきて飾りました。

年末に向けて子どもたちが心配していることがあるのも分かりました。

「ウサギのシロとミルクは、おしょうがつ、どうするの？」

お世話をしてきたウサギの心配をしているのです。この街は自営の商店も多いので三〇日まで保育園は開いています。ですから、それまでは餌や水の心配はありませんし、お正月も地元に住む私と朝海園長が一日おきに面倒を見る予定です。でも私は、それを言わないで子どもに聞きました。

「そうよね、どうしたらいいかな？　お家の人と考えてみて」

きっと、子どもたちはお家の方と考えることでしょう。でも保護者には「ウサギは職員が見る予定ですから大丈夫です」と連絡ボードには書いておいたほうが良いですね。本当に悩まれたら申し訳ありませんから。


朝海園長に呼ばれて事務室に入ると、待っていたのはシティの広報、志村さんでした。

「舞衣子先生、志村さんがシティのクリスマス・ヴィレッジの点灯式の招待状を持っていらしたの。そら組で行くのはどうかしら？」

志村さんは大きく頷いています。クリスマス・ヴィレッジは、毎年この時期になるとシティの広場の大屋根の下に、ヨーロッパにあるようなクリスマス用の飾りやお菓子などのお店が何軒も立ち並ぶのです。

「冴木先生、とても綺麗ですから。是非、霞保育園のお子さんたちといらして下さい」

「はい、私も毎年行っているので知っています。写真は広報誌などには出るのですか？」

「はい勿論、弊社以外のマスコミも来ますので。冴木先生と霞保育園のお子さんたちに参加して頂けたら、これは弊社のコンセプトにピッタリの画《え》になるのですが」

「あら、冴木先生と子どもたちねぇ、どちらの画が欲しいのかしら」

朝海園長が笑いながらも少し弄り気味に言うと、志村さんは真っ赤になって顔の前で手をぶんぶんと振っています。

「では、保護者の承諾が必要ですので、確認してからお返事します」

勿論、DVから逃れている夏樹航君は、全国紙に写る訳にはいきませんので参加できないでしょう。一人で残るのは可哀そうですから、朝海園長にお一人様の特別待遇をお願いしなければなりませんね。

「ありがとうございます！　お返事お待ちしております」

お礼を言って、志村さんは少し声のトーンを下げました。

「ところで園長先生。先日お耳に入れさせていただいた『開発計画』の件ですが、弊社の情報では霞保育園の敷地もやはり計画に入っている様でして」

「どうやらその様ね、区役所にも交渉を申し入れているらしいわ」

「それで、それを進めているのが、実はあの亜洋グループなのです」

「えっ、亜洋グループなの？」

その名前なら私も知っています。かなり手広く不動産開発をしているようで、よく社長がテレビのCMに出ています。

「ええ、あそこは実は筋が良くないのです。あちこちで訴訟などを起こしていますし、『開発計画』と言っても住民との街作りではなくて、反社会的勢力竜国会を使っての地上げとビル建設しかしていません。それも利益優先の安普請なので建築後のトラブルも多いのです」

「何故、そんなグループがあんなに拡大をしているのかしら？」

「あのグループは後発なのに急展開をしています。それには国有地が絡んでいまして、どうも大きなバックがある様なのです」

「バックと言うと？」

「それは……私から申し上げられないのですが……権力と言いますか……」志村さんは一瞬言い澱みましたが、気を取り直したように続けました。「園長先生、弊社はここで街作りとして再開発をして、今も街の一員として地域に参加しています。当然、この街にとって必要な霞保育園は守りたいのです。今は未だ申し上げられませんが弊社の上の方も肚《はら》を決めまして、それなりに考えもありますし」

「志村さん、ありがとう。霞保育園はこの街の人たちに助けて頂いてやってきました。それは子どもたちがこの街の宝だと皆さんが思っていて下さるから。この霞保育園を奪おうとする者がいるのならば、私も許さないわよ」朝海園長は自分の決意を固めるように厳しい口調で言って、遠くを見る様に眼差しを強くしました。

その貌を見て、朝海園長に誘われた先月の宝塚歌劇団日比谷劇場を思い出しました。池田理代子さん原作『ベルサイユのばら、オスカル編』の幕が進むにつれて、朝海園長の秘密が分かったような気がしたのです。

宝塚歌劇は主役のトップがどんな場面でも中心になるように、立ち位置まで計算され尽くして作り込まれていますが、朝海園長にも常に華があるのは自分の立ち位置を知っているからなのだと。自分の役を演じている女優のように。

そう考えれば腑に落ちると思いながら観ていたのですが、最後の二幕一〇場、私の心にふっと不安が過《よぎ》りました。フランス革命が始まり愛するアンドレが銃弾に倒れた後、オスカルがバスチーユに向かって衛兵隊に進軍を指示する場面です。オスカルは、祖国のために、自由と平等と友愛のために、民衆と共に「行こう！」と叫びます。

その時私には、九月に志村さんから「開発計画」の話を聴いた時の戦闘モードの朝海園長の貌と、舞台を見つめている美しい横顔が、オスカルの運命に重なって見えたのです。

「愛それは甘く、愛それは強く、愛それは……」

フィナーレに見入りながらも、私の心の隅には不吉な予感が湧いていたのでした。


年末子ども会に向けた各クラスの準備は、行事に向けた練習では無く日常の遊びの延長ですから、子どもたちは楽しみながら取り組んでいます。

四歳つき組の出し物は創作劇「忍者戦隊、つきニンジャー」です。忍者たちが修行を重ねて、悪い鬼をやっつけて奪われた宝物を取り戻すという、桃太郎を下敷きにしたストーリーです。運動会に向けてずっと「忍者」をテーマに「修行」を続けてきた集大成というべき劇なのでしょう。

そら組でも、年末こども会の出し物と配役は、子どもたちがサークルタイムで相談して決めました。創作劇なので、一つの筋書きになるように私たちもサジェスチョンはしたのですが、それは子どもたちが全て自分で決めたと思えるように最小限にしました。

劇で難しいのは配役です。子どもの希望だけでは主役に希望が集中しすぎるなど、配慮しないとトラブルの原因にもなります。でも、今回のそら組の劇は自分たちが主人公、自分で自分の役をやるのですから心配はしていなかったのですが……。

お迎えの時に祥子《しょうこ》ちゃんのお母さん、松永《まつなが》さんに何かを言われている正岡先生の返事が聞こえました。

「あの、それは子ども同士が話し合いで決めたことでして。できるだけ子どもの気持ちを尊重するのが方針で、今から職員がどうこう言うのはマズイかと……」

これは落ち着いて伺わなければならない話だと感じた私は、吉にクラスを頼んで話し合っていた松永さんと正岡先生に声を掛けました。

「宜しければ事務室でお話を伺いますよ」

事務室の打ち合わせテーブルで私は正岡先生と松永さんからお話を伺いました。それは年末子ども会の配役の件だったのです。

「うちの祥子はナレーターをやりたかったというのです。でも、彩花ちゃんが手を上げたので言い出せなかったそうです。彩花ちゃんは凄くしっかりしていて、去年もナレーターをやって上手だったたからって言うんです。それを聞いて可哀そうになって。それは言い出せなかったうちの祥子がいけないのかも知れません。でもその決め方もどうなんですか？　子どもが相談すると言っても、同じ子がまたやるのはどうかと思って」

成程、ナレーターでしたか。確かに去年は彩花ちゃんが上手にやっていました。彩花ちゃんは読み書きも早いし声もしっかりとしていて、はまり役ではあったのですが。私は少し考えてから言いました。

「松永さん、お話は良く分かりました。確かに同じ子が二年続くことは、私共も配慮が足りなかったかも知れません。御指摘いただいて、ありがとうございます」

私は頭を下げました。正岡先生はどうしたらよいのかと戸惑っている様子です。私は顔を上げてから、松永さんの眼を見つめて言いました。

「でも、祥子ちゃん凄いですよね。お家でそんな風に自分の気持ちを表現できる様になったのですね。子ども同士の話し合いでも、今年はやりたいと思っていたナレーター役を我慢したり、それでもそう思っていた気持ちをお母様にお話したり、本当にすごく成長したのですね」

「そうなんですよ！　家でも色んなことを話すようになったんです！」松永さんの眼からは突然に涙が溢れました。

「先生！　よろしくお願いします。あの子はあんなで、言えないことも多いのですけど、それでもあの子なりに色々と考えているんです」

「ありがとうございました。仰っていただいたことを心掛けて祥子ちゃんを見ていきます」

松永さんは涙を拭いてから頷いて、正岡先生にも「ごめんなさいね」と言って祥子ちゃんのお迎えに向かいました。

「舞衣子先生、済みませんでした！　配役のクレームかと思って、子ども同士で話し合ったことだから、と返してしまったんですが」

「正岡先生、これはクレームじゃないわ。これだけではない、ほとんどの場合はクレームでない、何か他に言いたいことがあるのよ。お母さんには保育士の理論で返すのではなくて、お母さんの気持ちに寄り添うの。今日、松永さんは祥子ちゃんの育ちを聴いている、保育園ではちゃんと言えて主張しているのか、先生はちゃんと聞いてくれているのか不安だったのでしょう。私も松永さんの話を聴いて、そんな表現ができた祥子ちゃんの成長が凄いと思ったの。それに、祥子ちゃんがその話をしたのは、お家で愛されている肯定感もあるからよね。年末子ども会へのプロセスを、保育園とお家で確認できたのは収穫なのよ」

話を聞いていた朝海園長も打ち合わせテーブルに来ました。

「行事は何のためにやるのか、出来映えのためではなくプロセスのためにある。行事の場で華やかに見せることだけが目的ではない、全ての役割があることを経験することが重要なの。正岡先生、プロセスは子どもの育ちのため、そう考えれば難しくない、お母さんに寄り添うことはスーッとできるわよ」

そうです、朝海園長がいつも言っていることです。「クレームでは無い、他に何か言いたいことがある」というのも実は朝海園長に教わったのですが、今日は私自身の言葉として自然に正岡先生に言うことができました。私も少しずつ経験を糧にできているのでしょうか、保育士として成長できているのでしょうか。

勤務明けに、記録整理のため事務室のパソコンに向かっていると、今日開かれていた父母会の役員会が終わったらしく、赤塚会長と雪野さんが入って来ました。

「園長、『開発計画』の住民説明会を亜洋グループが来月するらしいぜ。俺たち父母会は住民じゃないから呼ばれてない。でも、俺たちの子どもが通っている保育園だ、俺たちが知らない訳にはいかないよな。そういう訳で、父母会から亜洋グループに説明会を開くように要求することになったから、よろしく！」

「赤塚会長、分かったわ。当然父母会も説明を受ける権利があるわよね。私も説明会に出たいくらいだわ。教育委員会はまだ何も決まっていないと言うけれど、私も霞保育園を守る責任者ですから」

「園長先生、亜洋グループはかなり訴訟を抱えている企業ですし、利益優先の経営姿勢ですから何をするか分かりません。竜国会のバックに居るのが亜洋グループですが、更にその後ろに大きなバックが有るのです。亜洋グループが急成長したのもバックと組んだ大きな不正があるからで、私はそれを追っていて彩花を奪われそうになりました。でも、私は霞保育園を守るためにできる限りのことをします。彩花を守って頂いた霞保育園ですもの」

「ありがとう！　雪野さん」

赤塚会長も頼りになる人ですが、弁護士の雪野さんも助けてくれるのは心強いですね。それにしても一体どういう人たちなのでしょうか、亜洋グループとは……。霞保育園の周りに急に黒い雲が立ち込めてきたようでした。

クリスマスイブの夜、私は春人君とシティのクリスマス・ヴィレッジへ行く約束をしています。私は霞保育園の子どもたちと来ていますが、春人君は初めてです。待ち合わせたシティ入口の本屋さんに併設されたコーヒーショップは、もう満席でした。

待ちながら一番奥の児童書のコーナーで探した本は『ほっきょくのムーシカ、ミーシカ』です。ページをめくりながら、年末子ども会を思い出しました。

そら組の出し物は子どもたちが考えた創作劇でした。最初、舞台の上に客席に向かって並べた長いソフトブロックに子どもたちが座って話し合いを始めます、そうサークルタイムの再現です。

子どもたちは、地球儀を回しながら何処へ行こうかと相談して、「ハワイ」と言う子はフラダンスの真似をしたり、「アメリカ」と言う子は自由の女神の真似をして手を上げたりと、世界の地名が出てきました。「ほっきょくのムーシカ、ミーシカに、あいにいこう！」と言ったのは翼君です。子どもたちが好きな絵本に出てくる北極熊です。

子どもたちは、今まで自分たちが座っていた長いソフトブロックを船の形に置き換えて、「かすみ号」で北極を目指します。これは普段のごっこ遊びそのままで、劇のために作ったのは舳先に立てる「かすみごう」と描いたマストだけでした。

海を行く「かすみ号」は色々なものに出会います。「あっ、エビだ！」と言ったら赤い手袋で得意の『エビカニクス』のダンスが登場です。背景も敢えて作らず、「トビウオだ！」と言えば、子どもたちが描いたトビウオが飛ぶ絵をプロジェクターで壁に映して、縄跳びをしながら子どもたちが走っていきます。

見せ場のクジラに飲み込まれる場面では、大きなクジラを子どもと船に被せて映写しました。すると、ジロー君が胡椒の缶を出してクジラにクシャミをさせるのです。ピノキオの真似をしていつもクジラ公園でやっている遊びです。クシャミで脱出する時には、「アーッ！」と叫びながら側転で飛び出したりして得意技を披露しました。

やがて北極に着いた子どもたちは迷子になったムーシカ、ミーシカを探し出し、お母さんと再会して「ハッピーエンド」です。

最後に迷子のムーシカとミーシカが家族に再会するのは心を打つテーマでした。パパもママも涙を溜めながら拍手を送っていました。祥子ちゃんのお母さんも泣いていました。祥子ちゃんは今回また成長しましたものね。

この劇は、全てがそら組の子どもたちが今年やってきたことの集大成の発表でした。年が明ければ、後三か月でこの子たちは卒園していきます。残された時間を大事に噛み締めながら、この子たちの成長を最後まで見届けたい。私自身も最後まで成長していきたいと思ったのです。

本を読んでいるとポンと肩を叩かれました。春人君です。

シティの中心を通る坂道は、両側の欅の木が白と青のイルミネーションで飾られています。春人君は私の手を握って歩き出しました。

「こんな綺麗なところ、初めて見た！」

春人君は驚いた様子でした。確かにこの通りは綺麗だと思います、余り派手過ぎないのが良いのかも知れません。緩やかな坂を登り切って振り向くと、舗道の両側のイルミネーションに挟まれて、赤くライトアップされた東京タワーが夜空に映えています。

広場の大屋根の下には、赤い屋根の小さなログハウスのお店が立ち並んでいました。クリスマスツリーを飾るオーナメント、サンタやトナカイの人形など、ヨーロッパのクリスマス用品を扱ったお店が沢山出ています。春人君は、私にガラス細工の小さなサンタと雪だるまを買ってくれました。

お菓子やソーセージなどの食べ物、ビールやワインなどのお酒のお店もあります。春人君はドイツの生ビールを、私はホット赤ワインを買って立ち飲みのテーブルに向かいました。あちらのテーブルから手を振っているのは朝海園長とパパさんです。二人も今夜は此処へ来ると言っていたのです。

「メリークリスマス！」

乾杯して、シナモンの利いた温かくて少し甘いホット赤ワインを飲むと、体の内側から暖かくなってきます。朝海園長とパパさんもホット赤ワインを飲んでいます。

「春人君、ビールじゃ冷たくない？」

「うん、次はそれにするよ」春人君は呑む気満々です。

「ヨーロッパでホット赤ワインを飲んだ時は美味しかったなぁ」

「ええ」パパさんの言葉に朝海園長も頷いています。

「へぇー、ヨーロッパですか。行ってみたいなぁ、俺って外国行ったことがないんで」

「これから行けるさ、まだ若いのだから」

「はい、行けるように頑張ります！」春人君は顔を上げて自分に言い聞かせるように言いました。

「そう言えば祭りの時に君たちは、兄妹だと思われたことがあったよね。実は私たちも、お互い二二歳で若かったこともあるけれど、所帯を持っても兄妹ですかって言われたことがあったよ」

「ええっ！　二二歳ですか？　随分早かったですね」

「うん、私は高校まで男子校だったから大学で初めて共学になってね、初デートしたのがこの人だよ。それが丁度三五年前のクリスマスイブに」

「フフッ、やめてよ。年が分かるじゃない」朝海園長が笑いました。

「羨ましいなあ、そういう風に家族を作りたいです。あの、それですぐに結婚したのですか？」

「そう、就職してすぐにね。何せ運命の人だと思ったから」

「運命の人って？」

「昔、人間は一人の人だったのを、神様が男と女に分けた。どこかにいる自分の半分、併せると一つの完全な人間になる魂の片割れを探すのが愛、という考え方だよ」

パパさんの話を聴いて、私の中を何かの衝撃が走ったのを感じました。私の心の中で埋まっていなかったパズルのピースが急に嵌《はま》って、全体の輪郭が突然に見えたような気がしたのです。

私が春人君と初めて出会ってから持っていた不思議な感覚、おそらく春人君も思っていた気持ち。探していた人に、ふと突然に出会ったようなあの気持ちの意味が分かったような気がしたのです。

私たちが霞保育園で出会ったのは偶然では無くて、出会うべき人に出会う運命だったのかもしれません。分けられた相手と、補い合い完全な人間になるための、魂の片割れを私は探していたのでしょうか。家族の愛を知らずに育った私と、家族を失った春人君は、運命の様に何処かでお互いを探し合っていたのでしょうか。

年末子ども会の『ほっきょくのムーシカ、ミーシカ』を観て、家族の再会を皆が感動していました。でももう家族と再会することは無い春人君と私にとって、家族とは新しく作っていくことしかできないのです。

広場の反対側のステージの上からは聖歌隊の歌声が流れています。私はホット赤ワインをゆっくりと一口飲みました。

その時、カップルと家族連れで賑わうこのクリスマス・ヴィレッジに、似つかわしくないビジネススーツ姿の一〇人程の集団が入ってきました。先頭で案内しているのは広報の志村さんです。

志村さんは私たちに気付くと足を止めて、後ろのダブルのスーツを着た年配の方に何かを話し掛けました。掌を上にしてこちらを指し示し、説明している様です。態度からすると、上司かお客様でしょうか。志村さんが、その方をこちらに案内してきます。

「園長先生、冴木先生。弊社の林原会長です」

この方があの有名な林原会長なのですか！　でもどうして志村さんは私たちに……。

「林原と申します。園長先生、冴木先生、孫の光が大変お世話になっております」

ええっ！　林原さんは確かに一族だとは聞いていましたが、林原会長の娘と孫だとは知りませんでした。これは驚きです。

「霞保育園のことは娘からもよく伺っております。大変、立派な教育をされていると。お礼にと申してはなんですが、一度お食事でも如何《いかが》でしょう。シティのどのレストランでもお好みのお席を設けさせて頂きますので」

朝海園長が深々と頭を下げてから、もう一度貌を上げると美しい笑顔が出来上がっていました。

「林原会長、お気持ちはありがたく頂戴いたします。ですが、私たちは公務員ですので御馳走にはなれないのです。それに、私たち霞保育園が光君にとって最善のことをしたいと思っていることは、私たちのお仕事です」

ここで朝海園長は更に口角を上げて笑顔を完璧にしました。

「代わりにと言っては何ですが……」

チャッカリと朝海園長が林原会長にお願いしたのは、元日の初日の出をシティの屋上から見るツアーへ、霞保育園の子どもたちを招待していただくことでした。高いビルが多いこの街の子どもたちは、水平線が見えないので日の出を見ることが無いのです。

明けて一月の元日早朝に、シティのタワー屋上で霞保育園の子どもたちの歓声が轟いたことは言うまでもありません。

一月　子どもだけの家

大晦日の夜、春人君と初詣に行きました。年が明ける二〇分ほど前に街の神社に着くと、もう大勢の人が並んでいました。間もなく宮司が「おお――――ぅ」と地響きの様に唸り声を吐きながら松明《たいまつ》で境内の篝火《かがりび》に火を入れて、炎が燃え上がると境内は新しい年を待つ荘厳な雰囲気に満ちてきます。私は春人君と篝火をじっと見つめていました。

境内に町会役員が並びました。パ・パ・さんもいますね。低頭して宮司のお祓《はら》いを受けています。

あっ、除夜の鐘が聞こえてきます、年が明けたのです。

「おめでとうございます！」青山町会長が発声し、境内の参拝客全員が三本締めで三〇回手を叩きました。初詣の始まりです。

境内に設《しつら》えられた舞台の上からお囃子の太鼓と笛が鳴りだしました。お囃子の前ではヒョットコのお面を被った踊り手がコミカルな踊りを見せています。舞台の下では獅子舞が参拝客の間を廻って頭を噛んでいます。私と春人君も噛んでもらいました。

神殿での参拝が終わると、境内では甘酒、お酒、豚汁が振舞われています。私は春人君と紙コップでお酒を呑みながら、舞台の踊りとお囃子に見入っていました。

「良い年になるといいわね」

春人君は頷いてから私の貌を見つめました。

「うん、ぼくたちにとって新しい人生の年にしよう」

新しい人生……、そこで私は自分が失ってきたものを取り戻すことができるのでしょうか。それは春人君にとっても同じなのでしょうか。


霞保育園の園庭では冬野菜が沢山育っています。赤カブは真っ赤な実をつけて、スナップエンドウ、大根も大きな葉っぱを付けました。トマトと、イチゴはビニールハウスで覆われています。

そら組の子どもたちがサークルタイムで収穫の相談をしている時です。

「イチゴは、いつとれるのかなー」「スナップエンドウは?」

「そうね、イチゴの実が生るのは五月くらいかな、スナップエンドウも同じ頃かしら」

「えっ! それじゃあ、ぼくたち、しょうがくせいに、なってるよ!」

「じゃあ、採りに来てよ! 待っているから」

本当です。春の果物や野菜が実をつける頃には、この子たちはもう小学生なのですね。

今月からそら組では、小学校への入学に向けて生活リズムを慣らしていくために午睡はしていません。子どもたちは、園庭や室内で羽根つき、福笑い、双六などのお正月遊びを楽しんでいます。お正月遊びは文字や数に関連した遊びが多いので、自然と文字や数への関心が深まるのです。

玄関ホールには折り紙で作った一二支の動物たちが飾られています。近所の福祉会館に通う御婦人の折り紙サークルが作って下さったものです。

お餅つきには父母会とパパスミ会の皆さんが大勢参加して下さいました。子どもに活躍を見せる場面は、これが最後かもしれないと思ったのでしょう。

子どもたちには、蒸す前の粒の餅米を見せました。

「この一粒ずつの餅米がね、この箱の中で温められて柔らかくなってから、今度は臼《うす》でペッタン、ペッタンとつかれて、ギューと一緒になるとお餅になるのよ」

「へぇー！」と子どもたちは驚きの声を上げています。確かに今の子どもたちは出来上がった餅しか見ることは無いでしょう。そのプロセスを知ることは貴重な経験です。

さあ、最初の餅米が蒸し上がると、つき手のお父さんたちは、何と戦隊ヒーローの扮装で登場しました。

「あっ、ツバサくんの、おとうさんだ！」「ぼくのおとうさん、すごいだろう！」と子どもたちは興奮して囃《はや》し立てています。

餅つきといっても最初からつくのではなく、先ずは二人のお父さんが向かい合い、腰を落として杵《きね》で餅米を捏《こ》ねています。やはり矢吹さんは上手ですね。この捏ねでお餅はほぼ出来上がります。最後に仕上げの餅つきです。

「よいしょ！」「よいしょ！」子どもたちの掛け声が響きます。

つく度にお餅を返す「手返し」は、この道のベテランの朝海園長と真矢副園長が努めます。虎田保育主任はつき手に回っています。

大人がつき終わると子どもたちが順番につきました。餅米が熱いうちに大人がつかないと餅にならないので、子どもは最後につくのです。

餅米は次々に蒸し上がり、お餅はどんどん出来上がって、調理さんが磯部餅《いそべもち》、黄《き》な粉餅《こもち》、あんころ餅《もち》にしてくれると、子どもたちは大喜びでパクついています。本当にできたてのお餅は美味しいのですから。

貴重な体験に御協力いただいた父母会、パパスミ会の皆さんでしたが、その活躍はこれだけでは無かったのです。


その夜、霞保育園父母会が亜洋グループに申し入れた「開発計画」の説明会は、区民会館の二階にある大きな会議室で行われました。

会場は父母会の皆さんで満席です。一番前に座っているのは赤塚会長や雪野さんたち父母会の役員です。私たちの前にはそら組のパパとママたちが、何とあの揃いの青いTシャツを着て座っています。

私たち職員は最後列に着席しました。この説明会への職員の参加については、朝海園長が課長に交渉したのですが、この件は教育委員会が窓口になっているからと最初は渋っていた課長も、傍聴するだけとの条件で認めたことでした。

亜洋グループは、計画の責任者というかなり恰幅の良い部長さんと、一〇人程の社員が出席しています。四〇代くらいの眼鏡をかけた真面目そうに見える担当者が説明を始めました。

説明が始まると会場はすぐに騒《ざわ》めき始めました。スクリーンに地図が映し出された「開発計画」の範囲は、シティに隣接して北の繁華街のすぐ近くまで、霞保育園もスッポリと包み込む大規模なものでした。計画の範囲内には国有地の財務省の施設もあるのに、本当にそんな開発ができるのでしょうか。

次にスクリーンに映し出された開発後の姿には超高層ビルが立ち並んでいます。霞保育園はどうするつもりなのでしょう。

最初に質問に立ったのは雪野さんです。

「この計画の範囲内には霞保育園がある区有地が含まれています。区と交渉するということですが、御社としては霞保育園の存続をどのようにお考えですか？」

「交渉が成立すれば、後は区役所が考えることで弊社の責任ではございません。何処に移転するのか、或いは廃止するのかは区役所のほうで御検討されることかと思います」

「御存じかと思いますが区内には空き地が少なく、とりわけこの地域には広い空き地はありません。もし開発でこの地域に保育園が無くなったら、御社の責任もあるのではありませんか。昨今、区内では保育園が足りずに入園できない待機児童も生まれているのですから」

「それは弊社が検討するべきことではなく、区の政策として御検討されることかと存じます。弊社はあくまでも区役所と土地の売買交渉をしようとしているだけですので」

「区有地ですから区役所に交渉を申し入れるのは、そうかも知れません。ですが現に霞保育園があり、そこで保育されている私たちの子どもたちがいます。霞保育園の利用者である私たちも利害関係者であり、交渉当事者ではありませんか？」

この質問には、それまで木で鼻を括《くく》った様な答弁をしていた担当者に替わって、部長さんが身を乗り出して嬉しそうに答えました。きっと、この質問に対して想定問答を用意してきたのでしょう。

「いえね、私共もね、決してこの区域内に保育園が無くていいと言っている訳ではないですよ。近隣住民の御要望があるなら、保育園をテナントに入れる用意があります」

テナントって何ですか？　部長さんは自信満々の様子で胸を張っています。

「私共もね、手広く開発をしておりますので、必要ならすぐに保育園を作れる会社とも提携しておりましてね」

すぐに作れる保育園って？　保育園は場所があれば出来る訳ではありません。人も時間も必要なのに……。

どうだとばかり部長さんは保育園を急展開している企業の名前を上げました。

「この会社は、どんどん新しい保育園を増やしていますから。いえ私もね、現場も見ましたけどね、フレッシュな新人の保育士ばっかりで、子どもよりも大きな声で号令を掛けていましてね、いやぁ、何とも元気がありますよ。これからはね、保育園も市場で競争ですよ。区立の保育園では競争が無いから、ぬるま湯に浸かっていて進歩が無いでしょう」

「御冗談でしょう！」

突然立ち上がった朝海園長の声が会場内に響き渡りました。

「霞保育園長の朝海涼子でございます」

朝海園長はトーンを下げて朗々と響き渡る声で言うと、一拍間を置きました。会場内の全員が固唾を呑んでいます。

「すぐできる保育園で、新人ばかりが子どもより大きな声で号令ですか？　それは元気だからではなく大変だからです！　保育士は子どもの賑やかな声が大好きで、この仕事で働いているのです。それでも職員が足りなかったり、保育のノウハウの蓄積が無かったりするから、一生懸命に大きな声を上げているのです。区立の保育園は競争が無いから、ぬるま湯に浸かっていて進歩が無いですか？　それは事実と違います！　私共、霞保育園の職員はベテランから新人まで全職員が日々研鑽し、子どもと共に、御家族と共に成長をしております。競争が無いですか？　私たちは誰と競争している訳でもありません！　霞保育園の目標は『支え合い、分かち合い、喜びいっぱい夢いっぱい』です。その通りに子どもたちは支え合いながら、分かち合いながら、喜びと夢を共有して成長しています。地域の皆様に支えて頂いて、霞保育園とそのファミリーは日々成長しています！」

その時、椅子がガタンと鳴る音がしました。朝海園長の隣に座っていた真矢副園長が立ち上がったのです。次の瞬間に私も、いえ全職員が一斉に立ち上がりました。私は宝塚歌劇団がラインダンスで足を蹴り上げる時のように、「ヤッ！」と心の中で叫びました。

青いTシャツを着た矢吹さんが椅子を蹴って立ち上がりました。

「俺たちたちの子ども、そら組はもうすぐ卒園する。でも霞保育園は絶対に残さなきゃならない！　子どもはこの街の宝だ。子どもたちを守っている霞保育園は、商店街にとっても、この街にとっても必要なんだ！」

「そうだ！」「そうです！」叫んで、青いTシャツで揃えたパパスミ会ママスミ会が全員立ち上がりました。

「そのとおりだ！」前列で谷口さんも立ち上がっています。詩織ちゃんが怪我をした時には「公務員だから甘い」と言っていましたが、今ではすっかり霞保育園の応援団です。

一番前列正面に座っていた赤塚会長が立ち上がりました。

「聞いての通り、俺たちは子どもたちのために霞保育園が必要だ。街の人たちも、これからの子どもたちのために霞保育園が必要だと思っている。霞保育園のことは俺たちも交渉の当事者だ！俺たちを抜きに勝手に土地の交渉を進めることを、俺たちは認められない！」

会場から割れんばかりに力いっぱいの拍手が沸き上がりました。守られています、霞保育園はこの御家族たちに、街の人たちに守られています。朝海園長の眼が潤んでいます。真矢副園長の涙はもう溢れていました。


東課長が保育園にやって来たのは説明会の翌日でした。私が勤務を終えて事務室に入ると、すぐのことです。昨日は、あの後一方的に説明会を中止して引き上げて行った亜洋グループの部長たちでしたが、おそらく今日は教育委員会に何か働きかけたのでしょう。

「いやぁ、教育委員会からクレームが来ちゃってさ、教育委員会が窓口なのに園長が横車を入れたと言ってね」

「事実と違うことを言われて、そのままにしておく訳にはいかないでしょう。霞保育園と、それに区役所の名誉にもかかわることですよ」

「それがさ、どうも教育委員会の部長に話が行っているらしいんだよ」

「いいですよ。もし私に咎《とが》があるのなら、いつでも辞表をお出しする覚悟で常にお仕事をさせて頂いておりますから。勿論私には区の職員としての責任もあります。同時に私はお預かりしている子どもたちと御家族に、地域の子どもたちにも責任を持っています。それを果たさないわけにはまいりません」

「いやいや、俺はそういう意味で言っている訳じゃないよ」

「大体、土地の所管は教育委員会が窓口と言っても、ここで実際に運営をしているのは霞保育園ですよ。保育課を抜きに交渉するほうがおかしいですよ。教育委員会には何かあるのですか？」

「うーん、それなんだけど……何かあるな、大きな圧力が、俺の長年の公務員の感だけども……

……」

朝海園長と話し込んでいた東課長がふと顔を上げると、いつの間にか二人の周りを遠巻きに勤務が明けた職員たちが取り囲んで聞き入っていることに気付きました。

「おいおい、勘違いしないでよ、俺は君たちの味方だからね……」

東課長はハンカチを出すと顔の汗を拭きました。霞保育園に黒い手が伸びていることを感じる中で、私たち職員の結束は自然と強くなっていったのです。

「冴木先生、ちょっとお話が……」

　園庭で子どもたちを見ていた私に声を掛けてきたのは、「保育園で遊ぼう」に通っている小泉さんです。聡君《さとしくん》の手を引いています。春に初めて霞保育園にやって来た時には小泉さんに抱っこされていましたが、今はしっかりと自分で歩いています。

「確かではないのですけれども、何だか少しおかしな家がある様なのですが」

「おかしな家、ですか？」

「ええ、どうも子どもだけで暮らしているみたいで。私も見かけたのですが他のママたちも公園で見かけたと噂になっているんです」

「子どもだけの家……幾つぐらいのお子さんたちですか？」

「上はこの子たちくらいかしら、兄妹だと思いますけれど三人連れで公園にいるんです」

　小泉さんは、園庭で遊んでいるそら組の子どもたちに顔を向けました。

「その子たちの家は何処か分かりますか？」

「それが分からないのです。最近、ここ一、二週間ほどですけれど、高白《たかしろ》公園で見かけるので、他のママが声を掛けたら黙って帰ってしまったそうで」

　小泉さんが言った公園は、商店街を挟んでクジラ公園の反対側にある、大きな桜の木が真ん中にある広い公園です。

　上がそら組くらいの兄妹が子どもだけで暮らしているとしたら、もしかすると育児放棄されているのでしょうか。だとしたら大変です、児童相談所に通報する必要があります。児童虐待の疑いがある場合は、たとえ確かでは無くても通報することが私たちには義務付けられているのです。私は小泉さんにお礼を言ってからすぐに朝海園長に報告をしました。

児童相談所から綾瀬児童福祉司が霞保育園に来たのは、昼を過ぎて丁度子どもたちが午睡に入った時でした。事務室に呼ばれて入ると、打ち合わせテーブルには朝海園長と真矢副園長、虎田保育主任、綾瀬児童福祉司、民生委員児童委員の平井さん、子ども家庭支援センターの奥平さんが揃っています。私がもう一度小泉さんから伺った話を報告して、「ネットワーク会議」という作戦会議が行われました。

翌日、散歩に行ったのは勿論高白公園です。ここにはブランコや鉄棒などの遊具も多いのですが、そら組の子どもたちに人気なのはコンクリートで出来た築山の斜面の滑り台です。幅が広いので何人もの子が手を繋いで滑ったり、競争をして滑ったりと色々な遊びに夢中です。

航君とジロー君は滑り台の上から砂を撒いて、お尻を付けずにしゃがんだまま靴で滑ろうとしています。運動神経の良い空太君と翼君は、座らずにサーフィンの様な姿勢で滑ろうとしているようです。少し危ないですが滑り台の下は砂場になっているので止めないで見守っていました。

私は子どもたちを見守りながらも、時々公園を見廻して注意を払っていました。今日の散歩には担任だけではなく、虎田保育主任とスーパー非常勤の大鳥先生も来ています。私と虎田保育主任で昨日小泉さんが話していた子どもだけの兄妹が来ていないか注意して、正岡先生と大鳥先生がそら組の子どもたちを見ると役割を分担しています。

でも何度公園を見廻しても、小泉さんが言う兄妹は現れませんでした。もしかしたら今日は別の公園に行ったのでしょうか。それとも違う時間に来るのかも知れません。私たちが帰った後には、午後から民生委員児童委員の平井さんがこの公園に来ることになっています。早く見つけることができると良いのですが。

もうこの時間には来ないのかも知れないと思っていた時です。虎田保育主任が目配せしてきました。目線の先を見ると、あっ、公園の隅の桜の木の下で男の子と女の子、もう一人はどちらか分かりませんが三人の子どもが手を繋いでじっとそら組の子どもたちが遊んでいる様子を見つめています。

上の男の子は四歳くらいでしょうか、それとも五歳で体が小さいのかも知れません。下の女の子ともう一人の子は年子の様に見えます。もしかしたら私たちが帰るのを待っていて、それまでは公園の片隅でじっと息を殺してこちらを見つめているのかも知れません。他の子どもとは遊べない事情を、あの子どもたちが小さな体で抱えているのでしょうか。

虎田保育主任がゆっくりと近づいて一番上の子どもの前でしゃがみました。話しかけると、男の子は答えずに口をぎゅっと横一文字に結んで虎田保育主任を睨んでいます。次の瞬間、男の子は踵を返すと下の子どもたちの手を引いて公園の出口に向かい、何かを言って三人で走り出したのです。

虎田保育主任が私に向かって頷きました。私は頷き返して公園を出ると、走る三人の子どもたちの後ろ姿を少し離れて追います。小さな子がいるのでそんなに早くはありませんが、何故走って逃げるのでしょうか。

前を走る子どもたちが商店街の交差点を曲がりました。見失わないように追いかけて交差点に入ると、角の「靴のＹＡＢＵＫＩ」のガラス越しに矢吹さんが顎《あご》を杓《しゃく》って子どもたちが曲がった方向を合図してきます。

昨日の内に商店街の主要な交差点のお店には、この手筈を朝海園長が頼んでおいたのです。まるで霞商店街の秘密結社、そう『スカーレット・ピンパーネル』の様に。

矢吹さんの指すほうに追いかけると、近江屋の前には社長さんと春人君が立っています。社長さんは子どもたちが行った方向を私に指し示してから、春人君に頷きました。春人君は頷き返すと走り出してきました。

「舞衣子さん！　手伝います」

私と春人君が少し離れて追いかると、子どもたちは商店街を抜けて裏にあるアパートの一つに入って行きました。私たちは急いでアパートの各部屋の入口が見える側に走ります。子どもたちが二階の一番奥の部屋に入って扉を閉めるのを見届けると、すぐに携帯で霞保育園に連絡を取りました。

一〇分程、部屋のドアを見ながら待っていると、霞保育園からの連絡を受けて自転車でやって来たのは民生委員児童委員の平井さんです。もう七〇歳前後の御婦人ですがお元気です。

「お疲れ様！　よく見つけたわね。後は児童相談所が来るまで私が見ているから」

平井さんに引き継いでから、春人君と霞保育園に戻る道を歩きました。春人君は暫く黙って考え込んでいる様でした。

「もし、あの兄妹の親がいなくなったのなら、あの子たちも学園に行くのかな」

「そうかも知れないわね。もしそうなら児童相談所が一時保護してから行き先を探すでしょうね」

春人君は、あの子たちの境遇と自分が辿って来た人生を重ね合わせて心配をしているのでしょうか。

「俺は子どもを置き去りにするような親にはならないよ。子どもは絶対に離さない。自分よりも大切に育てたい」

強く言い切る春人君の気持ちが私にも伝わりました。子どもは親を選べない、自分の運命を決めることはできません。子どもが成長して自分自身の人生を歩めるように親が守り育てる、そんな当たり前のことすら叶わない子どもが世の中にはいるのです。

それを経験してきた春人君は、二度と子どもに自分と同じことを味合わせたくないと思っているのでしょう。自分は子どもを大切に育てる家庭を築いて幸せを掴みたいのだと思います。それは私も同じ気持ちでした。

「冴木先生、今日はお疲れ様！　お手柄よ」民生委員児童委員の平井さんが霞保育園に来たのは夕方です。

あの後に児童相談所から綾瀬児童福祉司たち三人の職員が来て、大家さんの立ち合いであの部屋に入ったそうです。育児放棄や児童虐待が疑われる場合には、児童相談所は個人の家でも立ち入り調査をすることができます。

幸い今日は、朝海園長が近所のことなら何でも知っているスーパー非常勤の大鳥先生に聞いて、あのアパートの大家さんが分かったので、鍵を持って駆け付けてもらったのです。

部屋に入ると、外に出てきた三人よりも更に小さな二歳の子どももいて四人姉弟だったそうです。一番上の四歳の男の子に見えたのは五歳の女の子でした。母子家庭だった様ですが、母親がいなくなってから二週間程の様子で、食べ物もほとんど無くなって、もう少し発見が遅れたら大変なことになっていたかも知れません。

勿論すぐに児童相談所が保護しましたが、一番上の子は「ママが、かえってきたとき、わからなくなる」と言って一時保護所に行くのを抵抗したそうです。そんな健気《けなげ》な子どもをどうして置き去りにする親がいるのでしょう。何か余程の事情があったのでしょうか、でも子どもよりも大切な事情などあるのでしょうか。

「子どもは絶対に離さない。自分よりも大切に育てたい」春人君の言葉を思い出しました。


「せんせい！　エトウさんが、びょうきだ！」

用務の江藤さんが突然に倒れたのは、お迎えの時間前に子どもたちが園庭で遊んでいる時です。気が付いた翼君が私のところに走ってきました。

「大変！」江藤さんに駆け寄ると、江藤さんは箒《ほうき》と塵取りを手から落として仰向けに倒れていました。

「正岡先生！　看護師さん呼んで！　救急車も！　それとＡＥＤ！」私は大声で叫びました。正岡先生がダッシュします。

江藤さんの口に耳を当てましたが息をしていません。大至急心臓マッサージをする必要があります。江藤さんの胸の真ん中の肋骨の間に両手を重ねて置いて強く押しました。続けて繰り返します。私たち保育士は救急救命の研修を受けているのですが、訓練は人形相手ですから、実際に人間にするのは初めてでした。

事務室から駆けつけてきたのは、黒木看護師ではなくて真矢副園長でした。ああ、今日に限って看護師が不在ですか。朝海園長も今日は区役所の筈です。虎田保育主任がＡＥＤを持って走ってきます。

心臓マッサージを繰り返してから、もう一度江藤さんの口に耳を当てましたが、やはり息はしていません。私が首を横に振ると、真矢副園長は頷いて意を決したようにＡＥＤを開きました。

「いくわよ！　子どもたちを園舎に入れて！」

「はい！」ＡＥＤは強い電流が流れるため、周りに人がいると危険なのです。私は心配そうに見ている周りの子どもたちを遠ざけました。正岡先生が子どもたちをクラスに誘導していきます。

「いくわよ！」再度、自分に言う様に真矢副園長が叫びました。

「副園長！　私がやります！」

駆け付けたのは スーパー非常勤の大鳥先生です。

「私、消防団員で、救命講習の指導員です！」

大鳥先生は手際よく江藤さんの胸にパットを貼ります。

「離れて！」ドスン！　大きな音と共に江藤さんの体が波を打ちました。

ＡＥＤの充電音がし始めます。大鳥先生は心臓マッサージを続けます。

「離れて！」ドスン！　もう一度、江藤さんの体が波打ちました。

大鳥先生が江藤さんの口に耳を当て、手首を取って脈を診ています。それから頷きました。遠くから救急車のサイレンの音が近づいてきます。

救急隊員によると、応急処置は適切だったが心拍はまだ弱いということで、江藤さんは救急車で運ばれて行きました。非常勤の大鳥先生のスーパー振りにまた助けて頂きました。

でも、江藤さんはこの後大丈夫なのでしょうか。霞保育園に黒い手が伸びる中で、江藤さんまで倒れるとは……。「今までで一番美味しかった」江藤さんがそら組の子どもたちに言った言葉が忘れられません。

二月　恐怖からの脱出

霞保育園では梅の木に白い花が咲いて、メジロが今年もやって来ました。

園庭のビオトープには氷が張っています。こういう日の楽しみは霜柱です。子どもたちは最初のうちはサクサクと大事そうに踏んで足跡を付けています。そのうちにぐちゃぐちゃになってくると泥んこ遊びです。「チョコレート」などと言いながらすぐに泥だらけです。

今月は、一歳ゆき組がそら組のクラスを探索しに来ました。そら組の子どもたちも喜んで大歓迎です。小さい子は何が喜ぶだろうと考えて、空太君はレゴで車を作ってあげたり、翼君は隠し芸のけん玉を見せたりして遊んであげています。そのうちにタリーちゃんが「せんせい、『エビカニクス』かけて」と私に言ってダンスを踊りだすと、ゆめ組の子どもたちも大喜びで目を輝かせてパチパチと手を叩いている子もいました。大きな冒険の成果を得て、きっとこれからの保育園での遊びの幅も広がっていくことでしょう。

ですが、そんな冬の日差しの様な穏やかな日々は長くは続きませんでした。

突然、朝海園長が亜洋グループから訴えられたのです。業務妨害ということですが、もしやと思って赤塚父母会長に連絡を取ってみると、やはり訴状が届いた模様です。

夕方、勤務を明けて事務室に集まって来た私たちに、朝海園長は笑いながら言いました。

「事実を言っただけで罪になる訳が無いでしょう。最高裁まで争ってもいいわよ。こんな脅しにチーム霞が負けるわけにはいかない。私は闘うわよ、ひとかけらの勇気がある限り」

ああ、「ひとかけらの勇気」ですか、また『スカーレット・ピンパーネル』の決め台詞。こんなピンチでも名場面にするのが女優です。

「まっ、公務員賠償責任保険には入っているけれど」朝海園長は舌をチョロッと出しました。そうなのです。私たちは「公務員賠償責任保険」に各自で入っているのですが、こんな事態までは想定していませんでした。

「園長！」「園長先生！」駆け込んできたのは父母会の赤塚会長と雪野さんです。

朝海園長は席から立って赤塚会長に深々と頭を下げました。

「赤塚会長、こんなことになって御迷惑をお掛けしましたね」

「何だよ、園長に迷惑掛けられた訳じゃあない、悪いのは奴等だ。上等じゃないか、トコトンやってやるぜ。俺もこう見えて、怒らせると怖いんだぜ」

って、一体どう見えているつもりなのですか。

「園長こそ、トバッチリだよな。仕事で霞保育園と俺たちの子どもを守っているのになぁ」

朝海園長は、顔を綻《ほころ》ばせて美しい笑みを作りました。

「ええ、これは私のお仕事です。でも私はこのお仕事で子どもたちを守るためなら命を懸ける覚悟はいつもできているわ」

「おお！　怖えぇ」赤塚会長は大袈裟に肩をすくめて見せました。

「園長先生、先生に対する訴訟は区役所のほうで担当するでしょうけれど、赤塚会長に対する訴訟は私が全力を尽くして担当しますから」

「雪野さん！　ありがとう」朝海園長は雪野さんの手を取りました。

「園長先生、私の大事な彩花を守ってくれた霞保育園を私も守りたいのです。でも亜洋グループのやり方はまだこれからですよ。もっと大きな圧力を使ってくると思います」

亜洋グループは一体どんな圧力を……。朝海園長はどんな力とでも闘うことでしょうが、区役所は大丈夫なのでしょうか。

「朝海園長先生、保育課を忘れちゃいませんか」笑いながら入って来たのは東課長です。「朝海園長、俺も胎《はら》を括《くく》ったよ。この卑怯なやり方は許せない。長い公務員人生の名誉を掛けてやらなきゃならない時はどうやら今らしい。どんなに力がある相手だろうと筋は曲げられないぜ」

「課長！　ありがとう」

朝海園長は私たち全員を見廻してから言いました。

「皆さん！　ありがとう！　どんな相手だろうと霞ファミリーで大丈夫よ！」

「はいっ！」全員が声を揃えて応えました。私は心の中で宝塚歌劇団のラインダンスの様に「ヤッ！」と叫びました。

引き上げて行く赤塚会長が私とすれ違いざまに囁《ささや》きます。

「ほら、言っただろう、強面《こわもて》の鉄仮面だって」

私は黙って大きく頷きました。

この時期になると色々な人たちが霞保育園を訪ねてきます。

先日は高校三年生の男女が六人ほど連れ立って朝海園長を訪ねて来ていました。朝海園長が保育主任になる前に最後に担任したクラスの卒園児の皆さんだそうです。大学に行くなどの進路が決まり報告に来たのです。保育園を卒園してからも、ずっと仲良く助け合ってきたのでしょうね。

私はそら組の子どもたちの将来の姿を想像しました。私のことも訪ねてくれるでしょうか。勿論転勤がありますが、霞保育園を訪ねてくれれば分かるのですから。

私が勤務を終えて事務室に向かおうとすると、玄関のインターフォンを押していた女性は綺麗な着物姿で髪をアップに纏《まと》めていました。お歳は五〇代ですか、風格を漂わせています。これから出勤する銀座のママさんというところでしょうか。およそお迎えには見えません。

用件を伺うと「朝海先生はいらっしゃいますか？」と丁寧に、でも流れるように言うのです。えっ、朝海園長のどういう知り合いなのでしょうか。

事務室に案内すると「朝海先生！」と親し気に呼ぶのです。

「あら、蓬莱《ほうらい》さん！　今日はどうしたの？」

「それがねぇ、京都に行っている明利《あきとし》が来月卒業ですけれど、そのままあちらでね、京都で働くことが決まったものですから、朝海先生に御報告をと思いまして。本当にあの子が立派に育ってくれたのも朝海先生のお陰ですわ」

蓬莱さんは深々と朝海園長にお辞儀をしました。

「あらぁ、良かったわね！　明利君、そんなに立派になって。蓬莱さん嬉しいわ、来て下さって」

　手を取って喜ぶ朝海園長に、蓬萊さんは息子さんの就職先の京都の有名な製薬会社の名前を上げました。

「まぁ、凄いわね。明利君が大学を卒業して就職する、立派に成長したのねぇ。担任は誰だったかしら」

　朝海園長が笑うと、蓬萊さんも笑います。

「女手一つで色々と不安もあった頃でしたけれども、担任の朝海先生に随分と助けて頂きました。あの子が元気に真っすぐに育ってくれたのは、あの頃に朝海先生に教わったおかげですわ。本当にありがとうございました」

「明利君の力が元々あったのよ。お母さんも頑張ったわね」

　暫し昔話に華を咲かせていた二人でしたが、蓬萊さんは私にもお礼を言いました。

「先程はありがとうございました」

　差し出された名刺には想像通りといいますか、それ以外には見えないのですが銀座のクラブの名前が入っています。

「貴女、とってもお綺麗ねぇ。どうかしら、うちのお店で働いてみない？」

「いえ！　まさか。私、公務員ですから兼業は禁止されています」

　真面目に否定した私に、蓬萊さんは口に手を当てて笑いしました。

「何を仰《おっしゃ》るの。貴女ならすぐにうちのナンバーワンになれるわよ。銀座らしくないところが却《かえ》っていいわ。公務員のお給料とは比べ物になりませんよ」

「ええっ！」

「ちょっと、蓬莱さん。うちの看板娘を引き抜かないでちょうだいよ」

朝海園長は困っている私に助け舟を出してくれましたが貌は笑っています。どうやらこの状況を楽しんでいるようですが、その貌には銀座のクラブのママに引けを取らない艶《あで》やかさを漂わせていました。


「冴木先生！　霞保育園、入れました！」

お昼前にクラスにやって来たのは小泉さんです。しっかりと歩けるようになった聡《さとし》君の手を引いています。今日は火曜日ですから「保育園で遊ぼう」の帰りでしょうか。

「そうですか！　小泉さん、良かったですね」

私も小泉さんの手を取って喜びました。そら組の子どもたちが集まって来て聡君に話しかけています。

「かすみほいくえんに、くるの？」「ぼくたちは、しょうがっこうに、いってるよ」「マイコせんせいに、あそんでもらってね」

聡君も、お兄さんお姉さんに囲まれて嬉しい様な恥ずかしい様な顔をしています。

「最初に来た時から、もう絶対に霞保育園しかないと決めていましたから」

「小泉さんにそう言って頂けると嬉しいです」

「冴木先生が御案内してくれたからですよ。先生がとっても活き活きとしていて、ここなら聡を預けられると思ったのです」

小泉さんにはそう見て頂いていたのですね。小泉さんにお会いした頃は、自分の欠けているところをこの霞保育園で働くことで埋めていこうと一生懸命だった時でした。今はこの一年間で色々な経験をして、私の心の隙間も大分埋まってきたのだと思います。

「小泉さん、ありがとうございます。お待ちしていますから」私はしゃがんで聡君にもバイバイしました。


思わぬ人もやって来ました。私が散歩から帰って来た子どもたちを園庭で見ていると、門から中を覗き込んでいるかなり御高齢の男性が見えました。髪はほとんど無く少し太っていますが、杖も付かずしっかりと立たれています。私は門の内側から御用件を尋ねました。

「いや……、用という訳ではない」

「えっ」どういう意味でしょうか……。

「あぁ……、これを子ども達にあげてくれ」

差し出された紙袋を受け取ろうと門を開けると、御老人は力強く私に押し付けました。中を覗いてみると、折り紙のひな人形でしょうか、一杯詰められています。

「わあ、凄いですね。ありがとうございます。事務所へお越し頂けますか」

「いや！　わしはそういう意味で来たんじゃない！」

寄付などを頂いた時には手続きがあるのでお願いしたのですが御老人は憮然としました。

「わしは入らん！　絶対に」言って、突然に顔を赤らめます。

「だが……、ただ……園長に言ってくれ、病気の時は……まあ、ありがとう、とな」

あっ、もしかして、この方があの「帝大の人」でしょうか。

「あの、それでしたら園長先生にお会いになりませんか」

「だから、わしは会わんと言っておる！　伝えれば良い！」

踵を返して去っていく御老人に私は頭を下げました。

「ありがとうございました！　またいらして下さい、お待ちしていますから！」

「帝大の人」は振り向かず歩きながら、ただ右手を挙げました。


嬉しいお知らせが霞保育園に寄せられていましたが、悲しいお知らせもあったのです。私が呼ばれて事務室に入ると、朝海園長と打ち合わせテーブルで話していたのは七〇歳前後に見える御婦人でした。

「江藤さん、そら組担任の冴木先生です。冴木先生、江藤さんのお姉様です」

私は江藤さんのお姉さんが見えたことの意味に咄嗟に思いを廻らせましたが、不安は的中してしまいました。お姉さんは、江藤さんが入院先の病院で亡くなったことと、江藤さんがこの霞保育園に来るまでの人生をお話しして下さいました。

霞保育園で倒れた時に、大鳥先生のＡＥＤで心肺停止からは回復した江藤さんでしたが、元々心臓が弱っていた様で緊急入院してから一月足らずで息を引き取ったそうです。

お姉さんと江藤さんは東北地方の農家の生まれで、お姉さんが結婚して家を出た後も、江藤さんは農家を継ぎながら工務店や職人さんの手伝いの仕事をしていたそうです。手先が器用で人柄の良い江藤さんには就職のお誘いもありましたが、お母さんが早くに病気になったので介護をしながら農業を続けていました。

江藤さんは子どもが大好きで自分の子どもがきっと欲しかったことでしょうが、一生結婚することも無く母親の介護を続けるしかなかったのです。江藤さんが五〇代半ばの時に母親が亡くなって、東京に出てから区の委託業者に就職し、派遣されたのがこの霞保育園でした。

「人生で一番幸せだった」お姉さんに霞保育園のことを繰り返し話しながら江藤さんは言ったそうです。

「遺品を整理しましたら……、遺品と言っても一人暮らしですので何も無い部屋でしたのに、実はこれを一番大事に飾っておりました」

お姉さんが額に入れた紙を私たちに見せてくれました。それは、そら組の子どもたちからの「招待状」でした。クッキングでピザを作った時のものです。江藤さんはこれを宝物の様に大事にしていてくれたのですか。

「病院でも、そら組の子どもたちと舞衣子先生の話をよくしていました。舞衣子先生は子どもたちをいい子に育てていると言っておりました。家庭を持っていればもう孫の様な子どもたちに大事にされて、本当に嬉しかったようです。そのお礼を申し上げたくて」

「お姉様、こちらこそ江藤さんには本当にお世話になりました。霞保育園の子どもたちは江藤さんが大好きでした。子どもは分かっていました、江藤さんが自分たちを守って下さっていることを」

朝海園長の眼が涙で潤んでいます。私もお礼を言って頭を下げましたが涙が膝の上に零《こぼ》れました。

胸の奥から込み上げるものがあったのです。江藤さんが、そら組のクッキングで言った言葉を思い出していました。「今までで一番美味しかった」、あれはピザの味ではありませんでした。きっと江藤さんは、それまでの人生で失ったものを取り戻そうと一生懸命にこの霞保育園で働いていた、その気持ちが私にも分かったのです。


お昼寝から起きた子どもたちは、おやつを食べてすっかりエネルギーをチャージすると、さあもうひと遊びと園庭を駆け回っています。私が園庭で子どもたちを見ていると門の前に黒くて長い大型の車が静かに止まりました。リムジンと言うのでしょうか。一体誰が来たのでしょう、区長の公用車でもあんなに大きくはありません。

助手席のドアから黒っぽいスーツの大きな体の男の人が降りて来て後部のドアを開けました。降りて来たのは、あの背の高い黒い服の男の人です。細い目で私のほうを見ましたが、そのまま二人でドアを背に囲むように立ちました。その後から出てきたのは白いソフト帽を深く被ってグレーのコートを羽織った男の人です。とても保育園に用がありそうな人たちには見えません。

背の高い黒い服の男の人が私を見ながら、ソフト帽の人の耳元で何かを言っているようです。ソフト帽の人が小さく頷きました。

大きな男の人が、多分閂《かんぬき》が上にもあることが分からない様子で苦労して門を開けると、ソフト帽の男の人が先に立って玄関に向かってきました。

「何か御用でしょうか？」

私が声をかけると二人は立ち止まって、ソフト帽の人が黙ったままで暫く私をじっと見詰めました。そして静かに息を吐いたのです。

「似ているな……」

えっ？　一体、何のことでしょうか……。私がもう一度要件を尋ねると、その人は口を開きました。

「園長先生にお会いしたい」

「どちら様ですか？」

「航の、ここでは夏樹航と呼ばれているようだが、父親です」

航君の！　……この人が！

差し出された名刺には大きく名前が書いてあるだけで、社名も肩書も書いてありません。名前だけで分かれ、ということなのでしょうか。一瞬、園庭に目を遣ると幸いにも航君は外に出ていません。

「少しお待ちください」ソフト帽の人に向かって冷静さを装いつつ答えました。

玄関までは急がずに歩き、玄関のドアをしっかり閉めると事務室に駆け込みました。

「園長先生！　大変です！　航君のお父さんという人が、今玄関の前に来ています！　園長先生に会いたいと」

朝海園長は一瞬目を見開いた後に、柄にもなく舌打ちをしました。

「遂《つい》に分かってしまったのね。航君は今どこ？」

「園庭にはいませんでしたからクラスかと」

「良かったわ。保育主任すぐにクラスに行って！　航君を絶対に外に出さないように、もしもの時は貴方が守るのよ！　副園長、警察に電話、無理に連れ帰るのはＤＶ取締法違反になる筈。すぐに来るように言って。あッ、刺激しないようにサイレンは鳴らさないで」

朝海園長は次々と指示を出すと意を決する様に言いました。

「舞衣子、行くわよ！」

「はい！」その時私には、朝海園長の美しい貌に般若《はんにゃ》の面が張り付いている様に見えたのです。

朝海園長が先に立ち、私はしっかりと玄関を閉め直して後に続きました。

朝海園長が深々とお辞儀をして頭を上げると、その人と向き合った美しい貌には飛び切りの笑顔が張り付けられていました。

「霞保育園長の朝海涼子でございます」

その人の瞳が一瞬開きました。勿論、朝海園長のことは調べさせていた筈ですが、想像していたタイプと全く違う園長が出てきたのに驚いたのでしょうか。

「航の父です」

ソフト帽を取ってこちらを向いたその人は白髪が少し混じった髪を短髪に刈り上げた精悍な貌つきで、いかにも仕立ての良さそうなスーツに身を包み、長い白いマフラーを首にかけていました。物腰は柔らかく表情は穏やかです。ボディーガードらしき人がいなければ紳士に見えたかもしれません。

「御用件は何でしょうか?」

あくまでも丁寧に聞く朝海園長に、その人の答えもやはり静かです。

「航を連れて帰りたい」

「子どもの在籍の有無については、お話しすることはできません」

「ここに居ることは分かっています。うちの組織が凌《しの》いでいるこんな足元に居たとはね。ですが今日は仕事できた訳はありません。私は父親ですよ。息子を、航を返して欲しいだけです」

「たとえそうでも、保育園はお預かりしているお子さんを、予《あらかじ》め定められた保護者以外にお渡しすることは絶対にできません」

相変わらず笑みを湛《たた》えたままですが、言い切る語尾が強くなっています。

「絶対に、ですか?」

「そうです。絶対に、できません。ですから、ここはお引き取りください。お引き取りいただけませんと警察を呼ばせていただくことになりますので」

大きな男の人が凄《すご》んだのは分かりましたが、その人が制しました。

「ふっ、警察ですか」

その人は貌を斜に構えて少し笑いましたが、向こう側の半分の貌は笑っていません。

「その前に連れて帰ると言ったら」

「いいえ、私の命を懸けてもお渡しすることはできません」

見合った二人の表情は微動だにしません。どちらも全身から気を発しながら、言葉ではなく眼で闘っています。竜と鳳凰《ほうおう》が、一つの宝を廻って互いに睨《にら》み合っているようです。

その人の細めた眼の底から発しているものは、これが凄みなのでしょうか。笑みを湛えたままの朝海園長の美しい貌にも凄みがあります。美しい面の下に般若の面をつけている能のように。

「私のことはご存知でしょうか」先に口を開いたのはその人です。

朝海園長は更に口角を上げて完璧な笑顔を作りました。

「ええ勿論、竜国会の総帥ですよね。ですが私もこのお仕事で、子どもを守るためには命を使うつもりでおります。それが私の使命ですので」

再びその人の瞳が一瞬開いたのを感じました。すぐ眼を細めて暫く朝海園長を見据えると、今度はその視線を私に向けてまたじっと目を凝らします。それから、ふっ、と息を吐いて園庭で遊んでいる子どもたちを見渡しました。

「貴女は、うちの組織だけではなく、誰を相手にしているのかが分かっていないようだ。この街は、もうすぐ……。まあ、今日のところは失礼する。この街には、至る処にうちの眼があることを忘れないように」

その人はソフト帽を被り直して、踵を返すと門に向かって歩き出しました。大きな男の人が後を追います。

リムジンが出ていくと、すれ違うようにパトカーがサイレンを鳴らさずに門の前に滑り込みました。

キッ、と音を立てて自転車に乗った交番の山崎さんも駆け込んできました。

「園長先生！　大丈夫でしたか！」

朝海園長は、それまでの仮面を脱ぎ捨てたように貌を緩めました。

「ありがとう山崎さん。あのまま続いたら漏らすところだったわよ」

「ええっ！」思わぬ大胆な言葉に山崎さんが顔を赤らめています。

「さあ、問題はこれからね。お迎えの時間まで何処かで張られているかもしれないわ。警察のほうで保育園の周辺を廻って警戒して欲しいの」

「了解です！」山崎さんはパトカーに駆け寄りました。


連絡を受けた航君のお母さん、夏樹さんが迎えに来たのは四時を過ぎた頃でした。緊張して駆け込んでくるかと思っていましたが、現れた時の顔には疲れと落胆の色が入り混じって滲んでいました。事務室で今後について話し合いましたが、最初に出たのは溜息です。

「やっぱり、どうせ駄目なんです。日本中どこへ隠れたってあの人たちは探し出してくるんです。

今だって何処かで待ち伏せしているか見張っているに決まっています」

また、ふっと肩を落として続けました。

「これが私の人生なんです。あんな酷いことをする恐い人なのに、すごく優しくしてくれる時もあって……だから離れられなくて、ここまで……。私って昔からそうなんです、分かっていても行かないほうがいいほうへ行っちゃうんです。それって私の運命でしょうか。いえ……、私が選んだ人だから、私が悪いのでしょうかね。もう私分からなくって、先生……」

見上げた眼には大粒の涙が溜まっています。

ああ、やっぱり似ている……。夏樹さんの纏っている雰囲気というのか、男の人に流されて生きてきた轍《わだち》から滲み出ているものが私の母と重なって見えたのです。それは航君の境遇が、暴力に支配された家庭で育ってきた私の人生の道程とも入れ子の様に重なっているということでもあるのです。

少し間を置いてから朝海園長が話し始めました。

「そうね、それは貴女の運命ではなくって、貴女が自分で選んだ人生ね。だから仕方がないと貴女は思うかもしれない」

えっ、ここは肯定するところですか。夏樹さんはじっと足元を見つめています。

「夏樹さん、でも、それは航君の人生でもあるのよ」

夏樹さんの肩が震えて少し顔を上げました。

「子どもは親も環境も選べない。だから親や大人が良い環境を作って、子どもが自分の人生を進めるようにするの。母親への暴力は子どもにとっても児童虐待よ。絶対に良い影響を与えない。後まで残る人生の深い傷になるわ」

朝海園長は一呼吸おいてから夏樹さんの眼を見つめました。

「貴女も、確かにこれまでの人生は自分で選んだのかもしれない。だからと言って、誰も暴力に耐えなくてはならない筈はない。たとえ誰であってもパートナーへの暴力は許されない。そんな状況を変えて、自分でこれからの人生を選び直すことはできる。誰でも幸せに生きる権利はある。ここで諦めずに、それを貴女が選ぶなら私たちは守ります」

夏樹さんは再び足元を見つめて黙りました。

沈黙が続きましたが、朝海園長は待っています。

「あの……、私たち幸せになれるでしょうか……。これから航と幸せに生きていけるでしょうか」

「夏樹さん、なれるわよ！　貴女がそれを望むなら！　航君と幸せな人生を歩いていけるわよ」

「先生！」顔を上げた夏樹さんの眼からは涙が溢れていました。

「きっとどこかで張られているでしょうから、今日は家には帰れないわね。これからシェルターに行って、新しい落ち着き先や、今後のことを専門の人と相談するということで良いかしら」

夏樹さんは涙を流したままで頷きました。

方針が決まったら朝海園長は指示を出します。

「副園長、区役所の女性保護担当係長に電話、シェルターへの緊急入所を要請して。保育主任、裏の学校の寮に電話、管理人さんにうちとの境の通用門を開けてもらって」

区役所に電話した副園長が振り向きました。

「担当係長、今日は出先から直帰だそうです」

「了解、直接携帯にかけると言って」

女性保護担当係長の小林さんは、元は保育士でしたが、係長に昇格したときに区役所に異動した人で朝海園長とは昔からの知り合いです。小林係長には携帯で連絡を取り、シェルターへの緊急入所の打ち合わせが整いました。私たちも保育園を出てシェルターに向かうことになったのです。

シェルターの場所は私も知りませんが、問題は先ずどうやって保育園を出てそこへ向かうのかです。保育園の周辺は警察も巡回をしていますが、どこで張られているかも分かりません。朝海園長は商店街の防犯部長、矢吹さんに電話をして協力をお願いしました。

「三〇分後に出発します！」朝海園長が立ち上がって言いました。矢吹さんは朝海園長の要請に応えてくれたのです。


霞保育園の玄関前には、矢吹さんの呼び掛けで三〇人程の商店街の人たちが集まりました。総本家「堀田」の小関店長、焼きトン「やべちゃん」の三代目社長、着物「永瀬」の息子さん、居酒屋「山中」の店長、スペインバル「ラ・プランチャ」のヒロさんも腕まくりをしてプロレスラーの様な筋肉を見せています。勿論春人君も駆け付けて、大勢の人達の頭越しに私に頷きました。

私も春人君に頷き返します。

玄関が開いて、商店街の人たちの輪の中に夏樹さん親子が入って来ました。夏樹さんは深いつばの付いた帽子を被り大きなマスクをしています。航君は虎田保育主任が背負子《しょいこ》で背負って頭からポンチョを被っています。真矢副園長が親子の前に立ちました。

「矢吹防犯部長、宜しくお願いしますね」

朝海園長は、紺色の消防団の制服を着た矢吹さんの手を握りました。

「分かってる！　園長先生、頼ってくれてありがとよ！」

矢吹さんは私たちに敬礼すると号令を掛けました。

「さあ行くぞ！　霞商店街の平和は俺たちが守るんだ！」

「オーッ！」大きな隊列が商店街に向けて出発していきます。

私は朝海園長と見送ってから、園舎に戻り夏樹さんと航君が隠れている休憩室に向かいました。

実は出発した隊列はダミーです。夏樹さんの服を着て顔を隠していたのは黒木看護師、虎田保育主任が背負っていたのは救命訓練用の人形です。勿論、矢吹さんたちは承知の上で快く協力してくれたのです。

朝海園長と夏樹さん、航君と私は保育園の裏口へと向かいます。普段は両側から鍵のかかっている裏の学校の寮に繋がる門は、向側の鍵は管理人さんに開けてもらってあります。こちら側からの鍵を開けて木が鬱蒼《うっそう》と茂る寮の敷地に入りました。

寮の管理人室でお礼を言ってから、ダミーの隊列が向かった商店街とは反対の繁華街にある地下鉄の駅へと急ぎました。この裏道は地元の人しか知らないのですが、ほぼ真っすぐに駅近くまで通じているのです。

地下鉄駅はホームの両側に上下線がありますが、シェルターの場所を知らない私と航君、夏樹さんは、迷わずに進む朝海園長について電車を待ちました。電車が着くと大勢の人が降りてきます。この駅は繁華街ですし、別な路線との乗り換えもあるので乗降客が多いのです。

少し空いた車内に乗り込むと、ここまでは緊張の連続でしたから、ホッとして小さく息を吐きました。

電車の扉が閉まる発車サイン音がホームで鳴り始めた時です。

「降りるわよ！」

突然、朝海園長が言ったのです。驚いて何だか分からないままに、私と航君、夏樹さんも一緒に慌てて降りました。

すぐに後ろで扉が閉まります。朝海園長は、振り向くとホームの前後を見渡して一緒に降りた人がいないかを確認しました。やっと分かりました。誰かに付けられていないかを確かめたのです。

私たちが反対側の線に乗ってシェルターのある駅に着くと、先に着いた小林女性保護担当係長が待っていました。

「緊急に対応してくれてありがとう。電話で話した通り、遂に来ちゃったのよ」

「とりあえず母子でシェルターに緊急入所して、後は私のほうで相談するわ」

「よろしくお願いします」

「大丈夫、それが私の仕事だから」

そう言った小林係長は見るからに頼りになりそうな大柄な女性で、細身の朝海園長よりもずっと保育園長に見えそうなタイプです。

月明りもない夜の住宅街の中に静かに佇む建物は、一見するとマンションか何かの寮のように
も見えました。でも何故だか違和感を覚えたのは、あまりにも変哲が無さすぎるのです。どうし
てかと思ってよく見ると、建物の名前の表示がありません。

小林係長が振り向いて朝海園長と私に言いました。

「じゃあ、ここから先は私しか付いて行けないから。ここでお別れして」

夏樹さんは、涙をいっぱいに溜めながら朝海園長の手を握りました。

「園長先生ありがとう！　先生がいなかったら諦めていたかもしれない。私、航と自分たちのた
めに生きていきます。園長先生、冴木先生、またいつかお会いしたいです！」

「航君と幸せになってね！　自分たちの人生を大切にして。落ち着いたら知らせてね、勿論住所
は書かないで」

朝海園長は夏樹さんの肩を抱きました。

私は、しゃがんで航君と顔を見合わせました。

「せんせい、もう、ほいくえん、いけないの？」

「新しいお家が決まったら、また新しい保育園に行けるよ」

「……ぼく、かすみほいくえんが、たのしかったのに」

「先生も航君と遊べて楽しかった」

「また、かすみほいくえんに、いきたい」

「きっと、いつかまた会えるよ。霞保育園で待っているから」

「……タリーちゃんに、あいたい……」

「うん、先生が言っておくね」

航君はタリーちゃんが好きだったのですね。そうでした、運動会のリレーではタリーちゃんに助けられましたよね。

朝海園長もしゃがみました。

「私も航君にまた会いたいなぁ。航君、じゃあムギューさせて」

私と朝海園長は交互に航君をムギューと抱きしめました。

小林係長が玄関のインターフォンを押して名乗ると自動ドアが開きました。小林係長に付いて扉の向こうに入って行く夏樹さんと航君は振り返って手を振っています。私と朝海園長も手を振りました。

「元気でねぇー！　霞保育園で待っているわよー！」

三月　お別れの時

霞保育園の園庭では山桃の花が咲いています。花壇にはパンジーの花が咲き、保育室ではヒヤシンスの花が顔をのぞかせ始めました。玄関ホールには段飾りのひな人形が飾られました。

そら組の子どもたちは、冬の終わりと春の訪れを感じながら旅立ちの準備をしています。子どもたちは自己主張が始まってから、自分と外界との折り合いをつけるために沢山の葛藤を乗り越えて成長してきました。それはこの私も同じです。もしかすると子どもたちに教えられて育てられたのは私なのかも知れません。

園だよりには、この一年間のそら組の取り組みを特集していただきました。

そんな穏やかな日々の中で起きた小さな事件は「靴隠《くつかく》し」でした。好きな子の靴を隠すなど時々起きる悪戯《いたずら》なのですが、卒園を前にしたそら組では子どもたちの解決能力が試される「事件」に発展してしまいました。

お迎えの前に自分の外履きの靴が無いことに気が付いたのは彩花ちゃんでした。気の強い子ならば「誰がやったの！」と叫ぶところだったかも知れませんが、生真面目な彩花ちゃんは、そうは言えずに泣き出してしまったのです。

「どうしたの？」と聞く子が集まって来て次第に騒ぎが大きくなってくると、靴を隠した子も言い出せなくなってしまったのでしょう。誰も名乗り出ないままで、子どもたちは顔を見合わせて聞き合っています。

「どうしたら良いと思う？」

「そうだんしよう！」

私が問い掛けてみると翼君が言ったのです。早速椅子を丸く並べてサークルタイムが始まりました。子どもたちはウーンと暫く考えていましたが、最初に口を開いたのはタリーちゃんです。

「クツをかくしたひとは、アヤカちゃんに、かえしてほしいとおもう。でも、かくしたひとも、きっといま、こまっているとおもう」

「うーん、そうだよね、そっと、アヤカちゃんにかえすのは、どうかな」

「どうやってさ？」

「うーん……」子どもたちは再び考え中です。

「そうだ、マイコせんせいに、いうんだよ。ぼくたちが、みんなめをつぶっていて、かくしたひとは、マイコせんせいに、そっというんだよ」

翼君が名案を出しましたが、すぐに反論されます。

「それじゃ、わかるわよ。となりのひとが」

考え込んでいた空太君がそれを聞いて言いました。

「ぜんいんが、マイコせんせいに、いえばいい」

「えっ！」

「みんなが、マイコせんせいに、なにかいうんだよ。かくしたひとは、そのときにいえばいい」

さすがです！　空太君が一人で名案を出したわけではなく、ここまでの皆の話し合いをまとめたのです。でも、全員が私に何か言うとなると一五分程は時間が掛かるでしょう。

「分かったわ、じゃあ順番に先生に何か話してね」

私は、早番の正岡先生に替わってクラスに入っていたスーパー非常勤の大島先生に、お迎えに来た保護者たちへの説明を頼みました。

丸くなって座っている子どもたちが全員目を瞑《つむ》って、一人ずつ私の耳元に囁《ささや》きに来ます。「おれ、サッカーせんしゅになる」と言うのは翼君です。タリーちゃんは「マイコせんせい、だいすき」と囁きました。

お迎えに来た保護者たちが、廊下からガラスの窓越しに子どもたちの様子を伺っています。大島先生が説明してくれたので事情が呑み込めたのでしょう。暖かい目で見守ってくれているのが窓越しにでも分かります。事務室にも伝わったようで、朝海園長と虎田保育主任も見ています。

全員の話が終わって、私が靴を探し出して彩花ちゃんに渡すと、廊下にいた保護者たちが拍手をしています。涙を流しているママもいます。子どもたちは驚いて何だか照れている様です。

クラスに戻って来た大島先生が労《ねぎら》ってくれました。

「いやぁー、大したものだよ！　私も長年やっているけれど、これだけできるクラスは中々無いよ。今年のそら組は本当に成長したわ。舞衣子先生、アンタも良くやってきたよね。よく頑張ったわ！」

小さな「事件」でしたが、子どもたちが話し合って解決したのです。きっとこれから生きていく中で必要なこの力を、そら組の子どもたちは霞保育園での遊びや話し合いを通じて育ててきて、もうすぐ巣立っていくのです。


翌日のお迎えの時に、光君のお母さん、林原さんに声を掛けられました。

「冴木先生、少しお話がありますが宜しいですか?」

「大丈夫ですよ。事務室で伺いましょう」

私には何のことだかすぐに分かりましたし、クラスでは話せないと思ったのです。事務室に入ると林原さんは頭を下げました。

「冴木先生、昨日は本当にありがとう! 光から聞きました。光はどうも、彩花ちゃんが好きみたいで何か気を引こうと思ったようなのですが、騒ぎが大きくなったら自分で言えなくなったらしいのです。なのに、光を責めることも無く解決して頂いて、あの子にも良い勉強になったと思います」

「林原さん、昨日は子どもたちが話し合って解決しました。そら組の子どもたちの力ですよ、それは光君も含めた」

「ありがとう! でもそれは冴木先生の御努力のお陰よ。光も私も、色々な教育を謳《うた》っている所よりも本当に霞保育園に来て良かったわ」林原さんは涙を拭いました。

霞保育園での生活を終えて巣立っていく子どもたちには、喜びだけではなく新たな場所への不安もありました。

クラスで遊んでいる時です、何時もは明るいタリーちゃんがつぶやいたのです。

「しょうがっこうにいって、いじめられたら、どうしよう」

その言葉に、近くで遊んでいた翼君が咄嗟《とっさ》に振り返りました。

「おまえを、いじめるやつは、おれがなぐってやる！」

「翼君、お友だちを守ってあげてね」私は、この子たちがこれからもずっと助け合っていこうとする気持ちが嬉しかったのです。まあ、殴るのはどうかと思いますが。

「でも、皆が小学校に行ったら先生は寂しいなぁ」

「マイコせんせい！　さみしくなんかないよ！　わたしたちの、あかちゃんがうまれたら、かすみほいくえんに、あずけにくるから。だって、かすみほいくえん、たのしかったもん」

タリーちゃんの思わぬ言葉に急に涙が込み上げてきました。

「うん！　ありがとう！　霞保育園で待っているね」

そら組の子どもたちは毎日を忙しく過ごしていました。卒園式の第二部の準備を相談しながら、練習を他のクラスの午睡中にしています。

もう一つ、そら組の子どもたちが取り組んでいるのが「お当番」のつき組への「引継ぎ」です。

そら組は「初めてのお当番作戦」の時に「出席当番」を忘れた「苦い経験」をよく覚えていて、

つき組の子どもたちに「これをやらないと、きゅうしょくが、たべられないんだよ」と「お当番」の大切さを教えているのです。

畑の畝《うね》の作り方や野菜の植え方などは絵を描いて、字で解説も書いて説明しています。もうすぐ新しいそら組になるつき組の子どもたちも真剣に聞いているので、教えるそら組の子どもたちも楽しい様子です。

私も子どもたちと一緒に残り少ない時を過ごしながら卒園式の準備を進めていましたが、暫く静かだった「開発計画」を巡る新たなニュースが突然に飛び込んできました。

夕方、私が勤務を終えて事務室に入ると丁度、タリーちゃんのお母さん、アナウンサーの生稲さんから園長に電話がかかって来たのです。電話を受けた朝海園長が「生稲さんが六時のニュースを見てですって」と少し驚いた様子で言いました。

六時に真矢副園長がテレビのスイッチを入れると、画面に流れたのはマイクを持ってニュースを伝える生稲アナウンサーと、その後ろに映っているのは何とあの亜洋グループの社長の顔と本社ビルの様子です。雪野弁護士たちによる亜洋グループが国有地を不正に取得したという告発を検察が受理したということでした。どうやら生稲アナウンサーのテレビ局もこの件を追っていたようです。私たちは唖然としながらニュースに見入っていました。これは一体、亜洋グループはどうなるのでしょうか。この霞保育園にとってどういう影響があるのでしょうか。

それから連日、新聞紙上とテレビのニュースでは亜洋グループによる政治的圧力を使った不正を巡る記事が次々と明るみに出てきました。朝海園長と赤塚父母会長は亜洋グループから訴えられたままでしたが、これでは亜洋グループもそれどころでは無いでしょう。第一、「業務妨害」と言っても、その業務が不正だらけなことが明るみに出たのですから。

　朝海園長に呼ばれて事務室に入ると、シティの広報の志村さんがにこやかに立っていました。

「冴木先生、志村さんがシティの桜祭りの御招待に来て下さったのですけれども、そら組で行ってみる？」

「はい。志村さん、また御社の広報誌には載るのですか？」

「勿論です！　冴木先生と子どもたちの画は広報室だけではなくて社内でも凄く評判が良いのです。何せ地域との交流を重視している弊社のコンセプトにピッタリなものですから」

「それが、結城さんの言っていた噂のという意味ですか？」

　私が少し意地悪く質問すると、志村さんは一瞬で真っ赤になった顔の前でブンブンと手を振っています。

「では、保護者に確認をする必要がありますので、それからお返事致します」

　航君を思い出します。シティのクリスマスの点灯式では、広報誌や全国紙に写る訳にいかない航君を朝海園長に特別待遇していただきました。それを配慮しなくて良いことを何だか寂しく感じたのです。

「ありがとうございます！　よろしくお願いします！」

　志村さんは嬉しそうにお礼を言うと、声のトーンを低くしました。

「ところで園長先生、例の亜洋グループの件ですが」

「酷《ひど》い話よね、あんなに不正を重ねていたなんて。私もどうしても不思議だったのよ。『開発計画』の地域には、霞保育園の他にも国有地の財務省の施設もあるのに一体どうするつもりなのかしらと」

「そうなのですよ。今回表に出ましたけれど、実はあそこは国営企業の民営化の際に大量の国有地の払い下げで急に大きくなった政商、つまりは政治商人ですから、以前から様々な疑惑がありまして。いえ寧ろ、今回この地域を狙ったのはあの国有地を不当に安価で払い下げしようとしたからだと思います。但し、計算外だったのはこの霞保育園の区有地も同じように手に入れることができると思ったことでしょうね。どんな権力にも忖度《そんたく》などしない人間がいることが分からなかったのですね、あの人達の経験では」

「それで、ここの『開発計画』はどうなるのかしら」

「それがですね、既にこの地域内でかなり地上げをしていて、これがまた虫食い状態になっていますのでどう出てくるかですね。まだ申し上げられないのですが弊社でも対抗措置を検討しておりまして……」

一体、亜洋グループはどう出てくるのでしょうか。「開発計画」は、霞保育園は、朝海園長と赤塚父母会長の訴訟もどうなるのでしょう……。

「朝海園長先生、区役所で評判だよぉ」

夕方、事務室に入って来た東課長の言葉に、勤務を終えた私は耳を欹《そばだ》てました。

「DVの件もあったしさ、訴訟の件もそうだけど、あの亜洋グループ相手に『最高裁まで闘う』と霞保育園長が言ってるって」

「どんな相手だろうと、DVや虐待から子どもを守るのは私たちのお仕事です。訴訟の件も、事実を言っただけで脅してくるのなら、闘うのは当然でしょう。霞保育園と区役所の名誉のためですよ」

朝海園長が笑って言うと、東課長も笑いながら答えました。

「分かっているよ、でもまあ、あの連中や亜洋グループを相手に一歩も引かない朝海園長先生は有名ってこと。もう教育委員会なんて、朝海園長って聞くとビビってるよ。ところで今日来たのは卒園式の件さ。ほら、土曜日は卒園式が重なるからさ。区役所から霞保育園の卒園式に誰が出席するのか調整してきたんだよ」

「あら、課長が来て下さるのかしら？」

「フフッ……、それがね、何と！　区長が霞保育園に来ると自分で言うんだよ」

えっ、区長が？　事務室に居合わせた職員は皆驚きました。

「区長が御自分から？」

「そうなんだよねー、まあ多分、今回の件で有名になった霞保育園長も見てみたいんじゃないの」

笑いながら東課長は帰って行きましたが、様々な準備に気を廻したのは真矢副園長です。

「区長が来るとなると、秘書とか広報も来ますよね。公用車の駐車場も確保しないと」

「そうよね、準備は宜しくお願いします」

朝海園長は事務室に居合わせた職員を見渡して微笑んで言いました。

「大丈夫よ、いつも通りの霞保育園で。皆さんはいつもベストを尽くしているのですから」

そうです。区長が来るからではなく、あの子たちの霞保育園での生活の集大成とするためにできる限りのベストを尽くしたいのです。本当に卒園式まではあと僅かです。


帰り道、近江屋さんの前を通って待ち合わせしていた春人君と商店街を歩きました。交差点の近くの舗道に自転車に乗った子どもとお母さんが立ち止まっています。見ると三歳ほし組の男の子とお母さんです。

「先生、この子が動かないんです……」

お母さんはすっかり困り果てている様です。男の子は自転車で踏ん張って、きっと何か抵抗をしているのでしょう。

私はしゃがんで顔を覗きました。

「この自転車、動かないんだ?」

「うごくもん！」

急に自転車を漕ぎ出した子どもに驚きながら、お母さんは振り向いて泣きそうな顔で手を振りました。「先生！　ありがとう！」

「さすがだなぁ。舞衣子さんはきっと良いお母さんになるだろうなぁ」見ていた春人君が感心しています。

最近、春人君はよく言うのです。きっと春人君は、自分が過ごすことができなかった幸せな家庭を自分で作りたいのでしょう。勿論、私もそう思います。でも幸せな家庭を知らない私にそれができるのでしょうか。私は春人君の気持ちを分かりながらも、まだ心の中に不安があったのです。

春人君と居酒屋「山中」に入ると、先に吉と美樹先生が呑んでいました。テーブルには生ビールとカウンターの大皿料理から取り分けた「本日のお勧め」が並んでいます。今日は鰯《いわし》の梅煮、ヒジキ、麻婆春雨ですね。

「吉先輩、そんな大事なことを園長先生に相談しなくていいんですか？」

美樹先生が言う大事なことって何でしょう。

「大丈夫だって、俺に任せとけって」

出ました、吉の「俺に任せろ」攻撃です。

「吉、何のことよ？」

「ああ、卒園式さ。主役のそら組と舞衣子へのプレゼントだからな、朝海園長にもかなぁ。まあ、サプライズだから俺に任せろって」

吉は卒園式の進行役としてサプライズを仕込んでいるのですが一体何でしょう。情に脆《もろ》くて運動会で司会をしながら貰い泣きした吉ですが、卒園式では大丈夫なのでしょうか。

私が通う坂道を覆う桜の木の蕾が綻《ほころ》び始めています。もうすぐ花が開いて、やがて満開になった花びらが散っていく頃には、そら組の子どもたちは霞保育園から小学校に巣立っていくことでしょう。

私は登園前に商店街の着物「永瀬」で、お祖母ちゃんに着物と袴《はかま》を着付けていただきました。

「やっぱり別嬪さんだねぇ！　惚れ惚れするわぁ。結婚式でも私が着付けてあげるからね」

「はい、ありがとうございます。頑張ります」

何を頑張るのか、自分でも良く分からない返事をしてしまいました。

私はお祖母ちゃんにお礼を言ってお店を出ると、商店街の石畳の舗道を確かめるように踏みしめながら霞保育園に向かいました。

今日の卒園式は勿論子どもたちと御家族が卒園していくためのものですが、私自身もそら組の子どもたちと一緒に卒園まで成長をしていくことを目標に仕事をしてきました。今日は、私自身も保育士としての成長の一つの段階を「卒園」する気持ちで、毎日通ってきた路を懐かしむ様に歩いているのです。

今日は土曜日ですので、平日より少ないのですがそら組以外の子どもたちの保育をしながら、二階のホールで卒園式を行います。ホールにはそら組の子どもたちの椅子と、向かい合う形に御家族と来賓の席が用意されています。

朝海園長は担任の私に華を持たせてくれて、着物ではなくスーツ姿です。正岡先生も初めて見たスーツ姿ですね。

来賓で最初に到着したのは区長でした。区役所の総務部長と広報係も一緒です。

「本日はありがとうございます。霞保育園長の朝海涼子でございます」

「本日はおめでとうございます。朝海園長先生、武勇伝は伺っていますよ」

「この度の訴訟の件では御迷惑をおかけしました」

朝海園長が深々と頭を下げたのを、背の高い区長は笑いながら制しました。

「いえ園長先生、貴女は子どもと職員を守り、区役所の名誉も守りました。訴訟は区役所の顧問弁護士が受けますから。もっとも、あちらもそれどころではない様ですが」

「ありがとうございます。区長、こちらは今日卒園するそら組担任の冴木舞衣子です」

朝海園長に紹介されて、私も区長に挨拶しました。

「区長、園長先生、冴木先生、お早うございます」

「林原会長！」

そこに見えたのはシティの林原会長です。今日は地域の町会長も招待しているのですが、シティがある町会の代表は林原会長なのです。今日はお孫さんの光君の卒園でもあるので御自分で出席されたのでしょう。

「区長、実は私の孫も霞保育園にお世話になりまして、本当に良い保育園です」

「そう言って頂ければ区役所としても嬉しい限りです。ありがとうございます」

「ところで区長、ここの『開発計画』の件ですが、御案内の通りの状況で虫食いの地上げが行われたまま頓挫しております。そこで弊社が、地上げされた土地を亜洋グループから買い取りまして、計画は白紙に戻して地域の皆様と相談しながら練り直したいのです」

「えっ！　林原会長が！　それなら安心ですが」

「勿論、霞保育園は残しますよ。子どもは街の宝ですから、霞保育園も街の宝です」

林原会長は朝海園長と私にウインクして見せました。


来賓席には区長と林原会長たち地域の町会長、霞商店会長の永瀬さん、デイケアセンターや福祉会館などの公共施設長、民生委員児童委員の平井さんが着席しました。笑っている江藤さんの遺影を持って座っている老婦人は、江藤さんのお姉さんです。

先に入場した御家族の皆さんで、もうホールはすっかり熱気に包まれています。御家族の皆さんは誰もが子どもたちのこの日までの成長を確かめて喜び合いたいのです。勿論、この日を迎えるまでには喜びばかりではない、苦労と悩みの日々もあったことでしょう。でも今日この卒園式で子どもたちの成長を確かめることで、これまでの過程の全てを喜びに変えたいのです。

司会の吉が卒園式の開会を告げると、まずそら組の子どもたちの入場です。ＢＧＭには『愛のために花束を』が流れます。もう最初から大変な拍手です。

家族席から子どもたちの席に向かって下手に私が立ちました。上手には朝海園長と、後ろには真矢副園長が卒園証書を載せた盆を持って立っています。入場する二九人の子どもたちの最後尾に正岡先生が付いています。

拍手の中でそら組の子どもたちが全員着席すると司会の吉がプログラムを紹介します。

「霞保育園卒園式、第一部、プログラム一番卒園証書授与」

　私は一歩前に出ると子どもの名前を呼びました。

「相沢空太さん」「はい！」

　空太君は椅子から立ち上がり、ホール中央に進み出て家族席に向かい合います。私は保育歴と一言の言葉を添えます。

「相沢空太さん、保育歴五年三カ月。空太君はいつもそら組のまとめ役でした、スポーツも得意でしたね」

　朝海園長と真矢副園長が進み出て空太君と向かい合いました。朝海園長は真矢副園長から受け取った卒園証書を読み上げて空太君に手渡します。

「おめでとうございます！」

　霞保育園に迫った黒い手を跳ね除けて、今この卒園式に臨む朝海園長の満面の笑顔は、赤塚父母会長が言ったあの戦闘モードの鉄仮面とは打って変わって、内から慈愛が溢れ出る美しい女神《ミューズ》の様に優しさを湛えています。空太君のパパもママも、もう眼が潤んでいます。

「生稲タリーさん、保育歴三年六カ月。タリーちゃんは、いつも小さい子にも優しいお姉さんでした。ダンスも得意でしたね」

　タリーちゃんは少し照れている様子です。

　一人一人の子どもへの卒園証書授与が進みます。二九人の子どもたちが卒園証書を受け取ると、最後に航君の卒園証書を正岡先生が受け取りました。後で区役所の女性保護担当係長を通じて夏樹さんの新しい落ち着き先に送る予定です。

「プログラム二番、霞保育園長挨拶」

朝海園長はまずそら組の家族席に美しい微笑みを向けました。

「御家族の皆様、御卒園おめでとうございます。霞保育園職員一同を代表して心からお祝い申し上げます。

そら組の子どもたちはそれぞれの成長の過程での葛藤を乗り越えて、お互いに支え合いながら、分かち合いながら、数々の課題や困難も乗り越えて今日まで成長し、これから大人になっても生きていくために必要な力をつけてきました。

それは御家族の愛と支えがあったから、子どもたちもそれを知っていたからです。勿論、御努力も御苦労もあったことと思います。でもそれを霞保育園で一緒に乗り越えてくることができたことを嬉しく思います。本日お越しの霞保育園を守り支えて頂きました地域の皆様にも、心から感謝申し上げます。

今日、そら組の子どもたちは喜びと夢をいっぱいに抱えて卒園し小学校に向かって巣立っていきます。私たち職員一同、今日まで子どもたちと一緒に、御家族の皆様と一緒に成長してこられたことが最大の喜びです。御卒園本当におめでとうございます！」

家族席では涙を拭いている方もいます。きっと朝海園長の話を聴きながら走馬灯のように色々なことを思い出しているのでしょう。朝海園長はそら組の子どもたちに笑顔を向けました。

「そら組の皆さん、卒園おめでとうございます！　これから小学校で色々な新しい勉強をすると思います。でも大丈夫ですよ、皆さんは小さい時から色々なことに興味を持って一生懸命に考えて、最初は難しくても段々と自分の気持ちを言えるようになって、友だちの言うことも聞けるようになって、皆で相談して決めることもできるようになりましたよね。霞保育園で勉強したことを大切に忘れないで大きくなって下さい。

皆さんは御家族に愛されてきました、街の皆さんにも守られてきました。お友だちとも仲良くしてきましたよね。これからも友だちを大切にして、もし困ったことがあったら相談して助け合って下さい。また霞保育園に遊びに来てね。先生たちは霞保育園で待っていますから」

「プログラム三番、プレゼント、記念帳、贈呈」

司会の吉の進行で、子どもたちに区長から文具のプレゼントが贈られ、朝海園長からは記念帳が手渡されました。記念帳には子どもたちが二〇年後になりたいものが書かれ、お家の人からの言葉、友だちからの言葉、職員からの言葉が載っています。私は一人一人に短い詩を作って贈る言葉にしました。子どもたちの心に残ってくれると嬉しいのですが。

続くプログラム四番では、区長が子どもたちと御家族にお祝いの挨拶をしました。次のプログラム五番は「サプライズ」とあるのですが何でしょうか。吉が紹介を始めます。

「プログラム五番は地域の方からのサプライズなプレゼントです！　この街にお住いの宝塚歌劇団の元トップスター明澄涼《あずみりょう》さんから、そら組の卒園式に歌のプレゼントです！」

ええっ！　宝塚歌劇団の！　一体どういうことでしょうか？

手を振りながらにこやかに入場してきたのは、確かにあの朝海園長が大ファンの宝塚歌劇団の元トップスター明澄涼さんです。あの『オスカル』も『スカーレット・ピンパーネル』もこちらが本家です。この街に住んでいることは噂では聞いていましたが、でもどうして、ここへ来てくれたのでしょうか。

明澄涼さんは唖然としている朝海園長の隣に凛々しく立つと朗々とした声で話し始めました。

「霞保育園の皆様、今日は！　元宝塚歌劇団の明澄涼でございます。先日、生稲アナが司会をされている番組に出演させて頂いた時に、私の住むこの街に素晴らしい保育園があって、今日は私と同じそら組の卒園だとお聞きし、これも何かの縁だと思いまして伺った次第でございます」

明澄涼さんは一度深くお辞儀をすると、固まったままの朝海園長に向き直りました。

「生稲アナからオスカルの様に美しくて強い園長先生がいると伺ってまいりました。貴女ですね、すぐに分かりました。貴女の様な方が、いつも私を応援して下さっているのは誠に光栄です！」

明澄涼さんは手を差し出して朝海園長と握手をしました。あのどんなことがあっても、どんな怖い相手にも動じない冷静な朝海園長が明らかに驚いて動揺している様です。

「では、私から歌劇団のテーマ曲『すみれの花咲く頃』と、オスカルの様な園長先生に因《ちな》みまして『ベルサイユのばら』から『愛あればこそ』をプレゼントさせて頂きます」

明澄涼さんが朗々と歌い上げていくと、大人は勿論驚きながらも聴き入っています。生稲さんだけが余裕を持って手を振っています。宝塚歌劇団を知らないであろう子どもたちも歌声にじっと聴き入っています。

二曲を歌った明澄涼さんは恐縮する朝海園長と再び握手をすると、入って来た時と同じ様に手を振りながら退場していきました。

「霞保育園の皆さん、そら組のみなさん！　いつまでもお元気で！　御機嫌よう！」

第一部の終了です。得意気な顔をしている司会の吉に朝海園長が一瞬怖い目線を送ったことに気付きました。後で叱られることでしょう。全く吉ときたら……。そう思った、その時です。

「待って！　待って下さい！」

叫びながら大きな足音を踏み鳴らしてホールへの階段を駆け上がって来たのは大柄の女性。あっ！　あれは区役所の小林女性保護担当係長です。階段を昇りきると息をつきましたが、その後ろから階段を昇って来たのは航君と夏樹さん親子でした。

突然のことに驚いたのは、そら組の子どもたちと御家族だけではありません。想定外だったのは私たち職員も同じです。朝海園長は、夏樹さんに駆け寄って肩を抱きました。私も航君の前にしゃがんで手を握りました。

誰もが唖然としている中で、朝海園長は夏樹さんに連れ添い家族席に誘《いざな》ってから、もう一度その前ですくっと姿勢を正しました。真矢副園長が、正岡先生が先程受け取った航君の卒園証書を持ってその後ろに立ちます。

「霞保育園卒園式！　第一部、プログラム一番！　卒園証書授与！」

司会の吉が叫ぶように大きな声で言ったのは、そうしなければ涙が溢れてしまいそうだったからでしょう。

私も涙を堪《こら》えながら航君の名前を呼びました。

「夏樹航さん！」「はい！」

航君が家族席に向かって中央に立ちます。

「夏樹航さん、保育歴一年。航君は一年の間に霞保育園のお友達と本当に仲良くなりましたね。運動会ではアンカーで頑張りました。これからもずっと、ずうーっと、お友達です」

私は、もしも航君が居たならば卒園式で言い添える言葉は思い描いていたのです。でもまさか本当に言うことができるとは思っていませんでしたが、私たちは全員がまるで台本が決まっていたかのようにそれぞれの役割を演じました。

朝海園長が卒園証書を読み上げて航君に渡すと、家族席からは拍手が鳴り響きます。もう皆、涙が零れています。嬉しそうに拍手しながら涙を流している子もいます。タリーちゃんが航君と目を合わせて笑ったのが分かりました。


大きな拍手の中で子どもたちが退場すると、職員が子どもたちの椅子を片付けて長いソフトブロックを家族席と向き合う様に並べました。第二部への場面転換です。

「第二部、そら組による『二〇年後の私たち』です。全部子どもたちが相談して作りました、どうぞご覧下さい」

そうです。そら組の子どもたちは、年末子ども会が終わるとすぐにこの卒園式の出し物を相談していたのです。テーマは今日の卒園記念帳にそれぞれが書いた「二〇年後の私」、そら組の子どもたちが今から二〇年後に集まるというお話です。航君もこの練習には参加していたのでぶっつけ本番ではありません、大丈夫でしょう。

沙織先生のピアノの伴奏で子どもたちが一人ずつ、二〇年後の姿で登場します。

「ぼくはパイロット！」

最初に登場したのは空太君です。頭に自分で作ったパイロットの帽子を被っています。

「わたしは、ほいくえんの、せんせい！」

タリーちゃんが嬉しいことを言ってくれます。タリーちゃんならきっとモデルにでもなれるでしょうけれども。

「ぼくはレストランのシェフ！」

やっぱりジロー君らしいですね。片手にフライパン返しを持っています。

「わたしは、おいしゃさん！」

白いガウンを羽織っているのは、しっかり者の彩花ちゃんです。

「ぼくも、ほいくえんの、せんせい！」

男性保育士になりたいと言ったのは航君です。正岡先生良かったですね。そう思って見ると正岡先生は目が潤んでいます。もうですか、まだ早いですよ。

全員が登場すると沙織先生の伴奏で歌が始まりました。曲は『思い出のアルバム』です。歌を聴きながら私も色々な場面を思い出して、次第に自分の胸の奥が熱くなるのを感じました。家族席では、もうこの歌だけで涙を拭っている人がいます。

歌が終わると子どもたちの劇の始まりです。

「かすみほいくえん、なつかしいなー」

「もう、にじゅうねん、たったのよねー」

「マイコせんせいは、どうしているのかなあ」

「デイケアに、いっているらしいよ」

行っていません！　二〇年後は未だ現役ですって。デイケアセンターの所長が笑っているのが見えました。

「マサオカせんせいは、えんちょうせんせいに、なったかなあ」

「それは、むりだろなー」

可哀そう！　正岡先生、挫《くじ》けるな！

「いろいろと、おそわったよねー」

「ダンスがたのしかった！」

タリーちゃんが言うと、突然に『エビカニクス』の曲が流れ出して全員で踊りだします。今迄しんみりと聞いていた家族席が今度はノリノリです。

『エビカニクス』が終わると、また子どもたちが思い出を語らいながら、そら組が取り組んできたことを披露していくのです。今度は全員が長いソフトブロックに座りました。

「サークルタイム、よくやったよね」

「わたし、さいしょは、うまくいえなかった。でもだんだん、いえるようになってきた」

祥子ちゃんが言うと松永さんがハンカチを眼に当てました。

「あめがふった、うんどうかいも、たのしかったなー」

「わたしは、リレーでころんだけど、ひきわけになった」

タリーちゃん、そうでしたよね。自分が転んで泣きましたが、二回戦では転んだ航君を助けて引き分けになったのでしたね。

「うんどうかいの、つなひきでは、ぼくのパパパパたちが、ゆうしょうした！」

翼君が誇らし気に言いました。矢吹さんを見るともう涙が止まらない様子です。

「ママたちの、ユーホーもうまかった！」

ここで突然に『ＵＦＯ』のイントロが流れ出して、子どもたちが立ち上がってポーズを準備します。ピンクレディーの「ＵＦＯ！」の歌声と共に子どもたちは踊り出しました。また家族席は乗ってきます。ママたちは頭の後ろから手を挙げてポーズを決めています。

再びソフトブロックに座った子どもたちは劇を続けます。

「いろいろな、おとうばんもしたね」

「さいしょは、しゅっせきとうばんを、わすれた！」

「あのときは、たいへんだった！」

「ウサギの、シロとミルクの、とうばんもした！」

「ヤサイの、みずやりも！」

「ヤサイ、おいしかったね！　ピーマンもたべられた！」

「ねんまつこどもかいは、ほっきょくのムーシカ、ミーシカにあいにいった」

プロジェクターで子どもたちに大きなクジラの絵が投影されました。胡椒を出したジロー君がそれを振ると、クジラがクシャミをして子どもたちは側転などをしながら吹き飛ばされる演技をしました。これは栁澤プログラムの成果です。

「かすみほいくえん、たのしかったなー」

「そうだ、かすみほいくえんの、ひとたちに、おれいをいおう！」

そら組の子どもたちは声を揃えて叫びました。

「えんちょうせんせい！　かすみほいくえんを、たのしくしてくれて、ありがとうー！」

これには朝海園長の眼にも涙が滲んでいます。子どもたちの「お礼」は真矢副園長に、虎田保育主任に、黒木看護師へと続きました。

「きゅうしょくしつの、せんせいたち！　いつも、おいいしい、きゅうしょくを、つくってくれて、ありがとうー！」

「エトウさん！　いつも、ほいくえんを、きれいにしてくれて、ぼくたちのふくを、せんたくしてくれて、ありがとうー！」

さすがにそら組の子どもたちです。ちゃんと自分たちを守っていてくれた人を知っています。江藤さんのお姉さんも泣いています。江藤さんも天国から見ているでしょうか。

「マサオカせんせい、いつも、あそんでくれて、ありがとうー！」

最初は園長になれないと言われた正岡先生ですが、最後は良かったですね。

「マイコせんせい！　いつでも、ぼくたちを、みてくれて、ありがとうー！」

私の胸に込み上げてきたものは、もう限界に達しています。最後の歌を聴いたら溢れ出てしまいそうです。この劇で子どもたちが言った言葉は台詞《せりふ》ではありません、全て自分たちの気持ちなのですから。

最後の歌は『さよなら、ぼくたちの保育園』ですが、あっ！　ピアノの前に座る沙織先生がもう泣いてしまっています。伴奏は大丈夫でしょうか。

朝海園長が沙織先生の後ろに立って肩を叩きました。沙織先生が泣きながら頷いて席を立つと、朝海園長がピアノの前に座りました。

朝海園長の伴奏でそら組の子どもたちが『さよなら、ぼくたちの保育園』を歌い出すと、家族席はもう皆嗚咽しています。私も遂に限界を超えた涙が決壊して頬を伝わりました。

私の心の中に走馬灯のようにそら組の子どもたちとの思い出が流れます。この子たちはこんなに成長して、今日それを家族の前で余す処なく表してくれました。この子どもたちの成長を一生懸命に必死に追いかけてきた私と正岡先生の、保育士としての人生の貴重な経験、この経験は全てに意味があって、全て必要なことだったのです。「五歳の担任には卒園というハッピーエンドが待っている、仕事をした分だけ自分の実になって還ってくる」と言った虎田保育主任のアドバイスは本当でした。

子どもたちが『さよなら、ぼくたちの保育園』を歌い終わった時、もう御家族は全員が泣いていました。御自分の子どもたちがこんなに成長した姿を見たのですから、きっと今までの喜びと同じ量だけあった苦労も帳消しになったことでしょう。

家族席から矢吹さんが立ち上がりました。相沢さんも立ち上がりました。御家族が皆さん泣きながらも立ち上がりました。それはプログラムの最後に「拍手」と書いてあったからです。

ああ、ここで今度は肝心の司会の吉が泣いています。朝海園長がピアノの前の椅子から静かに立ち上がると言いました。

「そら組の皆さん、『二〇年後の私たち』素晴らしかったわよ。皆さんは一人では育ってこなかった、色々な人がいて守られて育ってきた。保育園の色々なお仕事の人たちへの『ありがとう』で、皆さんがそれに気付いていたことが分かりました。本当に大きく成長しましたね。では、霞保育園そら組卒園式のプログラムの最後は『拍手』です。そら組の皆さん！　拍手をしましょう！　あなたたちを育ててくれた、お父さんとお母さんに！」

そら組の子どもたちが小さな手で一生懸命に家族席に向かって拍手を始めました。驚いたのはお父さんとお母さんたちです。当然に自分たちが子どもたちに拍手を贈るものだと思って立ち上がったのですから、まさか子どもたちから贈られるとは想像していなかったのでしょう。子どもたちから、周りの職員や来賓からも拍手を贈られて家族席では全員が涙を流しています。家族席からも拍手を返し始めました。会場中の人々を拍手と感謝と愛情が包み込んでいます。

最後に全員で撮った記念写真では、子どもも御家族も職員も全員の笑顔が弾《はじ》けたのは勿論言うまでもありません。私の横で笑った朝海園長の貌は薔薇の花が咲いた様でした。私も今迄の人生で一番の笑顔だったと思います。苦しいこともあった、欠けているところもあった、今までの自分の人生からの卒業だったのですから。

「冴木先生、今日まで御苦労様でした。区の宝である子どもたちを立派に育てて頂きました」最後まで見入っていた区長から労《ねぎら》いの言葉を頂きました。

「冴木先生、今日はお招きいただいて本当にありがとうございました」江藤さんのお姉さんは写真を持って深々と頭を下げました。「人生で一番幸せだったと言った弟の気持ちが良く分かりました。自分の家族も持てなかったのに、孫の様な子どもたちに囲まれて……」

江藤さんのお姉さんは、また涙を流しました。私はお姉さんに江藤さんが写っている一冊のアルバムを渡しました。この後、子どもたちに記念品として配る、日頃のドキュメントを整理して子ども毎に一冊にまとめたアルバムです。これは美樹先生が整理して準備してくれました。

「冴木先生、今日は猛烈に感動したよ！　本当に翼たちを大きく育ててくれてありがとうな！」

矢吹さんは未だ興奮が冷めやらぬ様子です。

「矢吹さん、こちらこそお世話になりました。本当に何度も助けて頂いて、パパスミ会にも、商店街にも」

矢吹さんは頭を掻いて照れています。いつも人の先頭に立ちながらも、シャイなところもある、それがあんなモデルを奥さんにした矢吹さんの魅力なのでしょうね。

「これから、パパスミ会ママスミ会合同で大宴会だよ。今日は盛り上がるぞう！　でも冴木先生は来られないんだよな」

「そうなのですよねぇ」昔は「謝恩会」と言って卒園生の父母が担任を招待したそうですが、今は区役所からの通達で禁止されています。

「残念だなぁ！　でも翼たちが卒園した後もパパスミ会は続けるからさ、その時は来てよ！」

「勿論です！　但し、私結構お酒強いですから」

「ええっ！　そうなの、よし！　今度は誘うぜ！」

「ええ、喜んで！」

　夏樹さんはお母さん達と再会を喜び合っていましたが、朝海園長に駆け寄って手を取りながら頬に涙を伝えています。

「園長先生。今日は小林係長にご配慮頂いて急に……突然で済みませんでした。でも、やっぱり来て良かったです。航の嬉しそうな顔を見たら……」

「ええ、もしかしたらと思っていたわ。航君にも、夏樹さんにも是非来てほしかったの」

　私はしゃがんで航君をムギューと抱きしめました。

「航君、また会えて良かった。先生、嬉しい。みんなにも、タリーちゃんにも会えたね」

「うん、……また、あいたい……」

「大丈夫だよ。霞保育園で待っているからね」

　小林係長について帰っていく航君と夏樹さん親子は、階段を下りながら振り返ってずっと手を振っています。私は手を振らず、ただ頷きました。お別れしたくはなかったのです。

　卒園式は無事に終わりましたが、反省会で吉が朝海園長に叱られたことは言うまでもありません。打ち上げは居酒屋「山中」の座敷で呑みました。吉が私に注ぎに来ます。

「舞衣子、本当にお疲れ様！　今日の卒園式も！　一年間の担任も！」

「ありがとう！　吉もお疲れさま。でも、また司会しながら肝心なところで泣いたでしょう」

「スマン！　もうあの歌聴いていたら涙が止まらなくてさあ」

そうですね、これが吉の良いところなのですが。

「それにしても、あのサプライズにはさすがに驚いたわよ。園長先生に叱られたじゃないの」

「ああ、あれは良かったろう！　朝海園長だって本当は嬉しかったんだよ。まあ、俺が叱られれば済むことだしさ」

舌を出してケロッとしています。吉は朝海園長が大好きで、朝海園長も吉を良く分かっていて大好きだから、叱られても悪戯っ子の様に平気なのです。

「舞衣子先生、やったな！　この一年間、そら組は霞保育園を立派に運営したよ。やった分だけ還ってきたハッピーエンドだったろ！」

「ありがとうございます。虎田保育主任のアドバイスは一年間、胸に刻んできました」

「舞衣子先生も、早く保育主任になって後輩を指導してくれよ」虎田保育主任が笑います。

「いえ！　私なんか正岡先生と組むだけで精一杯でした」

「正岡先生も良い経験をしたよ。色んな事があった分、成長できたと思う。若い時に遠回りをしない限り成長はできないんだよな」

虎田保育主任は自分の足跡を振り返るかのように言いました。

打ち上げの帰りに、朝海園長と広場沿いのスペインバル「ラ・プランチャ」に入って、店長のヒロさんに注文したスパークリングワインの「あわ」で乾杯しました。

「舞衣子先生、今日はお疲れ様。この一年間は色々なことがあったけれども、本当に頑張ったわね。貴方は今に保育園長になると思うから言うけれども、トップに必要なのは愛と感謝よ。トップであっても自分自身には力も何も無い、これは役割なのだと理解するの。勿論、宝塚のトップと同じように責任があると思って振る舞い発信していくことは必要、でも職員が一丸となって努力をしていかなければ何もできない。常に愛と感謝を現して発信し続けることが、宝塚であっても、保育園であってもトップには必要なのよ」

私は深く頷きました。それは朝海園長自身が心掛けてきたことなのでしょう。でも、何故今このタイミングで私に言ったのでしょうか、まるで遺言か何かの様に。それが私には分からなくて心の中に少し不安を感じたのです。

広場に出ると、石畳を覆う欅の木の上に見える月には雲が掛かっていました。


私が通う坂道の桜の花はすっかり満開になって、風が吹くと花びらが舞い始めました。丘の上の住宅街では、街路樹の下で綺麗に刈り込まれた寒椿の花も濃いピンク色に咲いています。

卒園式が終わってからも霞保育園での保育は三月三一日まで続きますが、大きな行事を終えて穏やかな毎日が過ぎていきます。

今朝は五歳そら組と四歳つき組が二グループになって散歩に出かけます。吉たちのグループは、早く登園した子どもたちを連れて先にクジラ公園に出かけました。私は遅く登園した子どもたちのグループを連れて追いかけるつもりです。子どもたちはクジラ公園が大好きですが、あと何回遊べるのでしょうか。

私が事務室に散歩の行き先を提出しに入ると、丁度真矢副園長が電話を受けて朝海園長に渡したところでした。

「えっ、竜国会が、未だ残って居たの！　パークサイド霞で、本当に！」

いつも冷静な朝海園長の貌色が見る見る変わっていくのが分かります。

「大変！　丁度今、クジラ公園に行っているわ！　ありがとう！」

受話器を置くと朝海園長は叫ぶように指示しました。

「今、矢吹防犯部長から連絡、クジラ公園入口のマンションで竜国会が反社勢力同士で発砲事件！　まだ犯人が中にいる！　副園長、吉に電話！　クジラ！　クジラの中に入って動かないように！　それと警察に電話、うちの子どもたちがいると！　保育主任、全クラスの散歩を止めて！」

朝海園長は私を見て言いました。

「舞衣子、行くわよ！」「はい！」

急な坂を駆け下り、商店街をクジラ公園に向けて走ります。近江屋の店先に社長さんと春人君が出ています。凄い形相で走る私たちを見て社長さんはすぐに何事かと思ったのでしょう。春人君に顔を向けると、春人君は頷いて私たちの後を走り出しました。

「園長先生！　舞衣子先生！　僕も行きます！」

「貴方は来ないで！　子どもたちが危険なの！」私は走りながら振り返って叫びました。

「えっ！」春人君は引き返すどころか猛烈にダッシュをして私たちに追いついてきたのです。

公園の入り口にはパトカーが二台到着していて、丁度警察官たちが黄色い阻止線を伸ばして張ろうとしていました。自転車に乗って交番の山崎巡査も到着しています。

「舞衣子、行くわよ！」

振り返った朝海園長の貌を見て思わず息を呑みました。一瞬で思い出したのです、あのバスチーユを目指して号令した時のオスカルの貌を。

「あっ！　今立ち入りできません！　危険です！」

走り出す朝海園長を山崎さんが止めようとします。私は朝海園長の後を走りながら叫びました。

「子どもたちが中にいるんです！」

「ええっ！」大きな叫び声を上げて山崎さんも一緒に走り出しました。

後ろから春人君が私と山崎さんを抜いて朝海園長に追いつきます。私たちが公園の真ん中にあるクジラの口から入ると、中では子どもたちと吉と正岡先生が団子のように固まって集まっていました。

「あっ！　えんぢょうぜんぜいー」

「みんな、もう大丈夫よ！」

朝海園長と私の顔を見ると子どもたちは途端に泣き出しました。朝海園長は、まるで一瞬で仮面を剝ぎ取ったようにいつもの美しい笑顔に変わっています。安心したのでしょうか、吉の眼も潤んでいます。

すぐに山崎さんは無線で連絡を取り始めました。子どもたちの無事を報告し応援を要請しています。私は少し息が戻ると春人君に言いました。

「春人君は公務員じゃないのだから、ここまで来なくてもよかったのに」

「舞衣子さん、僕は役に立ちたいんだよ。世の中の役に立ちたいんだ」

私には分かりました。春人君は行き掛かりや勢いで巻き込まれたのではない、最初から何があってもやり抜く意を決してここまで駆けてきたのです。

「そうよね。ボランティアをここまで巻き込むわけにもいかないわ。春人君、貴方を今日付で近江屋さんが定休日の火曜日、週一回の霞保育園の臨時職員に採用します。手続きは戻ってからね」

「はい！」春人君は朝海園長の申し出に答えると、すぐに私に向き直りました。

「舞衣子さん、この子たちが無事に卒園したら結婚しよう！　愛しているんだ！」

えっ！　何で今こんな時に！　頭の中ではそう思いましたが、私の口を突いて出た言葉は違っていました。「ええ！」

「うん！」春人君私の手を強く握りしめました。

「えー、けっこん！」「マイコせんせい、ハルトおにいさんと、けっこんするの！」

こんな状況の中でも子どもたちに囃し立てられて顔が赤らんでいくのが自分でも分かりました。

「了解です！」再び無線機を取った山崎さんが言いました。

「園長先生、もうすぐ応援の機動隊が到着しますから、もう少しここを動かないでください。本庁からの命令ですから」

言い終わると山崎さんは、腰のホルダーから拳銃を抜きました。初めて見た山崎さんの姿、そう、この人も警察官、今が危急の時……。

間も無くザクッザクッと足音とともに機動隊の一団が到着して、クジラの周りを取り囲みました。隊長らしき人と相談した山崎さんが朝海園長に言います。

「園長先生、機動隊が周りを固めますから、マンションの玄関横を通って公園入口から外に退避します。子どもたちはできるだけまとまって先生たちが前後に付いてください」

先頭に山崎さんと朝海園長と春人君が、子どもたちを中心にして後ろに私と吉と正岡先生が付いて、機動隊員が周りを囲みました。一団がクジラから出終わって、隊形を固めた時です。マンション裏手の非常階段三階の踊り場から、非常口に向かって駆け下りてくる大きな黒い人影が見えました。

あっ！　あれは、あの時の！　航君を奪いに来た時の黒い服の大きな男。赤く染まった目で一瞬こちらを睨んだのが分かりました。

「待て！　止まれ！」すぐ後ろから数人の警察官が追いかけて駆け下りて来ます。

黒い服の男は非常口から、もうこの公園に飛びだして来たのでしょうか。私からは見えなくなりましたが、周りの機動隊が密集して隊形を取り直しました。

パンッ！

渇いた破裂音がした後に、壁が崩れたように前のほうが見えました。機動隊員の黒い列が乱れたのです。次の瞬間です、撃たれたのだと思ったのは。一瞬のうちに目まぐるしく色々な考えが頭の中を巡ります。この子たちを守らなければならない、そう思うと同時に、つま先から腰までの感覚がすっと無くなり、まるで体が浮いたように感じました。これは恐怖……。

パンッ！　パンッ！

大きな春人君の背中が小さくなっていきます、膝をついたのでしょうか。春人君の腕を持とうとした朝海園長が、ゆっくりと振り向いて私を見遣りました。何かを言おうとしたような美しい貌は、微笑んだようにも見えましたし泣き出しそうにも見えました。

「園長先生！」

山崎さんが叫んだ次の瞬間、怒声とともに機動隊員たちが動き、再び真っ黒い壁ができて後は何も見えなくなりました。


犯人は仲間を撃たれていきり立った機動隊員にすぐに取り押さえられました。その日、撃たれたのは機動隊員が一人と朝海園長と春人君でした。

機動隊員は足を撃たれて重傷でしたが、幸い命に別状はありませんでした。

朝海園長と春人君は、救急車で霞交差点から二ブロック先にある医療大学付属病院に運ばれました。直ちに懸命の救命手術が始められ二人とも体に入った弾丸は取り出されましたが、意識が戻らないまま集中治療室に入りました。

その夜、私は春人君と集中治療室での面会を許可されました。面会の申請書には春人君との続柄を婚約者と書きました。

集中治療室は、部屋の真ん中に看護師さんが詰めている四角いカウンターがあり、それを中心にベッドが取り囲んでいます。案内された春人君のベッドは一番奥でした。

点滴のチューブが何本も繋がった春人君の手を握りましたが反応はありません。私はさらに強く握りました。

「春人君！」……「春人君！　あなたは子どもたちを助けたの！　何人も、何人も子どもたちを助けたのよ！　あなたは役に立ったのよ、世の中の役に立ったのよ！」

その時です、春人君の眼が薄く開こうとしたような気がしたのは。でもやはり目を開くことはありませんでしたが、その貌は柔らかく微笑んだように穏やかでした。

満開の桜の花が穏やかな春風で舞い始めた三月二七日、午後一〇時三六分、雨宮春人君は逝きました。享年三二歳でした。

四月　霞保育園で待っています

森の中のように鬱蒼とした公園沿いの坂を上っていきます。公園から張り出して頭上を覆う大きな桜の木の枝から、花びらが散り風に舞っています。花びらが髪と肩の上に落ちてきますが、そのまま払わずに歩き続けました。今日からまた四月です。

あの事件の後、霞保育園では真矢副園長が園長に、副園長には虎田保育主任が昇任しました。新しい保育主任が今日、別の保育園から異動してきます。

発砲事件を起こした竜国会は、犯人だけではなく殺害を指示した容疑で、あの総帥も逮捕されました。

春人君の葬儀は近江屋の社長さんが喪主になって、都立霊園の隣にある区立の葬儀所で執り行われました。葬儀には、保育園の子どもたちと父母、商店街と地元の人たちが大勢参列しました。パパ・・・パパさんが連絡して、前川さんや春人君の学園の先生も駆けつけました。

意外だったのは参列者の中に私の母を見つけたことです。全く連絡もしていないのに、どうして知ったのかは分かりませんが、私の交際相手とは言え面識もない筈《はず》の春人君の葬儀に何故参列しに来たのかと不思議に思ったのです。でも、何も言葉は交わしませんでした。

告別式では区長が参列して弔辞を述べ、感謝状を読み上げました。

「雨宮春人君。日頃から霞保育園のボランティアとして子どもたちの育成を支援していただきました。危険な状況にあっても、自ら進んで子どもたちを助けた行動はあまりにも立派です。区民を代表し感謝するとともに、三月二七日をもって貴方を区役所嘱託員に任命します」

霞警察署長も警視総監からの感謝状を代読しました。

「自らの危険を省みず、身を挺して児童を守るために奮闘されました。都民の生命と安全を守るために尽力されたことに心より感謝いたします」

最後に近江屋の社長さんが挨拶しました。

「きっと天国にも小さいうちに亡くなった子どもたちの保育園があって、春人君はそこの仕事を手伝いながら、たい焼きを焼いて子ども達に配っているんでしょう」

私は泣くまいと思っていましたが、涙が急に溢れだして止まりませんでした。吉は声を上げて泣きだしました。

涙が止まらないまま春人君の棺に花を入れると、春人君の改めて見ると端正な貌は、安心して眠っている子どもの様な表情をしていました。家族を失って人生の大切なものを欠いたまま、寄る辺もなく生きてきた春人君は、この街に来て必死でそれを取り戻そうとしてもがき続けたのです。この街で春人君の人生の苦しみと幸せは最後に釣り合うことができたのでしょうか。

出棺の時、葬儀所の出口には霞警察署の警察官と霞消防団が整列していました。棺が前に差し掛かると署長が号令しました。

「雨宮春人嘱託員に敬礼！」

春人君はボランティアでしたが、三月二七日付で区役所の臨時職員として採用され殉職の扱いとなったのでした。

警察官が全員敬礼をしている列の前を棺は通って行きました。山崎さんは敬礼しながら目を真っ赤にして泣いています。消防団の黒い礼服を着た矢吹さんは顔を天井に向けて、頬に大粒の涙を流しながら敬礼しています。

私と吉は職員を代表して火葬場まで行かせてもらいました。棺を乗せた霊柩車は霞保育園の門の前を通り、一旦停車して警笛を長く鳴らしました。格子戸には子どもたちや職員が張り付くように並んで皆泣きながら手を振っていました。

私と吉は、火葬場で控室を出て煙突を見上げました。春人君はあの空に上って行ったのでしょうか。吉は見上げながら強く私の手を握りしめました。でも、私は吉とは多分違う気持ちだったのです。

その時私は、「わあぁ――――っ」と叫び出したかったのです。私を愛していると言った春人君が、私とではなく一人で空に昇っていくのは悲しいだけではありませんでした。埋まりかけていた心の中のパズルが引っ繰り返されて、ピースを今空の上に持って行かれている様な気がしたのです。

何故なの、という止めようのない苦しさが胸の中に沸き上がって、こんな気持ちになることが自分でも分かりませんでした。

坂を登りきると公園が切れて丘の上の住宅街に差し掛かりました。朝海園長の家に通じる路地の前を通ると、今にも朝海園長が飛び出してきてタクシーを止めそうな気がします。

近江屋さんが言ったように、春人君は天国でも保育園を手伝っているのでしょうか。今に私が天国に行ったら、またお手伝いできるのかもしれません。でも天国では年を取らないとしたら春人君は今のままで、私がお婆さんになってから天国に行っても一緒に使ってもらえるのでしょうか。

そんなことを考えている時に、突然タリーちゃんの言葉を思い出したのです。

「さみしくなんかないよ。いまにわたしたちの、あかちゃんがうまれたら、またかすみほいくえんに、あずけにくるから」

その瞬間、私には分かりました。春人君は天国で保育園の仕事のお手伝いをするのかもしれない。でも、きっと春人君はまた生まれ変わって戻ってくる。タリーちゃんか或いは他の誰かの子どもに生まれて戻ってくる。私はまたいつか春人君と逢うのだろうと。

私は空に向かって言いました。

「春人君！　私待っている！　霞保育園で待っているから！」

青い空の上で春人君が笑ったのが分かりました。私は空を見上げながら、坂道を歩いて行きました。

エピローグ

　頭上を覆う大きな桜の木の枝から花びらが舞うこの坂道を上って、霞保育園に向かうのは久しぶりのことです。今日から四月、また新しい一年が始まります。

　二〇年前、あの事件で私は一度に全ての大切なものを奪われました。

　朝海園長という保育士としての大切な目標を失くしましたが、もうそれに代わるものを見つけようとは思いませんでした。自分で考え抜いたのです。私自身が朝海園長になろうと。保育園に咲いた薔薇の様に、舞台の上で自らの役柄を演じ切った朝海園長。あの様に働き、あの様に人を愛し、あの様に生きることを、私が主演女優になって演じ切ろうと思ったのです。そして、あれから四つの保育園を転勤して、今日から霞保育園に赴任していきます。

　あの事件の一年ほど後に、私は志村さんにプロポーズされて暫くお付き合いをしてから結ばれました。志村さんは、春人君の様に私と二人で一つになるような魂の片割れではありませんでした。でも私のことをとても愛してくれて、保育士の仕事も理解をしてくれたので幸せな家庭を持つことができました。

　志村さんとの結婚のために自分の戸籍謄本を取った時のことです。私はその末尾に「民法八一七条の二による裁判確定」と記載されていることに気付きました。「特別養子」だという意味です。

「養子」の場合には、実父母の名前も含めてそう記載されているのですぐに分かるのですが、「特別養子」にはその記載が無いので制度を知らなければ分からないようになっているのです。

私は、更に遡《さかのぼ》ってそれ以前の自分の戸籍を取り寄せました。それによると私は母の子で、その結婚の際に父に「特別養子」として引き取られたということを知りました。父とも兄とも血は繫がってはいなかったのです。父が何故私には手を上げなかったのか分かったような気がしました。

それだけではありません。私は、自分の旧姓を見た瞬間に全ての意味を理解しました。春人君と出会ってからの不思議な気持ち、運命の様にお互いを探し求めてきたと思ったこと。幾つかの不思議な出来事の謎……。私のことを「愛している」と言ったのに、結ばれないままに天国に行ってしまったことの意味を。

坂を登りきると公園が切れて丘の上の住宅街に差し掛かりました。通りに面した路地の入口に細身でショートカットの白髪の女性が車椅子で待っています。私はその前まで歩いてから深くお辞儀をしました。

「園長先生、お早うございます」

「舞衣子先生、お早うございます。今日から貴女が園長先生よ。胸を張ってね、愛と感謝で」

「はい！　愛と感謝ですよね。ありがとうございます」

「園長先生、行ってらっしゃい」

「行ってまいります」

あれから未だ春人君には逢っていません。もしかしたら春人君は私の子どもになって生まれてくるのではないかとも想像しましたが、生まれてきた私の子どもは二人とも女の子でした。でも、春人君はきっと私に逢いに来るでしょう、また私を護るために。タリーちゃんか他の誰かの子どもに生まれて来るのかも知れません。その時、私には分かるだろうと思います、私の魂の片割れであることが。

私は待っています。霞保育園で待っています。

参考文献・資料

「保育園は誰のもの　子どもの権利から考える岩波ブックレット」普光院亜紀／著、岩波書店
「子どもを「人間としてみる」ということ」佐伯胖・大豆生田啓友・渡辺英則・三谷大紀・高嶋景子・汐見稔幸／著、（公社）横浜市幼稚園協会
「よくわかる保育原理　第3版」森上史朗・大豆生田啓友／編、ミネルヴァ書房
「これでスッキリ！　子育ての悩み解決100のメッセージ」大豆生田啓友／著、すばる舎
「保育の世界がまるっとわかる、じんぐるじゃむっ」おおえだけいこ／作、汐見稔幸／監修、小学館
「保育格差」小林美希／著、岩波新書
「なるほど！　せたがやのほいく（世田谷区保育の質ガイドライン）」世田谷区役所
「新人保育士物語　さくら」村上かつら／作、百瀬ゆかり／監修、小学館
「ぶどうの木」坂本洋子／著、幻冬舎
「保育士は体育会系！」河原ちょっと／作、サンマーク出版
「身近な人の「攻撃」がスーッとなくなる本　上司・友人・家族・ご近所……」水島広子／著、大和出版
こどもプラス「栁澤運動プログラム」HP
「哲学のなぐさめ」アラン・ド・ボトン／著、集英社
「不機嫌な職場」高橋克徳／著、講談社

「ちいさな哲学者たち」ＤＶＤ、主演：ジャック・プレヴェール幼稚園の園児たち、先生たち
「いちょうの実」宮沢賢治／作、三起商行
「北極のムーシカ、ミーシカ」いぬいとみこ／作、倫理社
東京都、区立保育園の「園だより」多数

参考にした講演
汐見稔幸、白梅学園大学学長・東京大学名誉教授
汐見和恵、一般社団法人「家族・保育デザイン研究所」所長・フレーベル西が丘みらい園園長
森田明美、東洋大学教授
佐伯絵美、世田谷仁慈保育園園長

著者　麻海 晶（あさみ あきら）

東京都出身
現在、都内研究機関で執筆活動中。「自治体・公共サービスの現場お仕事シリーズ」第一弾として『霞保育園で待っています』を発表。

霞保育園で待っています

発行日　2020年５月25日　第１版第１刷発行

著　者　麻海　晶
装　幀　bookwall
表紙絵　げみ
発行所　株式会社八月書館
〒113－0033
東京都文京区本郷２－16－12 ストーク森山 302
TEL 03－3815－0672　FAX 03－3815－0642
郵便振替 00170－2－34062
印刷所　創栄図書印刷株式会社

ISBN978－4－909269－10－2　定価はカバーに表示してあります